Wing
Du gel

CW01431035

S. C. KNIGHTLEY

WINGS *of* PAIN

DU GEHÖRST MIR

DARK
ROMANCE

Bibliografische Information der Deutschen Nationalbibliothek:
Die Deutsche Nationalbibliothek verzeichnet diese
Publikation in der Deutschen Nationalbibliografie; detaillierte
bibliografische Daten sind im Internet über
dnb.dnb.de abrufbar.

Verlag: BoD · Books on Demand GmbH,
In de Tarpen 42, 22848 Norderstedt

Druck: Libri Plureos GmbH, Friedensallee 273,
22763 Hamburg

ISBN: 978-3-7597-0230-2

PLAYLIST

For Everything a Reason – Carina Round

I'm yours – Isabel LaRosa

Dirty Thoughts – Cloe Adams

Pretty In The Dark – Ashley Sienna & Ellise

Who Do You Want – Ex Habit

Aphrodite – Sam Short

Play with Fire – Sam Tinnesz feat. Yacht Money

Slayer – Bryce Savage

Coffin – PLVTINUM

High For This – The Weeknd

Stileto – Cravin' feat. Kendyle Paige

I Feel Like I'm Drowning – Two Feet

VORWORT

Was? Du hast nach einem romantischen Buch gesucht? Tut mir leid, dich zu enttäuschen, Süße. Aber hier hast du dir etwas ausgesucht, das wohl das komplette Gegenteil ist. Dich erwarten viele schockierende Szenen, die nur etwas für starke Nerven sind. Hoffe gar nicht erst, dass es hier um verliebte Pärchen und Süßholzgeraspel geht. Was du in den Händen hältst, ist keine Liebesgeschichte im klassischen Sinne. Es ist vielmehr ein Sturm aus Intrigen, Gefahr und unerwarteten Enthüllungen, der dich auf eine Achterbahnfahrt der Emotionen mitnehmen wird. Hoffentlich hast du keine Höhenangst. In dieser Welt gibt es keine Zuckerwatte-Romantik, sondern harte Realität, in der die Protagonistin, Andriana, sich gegen dunkle Machenschaften zur Wehr setzen und durch ungeahnte Situationen kämpfen muss. Es ist eine Geschichte, die dein Herz schneller schlagen lässt, nicht vor Rührung, sondern wegen Spannung und Nervenkitzel. Und ganz klar durch Erregung. Also sei gewarnt, dass dieses Buch dich an deine Grenzen bringen wird. Es ist keine leichte Lektüre für einen gemütlichen Abend auf dem Sofa, sondern ein Abenteuer, das deine Vorstellungskraft herausfordern wird und dich sexuell vielleicht etwas mutiger macht. Bist du bereit, dich ins Unbekannte zu stürzen? Dann schnall dich an, denn die Reise beginnt jetzt. Und eines ist sicher: Du wirst nicht mehr dieselbe sein, nachdem du diese Geschichte erlebt hast.

TRIGGER-
WARNUNG

B evor ihr euch also in diese Geschichte vertieft, möchte ich euch darauf hinweisen, dass sie Themen und Szenen enthält, die für einige von euch möglicherweise belastend sein könnten. Doch eure Sicherheit und euer Wohlbefinden sind mir wichtig. Es ist ein fiktives Buch und ich wünsche mir, dass es auch so behandelt wird. Bitte passt auf euch auf.

Diese Geschichte beinhaltet:
- Darstellungen von sexueller Gewalt
- Szenen von Folter
- Darstellungen von emotionaler Gewalt und Missbrauch
- Szenen, die Diskriminierung und Rassismus thematisieren
- Darstellungen von Tablettensucht und Drogenmissbrauch
- Szenen, die Traumata und psychische Gesundheitsprobleme behandeln
- Darstellungen von Bodyshaming und Körperbildthemen
- Szenen mit der Thematik von Tod und Verlust

Dazu möchte ich noch sagen, dass ihr eure eigenen Grenzen respektieren und einhalten solltet. Wenn ihr das

Gefühl habt, dass diese Themen für euch belastend sein könnten, oder wenn ihr euch während des Lesens unwohl fühlt, zögert bitte nicht und legt das Buch zur Seite.

Es ist in Ordnung, die Geschichte nicht zu lesen oder sie in einem angemessenen Tempo zu konsumieren, das für euch am besten ist. Eure Sicherheit und euer Wohlbefinden haben oberste Priorität.

KAPITEL 1

ANDRIANA

Das Leben hat mir bisher nichts geschenkt. Ich habe nur schlechte Sachen erlebt. Für die Guten bin ich wohl nicht gut genug. Ich weiß nicht wieso, aber ich habe mich mittlerweile mit meinem Schicksal abgefunden. Nach der Beerdigung meiner Mom habe ich mir geschworen, mein Leben auf die Reihe zu bekommen und mit meinem Jurastudium weiterzumachen. Es war nicht leicht. Ist es immer noch nicht. Aber ich quäle mich durch. Eine andere Wahl habe ich sowieso nicht, wenn ich nicht für immer rumheulen will. Nachdem meine Mutter bei einem Autounfall ums Leben bekommen ist, bin ich auf den Campus gezogen und darf nun von Job zu Job rennen, um mir das Studium zu finanzieren. Das alles wäre gar nicht so schlimm, wären da nicht die vielen Schulden, die meine Mom hinterlassen hat.

Gott, und nun fallen mir beinahe die scheiß Augen zu, obwohl ich eigentlich was essen sollte.

»Erde an Andriana.« Meine Freundin schnippt vor

meinem Gesicht in die Finger. »Komm zurück in die Realität.«

Jasmine sieht besorgt aus, aber das ist sie schon seit Tod meiner Mom. Im Grunde bin ich für sie ein Welpe, der ausgesetzt wurde und aufgepäppelt werden muss. Dabei komme ich mittlerweile wirklich gut zurecht wenn man die ganzen Arbeitsstunden nicht mitbedenkt, die mich jede Nacht müde ins Bett fallen lassen.

»Sorry. Ich habe kurz überlegt, wo ich heute arbeiten muss«, murmel ich und stochere in meinem Essen herum, das hier wirklich nicht überragend ist. Auf der Green Meadows Universität gibt es zwei Orte, an denen man essen kann. Der eine ist diese Mensa, die für jedermann zugänglich ist. Und dann gibt es die exklusiven Räumlichkeiten für die Elite, also die, die genug Kohle haben, um sich einen Studienplatz, wie diesen zu erkaufen und mindestens ein Konto in der Schweiz besitzen. Auf gut Deutsch gesagt: nicht ich. Die Einrichtung der Mensa ist modern und einladend. An den Wänden hängen großformatige Kunstwerke von Studenten, die dem Saal eine kreative und lebendige Atmosphäre verleihen. Pflanzen sind in stilvollen Töpfen strategisch im Raum verteilt und bringen ein Stück Natur in den Innenbereich herein. Im Grunde genommen ist dieser Ort eine nette Abwechslung zum Studien- und Arbeitsalltag, wenn man die Gerichte außen vor lässt.

»Ria. Du hast heute frei, das ist dir schon klar, oder?« Meine rothaarige Freundin hebt eine Augenbraue und sieht mich skeptisch an.

Verdammt. Das habe ich vollkommen vergessen. Gestern Nacht habe ich im Club gearbeitet und einen Tag davor in der Bar auf dem Campus. Ich bin echt durcheinander und sollte dringend schlafen. Wenn da nicht mein Studium wäre, das mein Leben bedeutet.

»Shit. Okay, du darfst … «, seufze ich und halte meinen Arm hin. Jasmine schmunzelt breit, als sie mir so fest in den Oberarm zwickt, dass ich die Augen zusammenkneifen muss. Blöde Kuh.

»Du solltest echt mal rauskommen. Seit deine Mutter … du weißt schon … bist du nur noch am Arbeiten oder Lernen. Du hast überhaupt kein Leben mehr.«

Da hat sie wohl recht. Um die vielen Schulden meiner Mutter zu bezahlen und einigermaßen leben zu können, arbeite ich wie verrückt. Vor ihrem Tod wusste ich nicht mal etwas von diesen Schulden. Dabei hatte sie die Miete seit fast einem halben Jahr nicht mehr gezahlt und außerdem vorher einen riesigen Kredit aufgenommen, um sich ein Auto zu kaufen. Alles in allem stehe ich nun vor einem riesigen Berg Schulden, den ich zurückzahlen muss, und hab keine Ahnung, wie ich das neben meinem Jurastudium schaffen soll.

»Leben würde ich das auch nicht unbedingt nennen. Aber was soll ich machen? Die Schulden bezahlen sich nicht von alleine.« Ich zucke mit den Schultern und nehme endlich den ersten Bissen von meinem Essen. Wenn man das überhaupt so nennen kann.

»Aber vergiss nicht, deine Pflichten was unsere Freundschaft betrifft einzuhalten.« Jasmine hebt einen Finger und tippt mit ihm gezielt auf meine Nase.

Ich hebe eine Augenbraue und gebe mir Mühe, nicht zu lachen.

»Wie bitte, was?« Ein Grinsen kann ich mir trotzdem

nicht verkneifen. Jasmine ist diese Art Freundin, die ziemlich nerven kann, aber die man trotzdem extrem lieb haben muss. Als ich in ihr Zimmer gezogen bin, hat sie zwei Tage nicht aufgehört, zu grinsen, während ich mich erstmal einleben musste. Für sie ist es schön, eine Mitbewohnerin zu haben, immerhin ist sie auch eine extrem extrovertierte Persönlichkeit. Aber für mich? Na ja, ich bin das genaue Gegenteil und hab nach einem langen Arbeitstag lieber meine Ruhe, als auf irgendwelche Partys zu gehen und mit fremden Kerlen rumzumachen.

»Ich meine ja nur. Das letzte Mal, als du mit auf eine Party gegangen bist, ist jetzt schon ewig her. Du hattest Welpenschutz, aber der ist so langsam vorbei, junge Dame.« Verschmitzt grinst der Rotschopf und spielt mit seinem kleinen Nasenpiercing, was mich schon immer rasend gemacht hat. Manchmal habe ich wirklich den Drang, ihr das Ding rauszunehmen und gegen den Kopf zu werfen. Besonders wenn sie nervös ist, spielt sie damit herum und macht mich ganz kribbelig. Eins muss ich aber zugeben, es steht ihr fantastisch.

»Ich glaube, du hast zu viel Vodka getrunken«, seufze ich und lege mir ein Salatblatt in den Mund, das ich sofort wieder ausspucke. Bei Gott, das grenzt an Körperverletzung, was die hier machen. Kantine kann man das wirklich nicht nennen. Eine Uni, in der die Elite zuhause ist, und trotzdem bekommt man hier einen Salat, der offenbar schon mehrere Tage rumliegt.

»Ha! Das ist Karma, meine Liebe. Wie wärs, wenn du heute endlich mal auf eine Party mitkommst? Ich hab gehört, dass Chase' Fußballteam ihren letzten Sieg feiern will. Alle sind eingeladen.« Und wenn sie »alle« sagt, meint sie auch alle einschließlich der Elite, die sich zu einem kleinen Teil auch auf normalen Partys herumtreibt. Zugegeben, nicht alle von ihnen sind scheiße. Mit dem einen oder anderen komme ich sogar gut zurecht. Aber es gibt da diese eine Gruppe, der ich lieber aus dem Weg gehe. Die Ladys von Green Meadows sind so etwas wie die Elite der Elite. Eine Gruppe von Mädchen, die denken, sie wären etwas Besseres, und dies natürlich auch zeigen müssen. Um ehrlich zu sein, hasse ich sie abgrundtief. Letzte Woche haben sie im Club, in dem ich arbeite, gefeiert und wunderbar ausgenutzt, dass sie mich kennen. Immer wieder musste ich ihnen zu Diensten sein und ihnen die komischsten Wünsche erfüllen. Das dumme Gelächter habe ich immer noch in meinen Ohren. Aber leider bin ich nicht die Einzige, die so von ihnen behandelt wird. Für die Ladys ist das gemeine Volk unwichtig und verzichtbar. Außer es geht um Arbeit, die sie selbst nicht machen wollen.

»Vergiss es. Ich habe echt Besseres zu tun, als meine Zeit mit den Ladys zu verbringen«, gebe ich zurück und nehme einen großen Schluck aus meinem Wasserglas, das den ekligen Geschmack des Salates wegspülen soll. Vergebens.

»Im Verbindungshaus der Fußballer ist genug Platz, um dich zu verstecken. Komm schon. Einmal. Chase hat schon nach dir gefragt«, zwinkert meine Freundin frech und bringt mich damit nur zum Seufzen.

Chase ist mein bester Freund, aber mehr auch nicht. Wir hängen oft zusammen rum oder unterhalten uns über sportliche Wettkämpfe. Während er im Fußball aufblüht, liebe ich es, Ballett zu tanzen. Schon als Kind habe ich mit meiner Mutter Ballettaufführungen angesehen und mit sieben Jahren selbst angefangen. Was auch meine dünne Statur erklärt, für die ich regelmäßig getadelt werde.

»Chase kann gerne zu mir kommen, wenn er mit mir reden will. Er findet mich an mehreren Wochentagen entweder im Vorlesungssaal oder im Wish.«

Jasmine stöhnt laut und gibt mir erneut einen Klaps.

»Okay, wir schauen mal, ob wir einen Termin finden. Ria, im Ernst, komm bitte mit. Es wird dir gut tun. Ich erinnere mich an wilde Nächte, in denen du viel Spaß hattest.«

Und ich erinnere mich an die Tage danach, die ich im Bett verbracht habe, weil mein Kater so extrem war.

»Gib mir einen Tag Ruhe. Heute kommt ein Auftritt von Marianela Nuñez. Den will ich nicht verpassen.« Wobei ich dabei wohl eher einschlafen werde.

»Ich würde mich auch freuen, wenn du kommst.« Meine Augen drehen sich zu der Person, die sich zu uns gesetzt hat. Und als wäre mein Tag nicht schon schlecht genug, muss er natürlich jetzt noch beschissener werden.

»Verpiss dich, Gael«, knurrt Jasmine und schmeißt eine Tomate nach ihm, der er jedoch sehr geschickt ausweicht.

Ich persönlich habe aber gehofft, dass sie trifft. Gael und ich kennen uns bereits seit der Highschool und waren ein halbes Jahr zusammen. Er hat nie aufgegeben sich um mich zu bemühen, nur sind diese Bemühungen etwas anders, als man sich vorstellt oder es gern hätte. Im Grunde ist er der typische Bonzensohn, der immer einen hässlichen Wollpullover trägt und sich selbst als viel zu wichtig ansieht. Oft musste ich mir anhören, wie froh ich doch sein kann, seine Freundin sein zu dürfen. Er interessiert sich nur für sein Studium, seine Zukunft und seine Mom. Bevor wir zur selben Universität zugelassen wurden, habe ich mit ihm Schluss gemacht, doch bis heute versucht er, mich zurückzubekommen, was ich jedes Mal mit einem Korb bestrafe.

»Ich bitte dich. Ich bin doch auch nicht so unfreundlich zu dir, Jasmin«, lächelt Gael frech und legt sein Gesicht auf seiner Hand ab. Ekelpaket.

»Jasmine. Warum kannst du dir nicht endlich meinen Namen merken, Arschgesicht?« Als Jasmine davon erfuhr, dass wir mal ein Paar waren, sind ihr fast die Augen aus dem Gesicht gesprungen. Und ja, ich würde das auch nicht glauben, wenn ich nicht selbst mit ihm zusammen gewesen wäre. Nicht jeder ist fehlerfrei, oder wie war das?

»Wie auch immer. Kommst du auch?« Gael ignoriert meine Freundin und lächelt mich an, während er auf meine Lippen starrt. So langsam weiß ich wirklich nicht mehr weiter mit ihm.

»Gael«, fange ich an und lächele ihm sarkastisch ins Gesicht.

»Ja?« Ich sehe die Hoffnung in seinen Augen, während Jasmine sich ein Lachen kaum verkneifen kann. Sie weiß genau, was ich vor habe.

»Verpiss dich«, knurre ich und wende mich von ihm ab. Das ist ja nicht zu fassen. Wie kann ein Mensch nur so nerven? Habe ich ihm nicht deutlich gesagt, dass ich nichts mehr von ihm wissen will? Wie hieß nochmal der eine Kerl von *Disneys große Pause*? Chase vergleicht Gael immer wieder mit ihm und ich gebe zu, dass gewisse Parallelen zu erkennen sind.

»Tu dir selbst einen Gefallen und spring über deinen Schatten, Mondschein. Mir fehlt dein schwarzes Haar in meinem Gesicht, wenn es im Winde ... «, beginnt er und wird sofort von Jasmine unterbrochen.

»Sie hat gesagt, dass du dich verpissen sollst. Meine Fresse.«

Wenn meine Freundin sauer wird, sollten die Leute um sie herum schnell das Weite suchen. Sie ist dann wie eine Bombe. Wenn sie platzt, zerstört sie alles um sich herum. Und dafür liebe ich meine verrückte Jasmine.

Gael scheint zu überlegen, was er meiner Freundin entgegnen soll, entscheidet sich aber dafür wieder aufzustehen und sich leise zu räuspern. »Wir sehen uns auf der Party.«, verabschiedet er sich und verschwindet so schnell, wie er gekommen ist.

»Wohl kaum«, murmel ich ihm hinterher und lege mein Gesicht in meine Hände. Als hätte ich nicht schon genug Probleme. Jetzt muss ich mich auch noch mit meinem komischen Ex auseinandersetzen, der alles andere als gut für mich war und ist.

Jasmine verdreht die Augen und sieht auf mein Essen. »Isst du das noch?«, fragt sie, doch bevor ich antworten kann, hat sie meinen Teller schon zu sich gezogen und verputzt fast alles, was ich mir draufgelegt habe. Um genau zu sein, bin ich ganz froh, dass sie es isst. Es ist wirklich der Horror. Da bleibe ich lieber hungrig oder esse im Wish.

»Also hör mal. Du hast gar keine andere Wahl, als zu kommen. Noah Drayton wird ebenfalls da sein.«

Mein Mund öffnet sich und meine Augen springen mir fast aus dem Gesicht. »Was wirklich? Gott, warum sagst du das nicht gleich? Vergiss meinen Plan, ich komme auf jeden Fall mit!«, gebe ich aufgeregt zurück und klatsche in die Hände, was Jasmine breit grinsen lässt.

»Wirklich?« Mit vollem Mund setzt sie sich etwas gerader hin und hüpft etwas auf und ab.

»Nein.« Emotionslos sehe ich sie an und kann die Enttäuschung in ihrem Blick erkennen. »Ich kenne den Kerl nicht mal.«

Noah Drayton. Ich weiß gar nicht, wo ich anfangen soll, wenn ich seinen Namen höre. Es gibt wohl keinen Kerl, der bekannter auf dem Green Meadows Campus ist als er. Dabei habe ich ihn noch nie in meinem Leben gesehen. Das liegt aber womöglich auch daran, dass ich nicht in seinem Semester bin und mich anderen Dingen widmen muss. Ich weiß nur, dass er mit einer der Ladys liiert ist und verdammt heiß sein soll. Nicht, dass ich keine heißen Typen mag, aber im Augenblick habe ich wirklich Besseres zu tun, als mich irgendwelchen Kerlen zu widmen, die eine Freundin haben. So, wie Jasmine, die so sehr in Noah verknallt ist, dass es beinahe lästig ist.

»Wenn du ihn sehen würdest, könntest du mich und die anderen Mädchen verstehen, Ria. Allein seine Tattoos und diese schwarzen Haare, die in sein Gesicht fallen, und … «

Abwehrend hebe ich die Hand und schließe genervt die Augen.

»Danke, das reicht. Ich habs verstanden. Aber ich

würde trotzdem lieber meinen freien Abend genießen. Erholung werde ich auf jeden Fall brauchen, wenn ich das erledigt habe. Kennst du das Wort Verständnis?«

Aus Jasmines sonst schon so hellem Gesicht, verschwindet die Farbe. Anscheinend hat sie vergessen, dass ich heute einen wichtigen Termin habe, den ich nicht verschieben kann. Die Wohnung von meiner Mutter und mir wurde neu vermietet und das bedeutet, dass ich heute den Schlüssel abgeben muss. Mein Herz bricht, wenn ich daran denke. Dort haben meine Mom und ich viele Jahre gelebt und schöne Zeiten gehabt. Wir waren ein Team. Und dann ist sie einfach so gestorben. Manchmal weiß ich nicht, ob mir das bis heute überhaupt richtig bewusst geworden ist. Aber wenn ich den Schlüssel abgebe, werde ich es realisieren müssen, ob ich will oder nicht.

»Scheiße. Fuck. Gott, tut mir leid, Ria. Ich … hab das total vergessen.«

Dadurch, dass ich mir die Wohnung nicht mehr leisten kann, bin ich auf den Campus angewiesen. Aber auch das ist ziemlich teuer. Wenn auch nicht ganz so teuer wie die Drei– Zimmer–Wohnung im Zentrum von Atlanta, in der ich nichts weniger als einen Teil meiner Kindheit verbracht habe.

»Ach, schon okay. Danach will ich jedenfalls nicht mehr auf irgendeine Party. Thema durch?« Mein Blick wird versöhnlicher und auch Jasmine wirkt erleichtert angesichts meiner Reaktion. Ich hab sie wirklich gern, aber manchmal denkt sie einfach erst nach, nachdem sie etwas ausgesprochen hat. Das bricht ihr oft das Genick. Und ich kann nicht immer auf sie aufpassen.

»Thema durch. Danach … soll ich vielleicht doch auf dem Zimmer bleiben? Dann können wir uns deinen Ballett–Sender anschauen.«

»Du hast doch gar keine Ahnung von Ballett?« Es ist nett gemeint, dass Jasmine bei mir bleiben will, aber sie will einfach nicht verstehen, dass ich mich am besten ausruhen kann, wenn ich alleine bin. Längere Zeit kann ich nicht unter vielen Menschen sein. Zumindest im Moment.

»Ja und? Du kannst es mir doch erklären«, grinst sie unschuldig und spielt mit ihren wirren roten Haaren. Wie immer, wenn sie nervös ist.

»Schon okay, geh auf deine Party. Ich bin froh, wenn ich meine Ruhe haben kann. Danach kannst du mir gerne erzählen, ob du diesen Noah getroffen hast oder nicht.« Denn darauf arbeitet sie immer wieder hin. Allerdings scheint es schwer zu sein, an ihn ranzukommen. Offenbar lebt er in der Villa seines Bruders, die am Rande des Campus liegt. Ich hab sie schon von Weitem gesehen und muss zugeben, dass ich beeindruckt von der Aufmachung war. Sie ist zwar ganz schön protzig, aber was will man von der Elite auch anderes erwarten?

»Klingt nach einem schönen Deal«, lächelt sie und steht langsam auf. Ich mache es ihr nach, doch ehrlich gesagt würde ich es gerne vermeiden zu unserer alten Wohnung zu fahren. Es ist, als würde ich meine Vergangenheit auslöschen. Als würde ich alles, was ich einst geliebt habe, hinter mir lassen. All die Erinnerungen an die schönen Zeiten, weg. Für immer.

KAPITEL 2

ANDRIANA

M om? Ich bin wieder zuhause!«, rufe ich, als ich nach meinen Vorlesungen in die Wohnung komme. Endlich habe ich dieses schwierige Thema verstanden. Außerdem habe ich heute einen schönen Tag mit Jasmine und Chase verbracht, der lustiger kaum hätte sein können. Na ja, wenn man die vielen Schwärmereien meiner Freundin nicht mitrechnet. Ich verstehe immer noch nicht, wie man so auf einen Kerl abfahren kann.

»Mom?«, rufe ich ein zweites Mal und lege meinen Rucksack auf einen Stuhl beim Esstisch ab. Ich frage mich, ob meine Mutter überhaupt zuhause ist, aber eigentlich hat sie heute frei. Ich schaue auf mein Handy und gehe unsere Nachrichten durch. Nicht eine Antwort hat sie mir auf meine Nachrichten gesendet und so langsam mache ich mir wirklich Sorgen. Ich wähle ihre Nummer und warte darauf, dass sie ans Handy geht. Fehlanzeige. Nach einer gefühlten Ewigkeit geht nur die Mailbox an. Na super. Wo ist sie denn auf einmal hin?

Ich lege mein Handy neben mich und widme mich

vorerst dem Abendessen. Ich habe meiner Mom versprochen, heute zu kochen, da sie im Moment krank ist und viel Unterstützung braucht. Und gegen meine Spaghetti Bolognese gewinnt nicht einmal die härteste Grippe. Ich beginne also das Fleisch vorzubereiten und Tomaten zu schneiden. Dabei frage ich mich die ganze Zeit, wo meine Mutter sein könnte. Die Arztpraxen haben um diese Uhrzeit bereits zu, genau wie die Apotheken. Ob sie einen Spaziergang macht? Das sähe ihr aber nicht ähnlich und falls doch, hätte sie mir eine Nachricht hinterlassen. Nie geht sie irgendwohin, ohne Bescheid zu sagen. Das war schon immer eine ungeschriebene Regel unter uns.

Ich beginne die Knoblauchzehen zu schneiden, als mein Handy klingelt. In der Hoffnung, dass es meine Mom ist, schnappe ich es mir. »Ja?«

»Du hast meine Nachrichten ignoriert«, knurrt Jasmine ins Telefon und bringt mich dazu, zu seufzen. Ich lehne mich an die Küchenzeile und klemme mein Handy zwischen mein Ohr und meine Schulter.

»Tut mir leid, ich hatte viel zu tun. Außerdem ist im Bus kein Empfang.« Jasmine ist eine gute Freundin für mich geworden. Wir sind zwar nicht im gleichen Semester, doch sie hat denselben Lieblingsplatz wie ich. Und seit wir uns immer unter dem Baum treffen, versucht sie mich zu überreden, mit ihr auf eine Campusparty zu gehen.

»Ich verzeihe dir«, murmelt die Rothaarige. Gerade in diesem Moment finde ich es schade, dass sie nicht sieht, wie ich skeptisch eine Augenbraue nach oben ziehe und die Augen verdrehe. Jasmine ist gewöhnungsbedürftig und doch muss ich sagen, dass ihre Art ziemlich *erfrischend ist. Zumindest meistens.* »*Also. Gehen wir heute Abend einen draufmachen?*«

Wieder seufze ich. »*Ja, aber lass mich erst mal den Abend mit meiner Mom verbringen. Ich bin gerade dabei zu kochen.*« *Jasmine weiß, wie viel mir meine Mutter bedeutet, weshalb sie auch immer ruhig bleibt, sobald ich diese Karte ausspiele. Im Telefon höre ich zunächst nur ein Brummen.*

»*Gut. Ich erwarte dich um elf Uhr auf dem Campus. Hast du ihr gesagt, dass du bei mir schlafen kannst?*« *Schon oft hat sie versucht, mich zu überreden ins Wohnheim zu ziehen. Sie hat zwar kein Einzelzimmer, aber das andere Bett steht schon die ganze Zeit leer. Und da die Uni niemanden mehr annimmt, bleibt das wohl auch vorerst so.*

»*Ja, ja, hab ich. Ich muss jetzt weitermachen, die Pfanne ist heiß. Bis später.*« *Ich lege auf, ohne auf eine Antwort von ihr zu warten. Nachher sehen wir uns ja sowieso noch. Eigentlich ist mir im Moment nicht nach Party. Gerade die Ladys sind mir ein Dorn im Auge. Aber vielleicht tut es mir ganz gut, mal rauszukommen, nachdem ich meine Mom mit Essen versorgt habe.*

Als das Fleisch in der Pfanne brutzelt, höre ich, dass mein Handy schon wieder klingelt, weshalb ich sofort alles stehen und liegen lasse, um ranzugehen. »*Mom?*«, *frage ich reflexartig, doch erschrecke, als ich eine männliche Stimme am anderen Ende vernehme.*

»*Spreche ich mit Andriana Fleming?*«, *will der Mann wissen und lässt mich genervt aufstöhnen. Sicherlich ist das wieder ein nerviger Werbeanruf, den ich schon seit Wochen bekomme.*

»Ja, richtig«, antworte ich und laufe zurück zu meiner Soße, die bereits hervorragend aussieht. Mom wird sich freuen, wenn sie reinkommt und riecht, was ich hier vollbracht habe.

»Hier spricht das Emory University Krankenhaus. Es geht um Ihre Mutter Karen Fleming.« Mein Blick erstarrt. Das Krankenhaus?

So schnell ich kann, laufe ich durch die Gänge des Emory University Krankenhauses. Ich habe den letzten Bus genommen und muss wahrscheinlich die fünfzehn Kilometer zurücklaufen. Doch das ist mir völlig egal. Der Arzt am Telefon hat mir nicht gesagt, was Sache ist. Nur, dass ich so schnell, wie möglich kommen soll. Außer Atem erreiche ich die Information. »Entschuldigen Sie? Mein Name ist Andriana Fleming. Sie haben mich angerufen, wegen meiner Mutter.« Ich spüre kleine Schweißperlen auf meiner Stirn, die langsam, aber sicher in mein Gesicht laufen.

Die Frau an der Information wird etwas blass, als sie auf ihren PC sieht. »Ja, äh … bitte gehen Sie in den ersten Stock zu Mister Coleman.«

Schnell bedanke ich mich und renne die Treppen hoch in den ersten Stock. Nur der Adrenalinschub sorgt dafür, dass ich nicht vor Sorge in Ohnmacht falle oder mich übergebe.

Ich sehe schon bald einen älteren Mann, der auf irgendwelche Papiere starrt.

»Hallo. Ich bin Andriana Fleming. Sie haben … Sie haben mich angerufen.« Meine Brust senkt und hebt *sich, doch ich kann mich nicht beruhigen. Nicht, solange ich meine Mom nicht gesehen habe.*

Auch Doktor Coleman wird etwas blass um die Nase, als er mich sieht. Sein Räuspern macht mir allerdings die meiste Angst.

»Ja. Gut, dass Sie gekommen sind. Ihre Mutter hatte einen Autounfall. Sie … wurde aus einem brennenden Wagen gezogen und …« Meine Mutter hatte einen Autounfall? Sie ist die sicherste Fahrerin, die ich kenne. »Es tut mir leid, aber wir konnten Ihre Mutter nicht retten.«

Kaum hat Coleman diesen Satz ausgesprochen, höre ich das Blut in meinen Ohren rauschen. Mir wird schwindelig und schlecht zugleich. Ich weiß nicht, ob ich mich nicht gleich übergeben muss.

»Miss Fleming?« Die Stimme des Arztes höre ich kaum noch. Ich fühle mich, als würde mir der Boden unter den Füßen weggerissen werden. Meine Mom ist … tot?

KAPITEL 3

ANDRIANA

Nachdem ich mich etwas frisch machen konnte, gehe ich auf direktem Weg zu der Wohnung, in der meine Mom und ich gefühlt ewig gelebt haben. Ich will den Schlüssel nicht abgeben, aber ich muss es tun, um mein neues Leben zu starten. Wenn ich eine erfolgreiche Juristin werden will, heißt das auch, dass ich gewisse Dinge gehen lassen muss. Die Beerdigung meiner Mutter liegt nun schon länger zurück und doch habe ich nicht das Gefühl, dass ich damit abgeschlossen habe. Wir waren das Team schlechthin und nun bin ich alleine. Ich habe keine Geschwister oder Verwandten in der Nähe. Auch meinen Vater kenne ich nicht und wollte ihn auch nie kennenlernen. Dieses Arschloch hatte meine Mutter schon verlassen, als ich noch in ihrem Bauch war. Laut ihr war er nichts weiter als ein One–Night–Stand, der sich sofort aus dem Staub gemacht hat, als sie erfuhr, dass sie schwanger war. Tja, und das machte die große Karen Fleming zu einer alleinerziehenden Mutter. Trotz der Umstände hat sie mich aber sehr gut großgezogen. Ich bin selbstständig aufgewachsen und kam gut damit klar, dass sie ständig arbeiten war, um die Miete zahlen zu können. Mir schon mit sieben Jahren selbst die Schulbrote zu machen, war für mich also eine Selbstverständlichkeit. Aber wie selbstständig ich auch bin, ich fühle mich nun so allein, so hilflos. Besonders was mein Studium betrifft, zum Beispiel, dass ich meiner Mom nicht sagen kann, wie gut ich in den Prüfungen abgeschnitten habe. Doch ich ignoriere meinen Schmerz und mache weiter. Etwas anderes bleibt mir sowieso nicht übrig.

Im Bus herrscht wie immer, eine große Unruhe. Die Kinder streiten sich, die Mütter sind überfordert und der Busfahrer sieht aus, als würde er gleich einschlafen. Nur ein paar alte Männer beschweren sich über den Lärm und versuchen sich die Ohren zuzuhalten. »Können Sie ihr Kind nicht ruhig halten?«, fragt ein alter Mann, eine Frau, die offensichtlich mit der momentanen Lage überfordert ist.

»Entschuldigen Sie, aber meine Kinder müssen selbst lernen, wann es an der Zeit ist, ruhig zu sein«, knurrt sie zurück, was mich überrascht. Eigentlich sieht sie für mich nicht wie ein dummer Mensch aus, aber das hier zeigt mir mal wieder, dass man niemals vom Äußeren ausgehen sollte. Ich kann mir ein Schnauben nicht verkneifen und sehe aus dem Fenster, in der Hoffnung, dass mich der Anblick der Bäume und Gebäude etwas ablenkt. Fehlanzeige.

»Wenn Sie so Ihre Kinder erziehen, sind wir verloren, Mädchen!«, zischt der alte Mann jetzt und tatsächlich muss ich ihm recht geben. Manche Eltern erziehen ihre Kinder wie die letzten Idioten. Immer wieder bekomme ich im Bus mit, wie sich Jugendliche oder Kinder, wie

Arschlöcher benehmen. Meine Mutter hatte mir damals noch gezeigt, wie man sich anständig verhält, und mir dann den Arsch gepudert, wenn ich es auch verdient hatte. Gute Noten, den Haushalt machen – ich konnte viele Punkte sammeln, wenn ich wollte. Wurde ich frech, gab es eine Menge Verbote und andere Strafen.

Als ich aus dem Bus steige, sehe ich sofort das große Mehrfamilienhaus, in dem immer sehr angenehme Menschen gelebt haben. Das alles ist jetzt vorbei. Für immer. Ich werde nie wieder hierher kommen, um etwas zu holen. Nie wieder Miss Evans begrüßen, die mir vom Fenster aus zugewinkt hat. Auch jetzt ist sie nicht da, um mich zu begrüßen. Um diese Uhrzeit ist sie immer im Bett, nachdem sie den ganzen Vormittag den Haushalt gemacht hat. Sie hat uns immer die leckersten Kuchen gebacken, weil wir den Flur sauber gehalten haben.

Unsere Wohnung war nicht die größte. Die kleinen Fenster und die knapp geschnittenen Räume haben es uns schwergemacht neue Möbel zu kaufen, um sie zu platzieren. Aber all das war mir egal, ich war glücklich an diesem Ort. Wir haben die schönsten Zeiten gehabt und nun gebe ich das alles ab an fremde Menschen, die in unserer Wohnung ihre eigene Geschichte schreiben werden.

Leise seufze ich, ich ziehe meinen Rucksack etwas höher auf meine Schultern und steuere unsere Wohnung an. Die vielen Treppenstufen bin ich mittlerweile nicht mehr gewohnt und schon nach einigen Schritten außer Atem. Erst oben, kann ich mich etwas beruhigen.

»Miss Fleming, Sie sind etwas zu spät«, murmelt mein Vermieter und legt sein Klemmbrett auf dem Treppengeländer ab, um mir die Hand zu schütteln.

Ich mochte ihn eigentlich immer. Wenn es Mängel gab, hat er sich schnell darum gekümmert und war auch sonst ziemlich freundlich. Er ist zwar sehr trocken in seiner Art, aber dennoch war ich froh, dass er unser Vermieter war. Ihn jetzt zu verlassen, tut irgendwie weh. Dabei hatte ich nicht mal viel mit ihm zu tun. Nur an eine Situation werde ich mich immer erinnern. Meine Mutter und ich hatten gerade das Abendessen vorbereitet, als wir hörten, wie Mr. Collins draußen laut fluchte. Neugierig schauten wir aus dem Fenster und sahen, wie er versuchte, eine riesige, aufblasbare Giraffe in seinen winzigen Kofferraum zu quetschen. Unser normalerweise so ernsthafter und strenger Vermieter, hatte dieses riesige Gummitier anscheinend auf dem Flohmarkt ergattert. Trotz seiner trockenen Art war er ein liebender Onkel, der alles für seine Nichte tat. Doch die Szene war einfach zu komisch, um sie zu ignorieren. Die Giraffe war mindestens drei Meter hoch und weigerte sich, in den kleinen Kofferraum zu passen, wie sehr er auch drückte, an ihe zerrte oder fluchte. Als das Wetter umschlug, luden wir ihn ein, sich in unserer Wohnung auszuruhen. Und zu unserer Überraschung saßen wir stundenlang zusammen und unterhielten uns viel netter als sonst. Ja, er wird mir fehlen.

»Tut mir leid. Der Bus hatte Verspätung«, sage ich außer Atem und lasse den Rucksack von meiner Schulter gleiten.

»Schon okay. Die neuen Mieter sind …«, beginnt er und verstummt, als ein Pärchen aus meiner Wohnung kommt, das sehr glücklich aussieht. Die junge Frau und der etwas ältere Mann sehen mich an und haben dieses gewisse Leuchten in den Augen, was mir sagt, dass es die Richtigen für die Wohnung sind. Hoffentlich fügen sie sich gut hier ein. Ich hätte nicht damit leben können, wenn irgendwelche Arschlöcher hier einziehen würden. Gerade für Miss Evans, die es schon immer geliebt hat, anderen eine Freude zu machen. Sie freute sich beinahe mehr darüber, uns etwas zu backen, als wir.

»Ah, Sie müssen Miss Fleming sein. Unser Beileid zu Ihrem Verlust. Wir … sind sehr froh, dass wir in diese schöne Wohnung ziehen können«, lächelt die junge Frau sanft und gibt mir direkt ein besseres Gefühl, weshalb auch ich anfange zu lächeln.

»Danke, ich … hoffe, Sie fühlen sich hier wohl.« Mehr weiß ich nicht zu sagen. Trotz allem tut es weh, diesen Teil meines Lebens zurücklassen zu müssen. Immerhin bin ich hier aufgewachsen. Die Nachbarn waren ein Teil meiner Familie und haben sich oft um mich gekümmert, wenn meine Mom bis spät in die Nacht arbeiten musste. Ich hatte so gut wie jede Handynummer und wenn ich mal ein bisschen Geld brauchte, durfte ich mich um die Haustiere kümmern, um etwas hinzuzuverdienen.

»Bitte unterschreiben Sie hier. Den Schlüssel haben Sie dabei?«

Ich erinnere mich noch gut daran, als unser Back-ofen kaputt war und unser Vermieter einen Tag später mit einem neuen vor der Tür stand. Da wir aber nicht wussten, wie man so ein Ding einbaut, hat er sich einige Stunden dafür Zeit genommen, um ihn uns einzubauen. Dabei entstanden die lustigsten Gespräche und da er so gut in Mathe ist, half er mir sogar bei den Hausaufgaben.

Ich nicke und hole den Schlüssel aus meinem Rucksack, um ihn der jungen Frau in die Hand zu drücken. Dankbar lächelt sie mich an, was mir beinahe das Herz bricht. Doch ich behalte meine lächelnde Miene bei und wende mich wieder zu meinem Vermieter, der mir weiterhin Stift und Zettel entgegenhält. Nach dieser Unterschrift wird meine Zukunft besiegelt und die Vergangenheit mir genommen sein. Doch ich weiß, dass ich nur so damit abschließen kann. Dass ich nur so in die Zukunft schauen kann.

Meine Hand zittert, als ich unterschreiben will.

»Lassen Sie sich ruhig Zeit.«

Die sanfte Stimme meines Vermieters gibt mir ein bisschen Halt, aber trotzdem kämpfe ich gegen die Tränen an. In meinem Kopf höre ich die Stimme meiner Mom, die mir Mut macht, dass alles gut werden wird und sie nicht sauer oder enttäuscht von mir ist.

»Schon gut. Ich … bin nur etwas kaputt von der Uni«, lüge ich und sehe die mitleidigen Blicke der neuen Mieter. Zitternd setze ich den Stift an und atme noch einmal tief durch. Das kann doch nicht so schwer sein. Unterschreib endlich, Andriana.

Nachdem ich meine Unterschrift auf das Papier gesetzt habe, höre ich schwere Schritte im Treppenhaus, die mich aus meiner Starre holen. Ein Postbote, der genauso schwer atmet wie ich vorhin, bleibt vor uns stehen und braucht einige Sekunden, um sich zu beruhigen.

»Können wir Ihnen helfen?«, will mein Vermieter wissen und hebt eine Augenbraue.

»Ich suche Miss Fleming. Ist sie zuhause?«, fragt der junge Mann und sieht uns der Reihe nach an.

Mir wird übel. Eigentlich sollten doch alle Unternehmen wissen, dass meine Mom schon seit Monaten tot ist.

Gerade will mein Vermieter das Wort ergreifen als ich ihm zuvorkomme: »Ich bin Miss Fleming.« Ich habe keine Kraft mehr, zu erklären, dass meine Mutter nicht mehr unter uns weilt, deswegen nehme ich den Brief an mich, um ihn später im Kamin unseres Wohnhauses auf dem Campus zu verbrennen. Natürlich erst, wenn ich geklärt habe, welche Firma jetzt noch was von meiner Mom will. Dabei habe ich wochenlang immer wieder erklärt, was passiert ist, bis ich weinend zusammengebrochen bin. Nochmal kann ich das nicht.

»Oh, das ist gut, hier«, lächelt der Mann und hält mir einen Brief hin, der allerdings nicht so aussieht, wie Werbung oder irgendetwas in der Art. Seine Hände sind tätowiert und auch sein Gesicht ist voller Piercings, was ihn wie einen Punk aussehen lässt. »Ich wünsche Ihnen einen schönen Tag«, grinst er und verschwindet so schnell, wie er gekommen ist.

Moment, möchte er keinen Ausweis sehen? Dieser Brief scheint nämlich streng vertraulich zu sein.

Mit großen Augen sehe ich ihm hinterher und wende dann meinen Blick auf den Brief. Ja, ganz sicher. Er hätte meinen Ausweis gebraucht. So einen Brief bekommt man nicht, ohne sich auszuweisen. Er muss neu in seinem Beruf sein.

»Erledigen wir den Rest in der Wohnung?«, fragt mein Vermieter, doch ist diese Frage ist nicht an mich gerichtet. Ich bin nun offiziell raus, weshalb ich mich leise räuspere, bevor ich anfange zu heulen.

»Gut, ich … wünsche Ihnen alles Gute.« Mir fällt das Lächeln schwerer als vorhin. Das letzte Mal stehe ich vor meiner Wohnung. Das letzte Mal in diesem Treppenhaus. Mir wird schlecht.

»Das wünschen wir Ihnen auch. Vielen Dank nochmal und viel Glück mit Ihrem Studium.« Die junge Frau scheint ein guter Mensch zu sein und offensichtlich ist sie schwanger, was ein kleines Gefühl des Glücks in mir erzeugt. Es ist das Richtige. Ja, das ist es. Muss es sein.

Nachdem ich mich von allen verabschiedet habe, laufe ich die vielen Stufen hinunter zum Ausgang und bleibe vor einer Bank stehen, die direkt vor meiner ehemaligen Wohnung steht. Hier saß ich immer, wenn ich mich mit meiner Mom gestritten hatte und Luft brauchte. Hier habe ich auch die merkwürdigsten Menschen getroffen, von denen einige sogar so etwas wie Freunde von mir wurden. Darunter ein Obdachloser namens Bruce, der mir beinahe ein Ohr abgekaut hat, als er mir immer wieder sagte, wie wichtig es sei, seinen Träumen zu folgen. Das habe ich natürlich getan. Nicht nur für mich, sondern auch für meine Mom, die nicht die beste Schulbildung hinter sich hatte. Bruce hörte mir zu, wenn ich eine schlechte Note nach Hause brachte, und dafür brachte ich ihm jeden Donnerstag das leckerste Sandwich der Stadt. Als er starb, war ich viele Wochen traurig und habe diese Bank gemieden. Doch nun sitze ich wieder hier und schaue auf das, was dieser Postbote mir in die Hand gedrückt hat.

Der Brief macht mich neugierig. Wieso sollte meine Mom streng vertrauliche Post bekommen? Sie hatte schon vorher keine Abrechnungen oder sonst was mehr bekommen. Außerdem weiß ich genau, wo sie angemeldet war und wo nicht. Immerhin habe ich mich eine lange Zeit um ihren Papierkram gekümmert.

Die Neugierde in mir gewinnt und ich sehe mich noch einmal um, bevor ich den Umschlag öffne. Es kann nichts Offizielles sein, denn ich sehe kein Siegel oder irgendein Logo auf dem Briefbogen, als ich ihn entfalte. Es wundert mich auch, dass kein genauer Absender vermerkt ist. Im Grunde sieht es eher aus, als wäre es nichts weiter als ein persönlicher Brief. Aber alle Freunde von meiner Mom waren mir bekannt, genauso wie die kleineren Liebschaften, die sie zwischendurch immer mal hatte.

Als ich aber lese, was auf dem Blatt steht, fallen mir fast die Augen aus dem Gesicht. Das soll wohl ein Witz sein! Völlig baff, wird mir klar, dass meine Mom scheinbar etwas gewonnen hat. Sie wurde in einem Gewinnspiel ausgelost und darf sich nun über eine halbe Million Dollar freuen. Ich habe nicht mitbekommen, dass sie an Gewinnspielen teilgenommen hat, und nun soll sie auch noch gewonnen haben? Nach ihrem Tod? Herrgott.

Ich fahre mir über das Gesicht und starre fassungslos auf das Schriftstück in meiner Hand. Es sieht nicht danach aus, als wäre es ein Fake. Dazu ist die Aufmachung einfach zu professionell. Ob ich den Gewinn für sie annehmen darf? Immerhin bin ich auch eine Fleming.

Als ich höre, dass einige Menschen an mir vorbeilaufen, halte ich den Brief fest an meinen Körper, um ihn niemandem zu zeigen. Es wird darin genau angegeben, wohin ich gehen muss. Tatsächlich kenne ich den Ort. Auch die umliegenden Gebäude sind mir nicht fremd, genauso wenig wie der öffentliche Platz davor, den immer viele Menschen benutzen. Scheinbar soll ich von einem Chauffeur abgeholt werden. Ob das Ganze mit rechten Dingen zugeht? Meine Mutter war ein guter Mensch und hat sich mit jedem gut verstanden, niemals wäre sie in komische Dinge verstrickt gewesen. Und da der Treffpunkt sowieso öffentlich ist, brauche ich mir doch keine Sorgen machen, oder? Das hier scheint offiziell zu sein, also kein Grund zur Sorge. Ich werde mit den Veranstaltern sprechen und hoffen, dass sie mir den Gewinn zukommen lassen.

Mein Herz pumpt, als mir klar wird, dass genau das schon immer der Traum meiner Mutter war. So oft hat sie mir ins Ohr geflüstert, wie unser Leben aussehen würde, wenn wir reich wären. Dass wir das beste Essen genießen könnten und keine Sorgen mehr haben werden, dass sie nicht mehr so viel arbeiten muss und wir viel zusammen unternehmen könnten. Nun, da sie nicht mehr da ist, wird das wohl ein Traum bleiben, aber den Rest könnte ich alleine wahr machen. Für mich und für sie.

Ich nehme mir vor, die Einladung anzunehmen. Keine Ahnung, ob ich am Ende wirklich die Möglichkeit haben werde, den Gewinn zu erhalten, aber ich muss es versuchen. Den Haufen Schulden, den es gibt, kann ich niemals alleine und auf einen Schlag begleichen. Und auch für mein Studium wäre es besser etwas auf der hohen Kante zu haben. Das würde mir alle Sorgen nehmen, ohne, dass ich etwas dafür tun muss. Vielleicht bin ich naiv, vielleicht bin ich auch absolut dämlich, so etwas zu tun, aber mein Plan steht. Egal, was kommt, ich werde heute Abend zu diesem Ort gehen und mir das Ganze anschauen. Und wenn ich das Pfefferspray mitnehme, das mir Jasmine geschenkt hat, bin ich bestimmt auf der sicheren Seite.

Ich reibe mir die Augen, als ich zurück in mein Zimmer komme. Am liebsten würde ich mich hinlegen, aber dafür habe ich keine Zeit. Den Brief habe ich in meinem Rucksack. Ich nehme mir vor, Jasmine vorerst nichts davon zu erzählen und erstmal alleine zu schauen, was es damit alles auf sich hat. Denn meine Freundin kann den Mund nicht halten, wenn man ihr etwas sagt, deshalb werde ich sie dann doch lieber vor vollendete Tatsachen stellen. Außerdem ist sie anscheinend gerade so vertieft sich zu schminken, dass sie mir eh nicht zuhören würde.

»Hey«, begrüße ich sie und werfe meinen Rucksack in eine Ecke, um mich danach auf mein Bett zu legen. Der Weg zur alten Wohnung hat mich müde gemacht. Schön wäre es, eine Stunde zu schlafen, aber das kann ich mir wohl abschminken.

»Du kommst gerade richtig. Ich werde mich gleich verpissen und auf Noah–Suche gehen«, grinst sie und zieht ihren Lidstrich zu Ende, bevor sie zu mir schaut. »Und du verbringst also den Abend alleine?«

Mist, ich muss mir etwas einfallen lassen, um ebenfalls raus zu können. Ich weiß nämlich genau, dass sie mich sonst mit auf die Party schleppen wird, auf die ich absolut keine Lust habe. »Sieht so aus, als müsste ich heute noch arbeiten.« Das ist alles, was mir einfällt.

Laut atmet Jasmine ein und steht abrupt auf. »Was? Sind die bescheuert? Du brauchst auch mal einen Tag Pause. Hast du denen das gesagt?«

»Regelmäßig. Aber du weißt, dass ich das Geld

brauche. Außerdem gibt es am Wochenende immer extra Kohle.« Es tut mir leid, meine beste Freundin anlügen zu müssen. Etwas anderes bleibt mir aber nicht übrig.

»Du willst ja auch das Geld nicht annehmen, das meine Mom dir anbietet. Das würde so vieles leichter machen, Ria.«

Gott, fängt das schon wieder an. Ja, Jasmines Eltern haben viel Geld und könnten mir eine große Last von den Schultern nehmen, aber ich bin einfach zu stolz. Schon von klein auf habe ich alles alleine machen müssen und das wird nicht aufhören, nur weil es gerade in meinem Leben schwierig ist. Das bin ich nicht und so will ich auch nicht sein.

Ich hebe eine Augenbraue und hoffe, dass das für sie die Antwort darauf ist.

Jasmine versteht sofort, was ich an ihrem lauten Seufzen merke.

»Du bist unverbesserlich, Fleming. Aber bitte, dann arbeite dich halt kaputt. Ich werde hier sein und dir so oft gegen die Stirn schnippen, bis du es verstanden hast.«

Ich weiß, dass sie es nur gut meint und dass sie es als ihren Job sieht, mich zu belehren. Dabei vergisst der freche Rotschopf gerne mal, dass ich mit meinen 21 Jahren durchaus in der Lage bin, selbst zu entscheiden.

»Hab dich auch lieb«, schmunzele ich und gehe zu meinem Schrank, um mir ein paar Kleidungsstücke zurechtzulegen. Da Jasmine glaubt, dass ich heute im Club arbeite, muss ich wohl oder übel etwas in der Art tragen. Also hole ich ein schwarzes Crop Top und eine enge Jeans heraus, die übliche sexy Arbeitskleidung für den Club. Ich hasse es. Gerade durch meine italienischen Wurzeln werde ich immer wieder angebaggert und muss beinahe jeden Abend die Security zur Hilfe holen, da viele Männer einfach nur widerlich sind. Gut, dass ich heute von dem Laden fern bleiben darf.

Nachdem Jasmine endlich fertig damit ist, ihr Gesicht zum Glitzern zu bringen, umarmt sie mich noch einmal und gibt mir einen Kuss auf die Wange. »Morgen gehen wir einen Kaffee trinken. Keine Widerrede!«, grinst sie.

Ich verdrehe schmunzelnd die Augen. »Gut, aber nur, wenn ich bezahlen darf.« Ich habe zwar nicht viel Geld zur Verfügung, aber mich durchfüttern lassen will ich auch nicht. Diesen Deal musste Jasmine mit mir eingehen, auch wenn sie mehrmals gesagt hat, was sie davon hält.

»Gott, manchmal könnte ich dich … aber gut. Machen wir so. Pass auf dich auf und wünsch mir Glück.« Sollte Jasmine wirklich die Chance haben, diesem Noah näher zu kommen, glaube ich kaum, dass sie weit mit ihm gehen wird. Sie hat zwar immer eine große Klappe, aber wenn es darauf ankommt, zieht sie gerne mal den Schwanz ein. Außer es geht um hübsche Jungs.

Ich nicke und nehme meinen Rucksack, um ihn über meine Schulter zu legen. »Klar doch. Viel Glück.« Hoffentlich komme ich nie in so eine Lage. Allerdings habe ich gerade den Kopf sowieso woanders. Lieber bezahle ich meine Schulden, als mich hoffnungslos in einen beliebten Idioten zu verlieben, der denkt, er sei was Besseres, weil er Kohle hat.

Aber das soll nicht mein Problem sein. Heute ist meine Chance an so viel Geld zu kommen, dass ich mir keine Sorgen mehr machen muss. Ich muss das Geld bekommen, koste es, was es wolle.

KAPITEL 4

AndrianaDer Stadtteil, den ich erreichen muss, ist mir nicht fremd. Es befinden sich dort einige Bäckereien und andere Cafés, die rund um die Uhr geöffnet haben. Entsprechend viel ist auch dort los. Mit der Beschreibung in der Hand schaue ich noch einmal, ob ich hier wirk

lich richtig bin. Eigentlich habe ich damit gerechnet, länger suchen zu müssen, weshalb ich mindestens eine halbe Stunde zu früh da bin. Na wunderbar.

Die Menschen um mich herum sind mit ihren Handys beschäftigt oder schreien aufgeregt in ihr Telefon. Das ist die Seite des Großstadtlebens, die ich nie mochte. Die Leute sind immer so mit sich selbst beschäftigt und haben keine Zeit, sich an Gebote der Moral oder Nächstenliebe zu halten. Manchmal habe ich das Gefühl, dass ich von Robotern umzingelt bin, die nichts Besseres zu tun haben, als zu funktionieren. Eine Welt wie diese macht müde.

Wie bestellt und nicht abgeholt stehe ich an der dicht befahrenen Straße und überlege, mich solange in eine der vielen Cafés zu setzen, die heute nicht so voll sind. Alles ist besser, als mir diese Leute anzusehen, die nicht mal ein paar Schritte laufen können, ohne einen Blick

43

auf ihr Handy zu haben. Durch meine Aufregung und die nicht vorhandene Lust, vielleicht noch von einem dieser Menschen angerempelt zu werden, entscheide ich mich letztendlich dafür, mir einen Bagel zu holen, und steuere den ersten Laden in der Nähe an. Etwas zu essen ist sicher eine gute Idee, denn durch meine Nervosität habe ich ganz vergessen, etwas zu mir zu nehmen, und bin sofort losgelaufen. Das könnte mir zum Verhängnis werden, wenn ich mich auch noch übergeben muss. Es hat also doch einen Vorteil, zu früh vor Ort zu sein.

Mit Blick auf die Straße gehe ich in eine Bäckerei namens »Himmelssnack« und merke zu spät, dass jemand gerade aus dem Laden herauswill. Ich schreie laut, als der Kaffee über mein Oberteil fließt und sich den Weg zu meiner Hose bahnt.

»Scheiße!«, rufe ich laut und schaue an mir herab. Das hat gerade noch gefehlt. Wie soll ich denn so den Leuten vom Gewinnspiel gegenübertreten? Die werden doch denken, ich hab ein Problem mit meiner Hygiene.

»Ich habe gehört, dass man nach vorne sehen muss, wenn man einen Laden betritt.« Eine Stimme bringt mich dazu, von meinen kläglichen Versuchen den Kaffee von meinem Oberteil zu bekommen abzusehen und nach oben zu schauen. Als ich aber sehe, wer da vor mir steht, bereue ich sofort, nicht gleich hingeschaut zu haben.

Wunderschöne graue Augen sehen mich an. Ein schöner Mann im Anzug und mit Dreitagebart steht einfach nur da und mustert mich von oben bis unten. Mir fehlen die Worte. So einen Mann habe ich bislang nur im Fernsehen gesehen. Auf dem ersten Blick ist er die pure

Perfektion. Und scheinbar weiß er das auch, denn sein selbstgefälliges Lächeln bringt mich zurück in die Wirklichkeit.

»Gott, tut mir leid. Ich warte nur auf jemanden.« Es liegt nicht in meinem Interesse, mich mit jemandem anzulegen, der offensichtlich sozial weit über mir ist. Er könnte ein Anwalt sein oder etwas Ähnliches. Was seinen Anzug betrifft, scheint dieser ihm auf den Leib geschneidert worden zu sein.

»Sie warten auf jemanden und wollen ihm nun so gegenübertreten?« Der fremde Mann hebt eine Augenbraue.

»Ich würde sagen, ich hab keine andere Wahl.« Ich zucke mit den Schultern und spüre, wie wir von den wenigen Gästen im Laden beobachtet werden. Auch der Fremde scheint dies zu bemerken und zuckt mit den Mundwinkeln, doch ein echtes Lächeln bekomme ich nicht zu sehen.

»Kommen Sie. Wenn der Kaffee getrocknet ist, sollte das kein Problem mehr sein.« Seine Hand zeigt auf einen freien Tisch, der am Fenster steht und einen perfekten Blick auf die Straße bietet.

Ob ich mich einfach mit ihm dort hinsetzen soll? Offensichtlich stammen wir aus völlig verschiedenen Welten, aber das Mädchen in mir kann einfach nicht nein sagen. Dieser Mann überredet mich allein durch seine Anwesenheit, was mich dazu bringt ein Nicken anzudeuten.

Von meinem Platz aus habe ich einen guten Überblick über die Straße, während ich aus dem Augenwinkel bemerkte, wie der Kerl mich anstarrt, als wäre ich eine schwere Matheaufgabe.

Ich räuspere mich leise, als der Mann das Wort ergreift. »Möchten Sie etwas trinken, solange Sie auf Ihr Date warten?«

Kaum hat er seinen Satz beendet, lache ich lauter auf, als es eigentlich geplant war. Als mir klar wird, dass ich wieder angestarrt werde, verstumme ich sofort und hoffe, dass meine roten Wangen nicht zu sehr hinter meinem Make-up hervorscheinen.

»Ich hab kein Date«, murmel ich peinlich berührt und streiche mir eine schwarze Strähne hinter das Ohr. »Ich warte auf eine Mitfahrgelegenheit.« Ich nehme mir vor, es dabei zu belassen. Sollte ich den Gewinn wirklich bekommen, ist es immer besser, wenn nur die engsten Vertrauten davon wissen. Selbst bei Jasmine musste ich mir genau überlegen, wann ich es ihr sage, so dass sie es nicht gleich dem halben Campus steckt.

»Eine Mitfahrgelegenheit also.« Lässig lehnt sich der Mann auf seinem Stuhl zurück und verschränkt die Arme vor der Brust. Sein Auftreten ist so selbstsicher, dass ich mich neben ihm wie ein kleines Kind fühle, das noch viel lernen muss.

Ich bin eigentlich kein Mensch, der ein Blatt vor den Mund nimmt, wenn ich mich im Recht fühle. Aber bei ihm bekomme ich kein Wort heraus, ohne es vorher fünf Mal in meinem Kopf wiederholt zu haben. Die Angst, etwas Falsches zu sagen, ist groß. Es kommt mir vor, als würde er jeden Schritt, den ich mache, vorhersehen. Ganz klar er ist Anwalt.

Dadurch, dass er kein Wort sagt und mich nur anstarrt, habe ich das Gefühl etwas sagen zu müssen.

»Ich bin eine halbe Stunde zu früh, deswegen… ich

wollte nicht draußen warten.« Ganz klar. Ich bin ein kleines Kind, das gerade erst sprechen lernt.

»Und Sie kommen hier aus der Nähe?« Noch immer schaut er mich an. Mittlerweile glaube ich, dass er mich mit seinen Augen durchbohrt, wie eine Wand in Amerika, die dünn wie Reispapier ist.

»Ja, ich studiere Jura in Green Meadows. Im Moment ist das auch mein Wohnort.« Jasmine als Mitbewohnerin zu haben, ist nicht schlecht und doch wäre ich froh ein eigenes Zimmer zu haben, wie damals, als ich bei meiner Mom gelebt habe. Ich brauche meine Ruhe vor dem harten Alltag, der mir jeden Tag den Kopf rauchen lässt. Aber eine eigene Wohnung wird wohl ein Traum bleiben, wenn die Schulden nicht weniger werden.

Etwas in den Augen des Mannes blitzt auf, während er mit dem kleinen Zuckerbehälter vor sich spielt. Ich könnte schwören ein Schmunzeln auf seinen Lippen zu erkennen, doch so schnell, wie es kam, ist es schon wieder verschwunden.

»Eine gute Universität. Jura würde Ihnen stehen.«

Seine Worte lösen mehr in mir aus, als sie sollten. Mein Herz hüpft in meiner Brust, als wäre es ein Gummiball und ich fühle mich überfordert. Überfordert von dem Mann, der scheinbar alles in mir auslösen kann, wenn er nur das Richtige sagt.

Mir fällt nichts ein, was ich darauf erwidern könnte. Kann einem ein Beruf stehen? Ich als Anwältin? Mein Traum soll sich erfüllen, aber ich habe noch nie darüber nachgedacht, wie es am Ende sein wird. Wie ich mich fühlen werde. Dieser Mann könnte es mir sagen, ganz sicher. Aber ich verzichte darauf, ihn näher kennenzulernen.

Nicht nur, dass er bestimmt schon dreißig ist, er ist mir auch um Längen voraus. Ich muss ihm nur in die Augen schauen und erkenne so viel mehr, als er vorgibt zu sein. Was es genau ist, weiß ich nicht. Aber mysteriös ist er in jedem Fall.

Der Blick auf meine Armbanduhr löst den nächsten Herzinfarkt in mir aus. Ruckartig stehe ich auf und atme erschrocken tief ein.

»Verdammt.« Wie konnte die Zeit so schnell vergehen? Meine Augen suchen die Straße ab, auf der immer noch dichter Verkehr herrscht. Keine Spur von einer Mitfahrgelegenheit oder etwas, was danach aussieht.

»Wie es aussieht, müssen Sie mich schon verlassen.« Der Mann schaut mich an und ich bin mir sicher den Anflug eines Lächelns zu erkennen. Am liebsten würde ich nicht gehen. Im Ernst, dies ist wohl der schönste Mann, den ich je in meinem Leben gesehen habe. Selbst seine Blicke verunsichern mich, aber es macht süchtig. Das Gefühl in meinem Bauch, meine kribbelnden Hände – was würde ich dafür tun mehr davon zu spüren. Aber ich muss an meine Zukunft denken. Die Chance, das Geld zu bekommen, ist groß. Sobald meine Schulden vom Tisch sind, kann ich endlich anfangen, ein Leben zu führen, das ich verdient habe. Eines, das sich meine Mom immer für mich gewünscht hat. Und das kann ich nicht einfach so aufs Spiel setzen, nur weil da gerade eine verdammte 10 von 10 vor mit sitzt und mich anschaut, als wäre ich eine Göttin. Ohnehin gehe ich davon aus, dass er ganz andere Mädchen haben kann als jemanden, wie mich. Neben ihm sehe ich eher Topmodels, die auf der ganzen Welt bekannt sind, und keine kleine Studentin, die sich durchs Leben kämpfen muss.

»Ja. Ich danke Ihnen trotzdem.« Am liebsten würde ich mich vor ihm verbeugen, so autoritär wirkt er auf mich. Das kann ich mir aber, Gott sei Dank, gerade noch verkneifen.

Zum ersten Mal höre ich ihn lachen, während er mit dem Kopf schüttelt. »Wofür bedanken Sie sich? Ich habe mich lediglich mit Ihnen unterhalten.«

Ich bin mir sicher, dass meine roten Wangen nun deutlich zu sehen sind. Ja, wieso bedanke ich mich eigentlich? Dafür, dass ein Mann wie er sich dazu herablässt, mit mir zu reden und mich nicht verurteilt? Allerdings hab ich keine Ahnung, was ich sonst sagen soll. Die Nervosität hat mich im Griff und sorgt dafür, dass ich mich verhalte, wie eine Idiotin. Eine dumme Idiotin.

Doch meine Augen können nicht anders, als ihn die ganze Zeit anzusehen, als wäre er eine schöne Statue, die man nur einmal im Leben zu Gesicht bekommt. Ich möchte mir alles von ihm einprägen, da ich genau weiß, dass wir uns nie wiedersehen werden. Dabei übersehe ich völlig, dass ein schwarzes Auto am Treffpunkt steht und auf mich wartet.

»Ich glaube, Ihre Mitfahrgelegenheit ist da.« Er musste nicht einmal hinsehen, um zu bemerken, dass das Auto für mich da ist.

Ruckartig drehe ich den Kopf in Richtung der Straße und falle beinahe auf den Boden, als ich um den Tisch gehe. Nur die Arme des Mannes halten mich davon ab, die Fliesen zu küssen. Der Duft seines Parfüms löst das nächste Herzstolpern in mir aus. Bevor ich ihn aber ein weiteres Mal anstarre, als hätte es ein Unfall gegeben, löse ich mich aus seinem Arm und räuspere mich ein weiteres Mal.

»Dankeschön. Ich wünsche Ihnen noch einen schönen Tag.« Ich renne aus dem Laden raus und ärgere mich sofort, dass ich nicht zumindest nach seinem Namen gefragt habe.

Das kurze Gespräch hat mich von dem Gewinnspiel abgelenkt, doch jetzt, da ich vor einem Mann stehe, der aussieht, als wäre er der Bodyguard von Lady Gaga, ist alles andere vergessen.

Der schwarze Van, vor dem er steht, hat getönte Scheiben und sieht aus, als wäre er für einen Promi herausgerichtet. Es beruhigt mich, dass ich es nicht mit einem Auto zu tun habe, das aussieht, als gehöre es einem Mörder.

»Sind Sie Miss Fleming?«, fragt mich der Kerl mit der Sonnenbrille. Es kommt mir vor, als würde er mich gar nicht ansehen, sondern nur auf die Bäckerei starren. Skeptisch schaue ich hinter mich und bemerke, dass der fremde Mann noch immer an seinem Platz sitzt und in unsere Richtung schaut.

»Ähm. Ja, richtig«, antworte ich dem Bodyguard-Verschnitt. Er sieht aus, als würde er zum Lachen in den Keller gehen. Nicht einmal den Anflug eines freundlichen Lächelns kann ich erkennen. Dabei bin ich davon ausgegangen, dass einem die Mitarbeiter von solchen Gewinnspielen zumindest gratulieren. Aber was weiß ich schon.

Seine Hand legt sich auf den Griff der hinteren Wagentür, bevor er sie öffnet und zur Seite tritt. Etwas unsicher sehe ich hinein und muss feststellen, dass sich sonst niemand dort befindet. Ich habe damit gerechnet, dass dort zumindest jemand sitzt, der mir erklären kann, wohin wir fahren und was mich erwartet. Doch zu meiner Enttäuschung werde ich wohl warten müssen, bis es so weit ist. Oder ich werde mit diesem Kerl reden müssen.

Ich habe wohl keine andere Wahl, als ins Auto zu steigen und weiterhin nervös zu sein. Und dass ich mit meinem Kopf an das Autodach stoße, macht die ganze Sache auch nicht besser. Wenn mein Kopf schon rot war, gleicht er nun einer Tomate. Wie peinlich.

»Dankeschön«, murmel ich, doch schon im nächsten Augenblick wird die Tür neben mir zugeschlagen. Hallo? Das ist doch kein Panzer!

Meine Augenbrauen kräuseln sich, als ich sehe, dass der Mann, der gerade noch vor mir stand, auch der Fahrer des Wagens ist. Ich kann mir also abschminken, ein Gespräch mit ihm zu führen, das mir mehr Aufschluss über das Ganze geben würde. Trotzdem will ich versuchen, aus ihm herauszubekommen, zu welchem Gebäude wir fahren. Die Stadt ist groß, es könnte überall sein.

»Entschuldigung? Wohin fahren wir genau?«, will ich wissen und beuge mich etwas vor. Der Mann antwortet nicht, sondern tippt auf seinem Handy herum, als wäre ich gar nicht anwesend. Wie unfreundlich.

Mit genervtem Gesichtsausdruck schaue ich durch die getönten Scheiben. Der schöne Mann von vorhin ist bereits verschwunden. Schade, ich hätte gerne noch einen Blick auf ihn riskiert. Das Einprägen seines Gesichts ist mir nämlich leider nicht so gut gelungen wie gedacht. Dafür ist sein Duft immer noch in meiner Nase. Es ist ein herber, maskuliner Geruch von frisch geschnittenem Holz, mit einem Hauch von Zedernholz und frischer Minze, der Frische und Lebendigkeit hinzufügt, als ob er gerade aus einer kalten Dusche kommt. Oh ja. Diesen Duft werde ich niemals vergessen. Sicherlich war sein Parfüm verdammt teuer. Genau wie sein Anzug oder der Friseur, den er besucht.

Tief atme ich durch, bevor ich meinen Kopf an die Lehne sinken lasse. »Können Sie mir wenigstens sagen, ob Sie mich danach wieder hier absetzen?«

Vielleicht kann ich ihn auch darum bitten, mich wieder Campus zu bringen. Da ich davon ausgehe, dass die Aktion länger dauern wird, glaube ich kaum, dass sich dann noch Studenten dort aufhalten werden, außer solche, die sich wegen des Alkohols übergeben müssen.

Als der Mann wieder nicht antwortet, überlege ich mir, vielleicht doch den Wagen zu verlassen. Vorsichtshalber lege ich meine Hand auf den Türöffner, doch dieser bewegt sich nicht. Eine Kindersicherung?

Meine Augen wenden sich zu dem Fahrer, der auf einmal eine Maske trägt und mir dadurch einen Schrecken einjagt, den ich so schnell nicht verdauen werde. »Was zum …« Es ist keine normale Maske, sondern ganz klar eine Gasmaske. Ich reiße die Augen auf und versuche immer wieder, die Tür neben mir zu öffnen, doch es gelingt nicht. Sie wurde abgeschlossen. Trotzdem will ich nicht aufgeben und reiße am Griff, als würde mein Leben davon abhängen. Und vielleicht tut es das ja auch. Denn schon im nächsten Augenblick drückt der Mann einen Knopf und verschwindet hinter einer Gaswolke, die wie Feuer in meinen Lungen brennt.

Ich huste und kneife die Augen zusammen. Mit aller Kraft schreie ich und schlage gegen die Fenster, aber meine Arme werden plötzlich immer schwerer. Was auch immer ich hier einatme, es macht mich unglaublich müde. Ich löse meine Hand von dem Griff, um mich irgendwie vor dem Gasangriff zu schützen. Doch es bringt nichts. Die Müdigkeit in mir nimmt überhand. Egal wie sehr ich mich dagegen wehre, es hilft nichts. Meine Augen machen sich selbstständig und mein Körper wird schwächer.

Meine Mutter taucht in meinen Gedanken auf. Die einzige Hilfe, die ich mir erträumen kann. Die Person, die mich beschützen würde. Ich versuche, ein weiteres Mal zu schreien, gegen das Glas des Türfensters zu hämmern, aber meine Arme sind schwer wie Blei. Ich bin nicht mehr in der Lage, einen klaren Gedanken zu fassen, während der fremde Kerl mich weiterhin ansieht und rein gar nichts tut.

Bin ich in eine Falle getappt? War ich zu blauäugig und bin in ein Auto gestiegen, das förmlich nach »Vorsicht Entführer« geschrien hat? Was auch immer mich geritten hat, es ist zu spät. Hier komme ich nicht mehr raus und Hilfe brauche ich ebenfalls nicht zu erwarten. Heißt das … ich werde sterben? Dieser Gedanke geistert in meinem Kopf herum, während alles um mich herum schwarz wird und meine Gedanken in eine Traumwelt abdriften.

KAPITEL 5

ANDRIANA

K omm schon, Andriana. Lass uns nicht im Stich«, murmelt Gael traurig vor meinem Spint und sieht mir in die Augen.

Ich habe schon vor Wochen innerlich mit ihm Schluss gemacht. Ich brauche keinen Freund, der so drauf ist, wie er. Warum bin ich das mit ihm überhaupt eingegangen? Ach ja, ich wollte einen Freund, damit ich das Schlimmste hinter mir habe. Damit ich sagen kann, dass ich bereits meinen ersten Freund hatte. Dass es aber gerade Gael sein würde und was ich für einen Fehltritt damit mache, konnte ich doch nicht ahnen. Dabei wollte ich einfach dazugehören. Sagen, dass ich Erfahrungen hätte, damit mich die anderen Mädchen mit ihren Fragen in Ruhe lassen. Dass es als Teenager so anstrengend werden würde, hätte ich niemals gedacht. Um mich herum habe ich es mit Mädchen und Jungs zutun, die ihre Hormone kaum im Griff haben. Da lag es nahe einfach das zu machen, was ich eigentlich gar nicht wollte. Nun hab ich den Salat.

Ich packe meine Sachen in den Spint und seufze leise,

bevor ich mich zu ihm herumdrehe. »*Tut mir leid. Aber findest du nicht auch, dass wir überhaupt nicht zueinander passen? Selbst deine Eltern mögen mich nicht.*« *Ich habe ihn einmal besucht und musste feststellen, dass diese Welt einfach nichts für mich ist. Diese Häuser, die wie geleckt aussehen, sind mir viel zu steril und langweilig. Man muss Angst haben, einen Krümel auf den Boden fallen zu lassen, sonst wird ja vielleicht der schöne Marmorboden dreckig. Und als es dann Essen von einem Koch gab, bedachte mich seine Mutter mit einem Blick, der mir mehr Angst gemacht hat als der erste* »Saw«*-Teil, den ich mal mit dreizehn mit ansehen musste. Immer wieder hackte sie auf meinem Leben herum, meinte, wie lustig es doch sei, dass die Mittelschicht wirklich versuchen will, in den Jura-Bereich einzusteigen. Im Grunde sagte sie mit einem sarkastischen Lächeln, dass ich es sowieso nicht schaffen würde. Das hat mir gezeigt, wie falsch ich an Gaels Seite bin. Auch sein Vater hat mich nicht gerade freundlich aufgenommen, sondern nur angestarrt, als wäre ich sein Frühstück. Ekelhaft.*

»*Meine Mutter wird dich noch lieben lernen. Keine Sorge. Du musst sie einfach von dir überzeugen*«*, versucht Gael mich zu überreden, was mich nur zum Lachen bringt.*

»*Ich soll deine Mutter von mir überzeugen? Nein, tut mir leid. Das habe ich wirklich nicht nötig. Außerdem solltest du auf deinen Vater aufpassen. Ich bin mir sicher, er hat pädophile Züge.*« *Angewidert wende ich mich von ihm ab und hole ein Buch aus meinem Spint, bevor ich ihn letztendlich zumache.*

»*Ich will aber nicht, dass du mich verlässt, Andriana.*

Du bist mein Licht, mein Herz.« Fest nimmt er meine Hände in seine und sorgt damit dafür, dass das Buch zu Boden fällt.

Na wunderbar. Überfordert schaue ich in seine Augen, die sich langsam mit Tränen füllen. Ekelhaftes Getue. Nichts ist ihm wichtiger als seine Eltern und seine Zukunft. Ich bin nur eine Dekoration, die er braucht, um mich mit zu langweiligen Events zu nehmen.

»Tja, leider entscheidest du das nicht alleine, Gael. Ich werde bald zur Green Meadows gehen und danach –«

»Ich gehe auch zu der Uni. Das ist doch perfekt für uns, oder nicht?«

Ich verdrehe die Augen. Er hat sich in diese Uni eingekauft, ja. Aber ich habe es geschafft, weil ich die Tests bestanden habe, weil ich dafür gekämpft habe, während die Elite einfach ein paar tausend Ocken auf den Tisch legt. Und trotzdem ist Green Meadows genau der Ort, an dem ich Jura studieren will. Gegen meine reichen Kommilitonen werde ich mich schon behaupten können, immerhin habe ich von der Besten gelernt – meiner Mom.

»Ich muss jetzt gehen. Ich will noch für meine Mom und mich kochen«, murmel ich und gehe. Ich habe Glück, dass Gael mir nicht folgt. Das macht er nämlich nie. Ich höre nur ein leises Schniefen, welches ich ihm nicht mal in zehn Jahren abkaufen würde. Sein Schmuckstück, das er als Dekoration getragen hat, ist nun verloren. Armer Junge. Aber damit muss er allein klarkommen. Ich bin endlich frei.

Meine Schritte führen mich die große Schultreppe hinab. Die gute Laune in mir kommt zurück, als ich *daran denke, dass ich gleich zu Hause mit meiner Mom zu Abendessen werde.*

»Andriana!«, ruft eine Bekannte von der oberen Etage, worauf ich hinaufschaue. Allerdings übersehe ich dadurch eine Treppenstufe und falle in der nächsten Sekunde die Stufen hinab. Laute Schreie ertönen hinter mir, doch als ich auf dem Boden aufkomme, ist alles schwarz …

Mein Kopf dröhnt und meine Kehle ist trocken wie eine Wüste. Keine Ahnung, was passiert ist, als ich das Gas in meinen Lungen gespürt habe, aber die Schwärze wird langsam von einem hellen Lichtstrahl durchdrungen. Wo bin ich und was ist passiert? War es vielleicht doch nur ein Albtraum und ich bin in meinem Zimmer bei Jasmine?

Langsam öffne ich die Augen und muss wegen des grellen Lichts sofort niesen. Gott.

»Gesundheit«, höre ich eine männliche Stimme, die mich sofort hochfahren lässt. Allerdings komme ich nicht sehr weit, da meine Hände und Füße an ein Bett gefesselt sind, auf dem ich liege. Nicht einmal meinen Oberkörper kann ich aufrichten, weil mich die schmerzhaften Handschellen unten halten. Der Mann, der vor meinem Bett steht, ist derselbe, mit dem ich zusammen in dem Café saß. Derselbe schöne Mann, dessen Augen mich sofort in ihren Bann gezogen haben. Und dennoch weiß ich, dass er derjenige ist, der mich hierher gebracht hat. Dass er mich entführt hat und einer dieser Kriminellen ist.

»Was soll das? Wo bin ich?« Ich reiße an den Handschellen, die mir unsanft ins Fleisch schneiden. Aber das ist mir im Moment egal. Ich habe nicht vor, auch nur eine Sekunde an diesem Ort zu bleiben.

»Bei mir zuhause. Ich wünsche dir auch einen guten Abend. Du hast ziemlich lange geschlafen. Ich habe nicht damit gerechnet, dass sie dir so ein starkes Mittel verabreichen.«

Ich sehe mich um. Alles hier ist unglaublich modern. Die großen Fenster, die den Blick draußen freigeben, lösen in mir aber den nächsten Schock aus. Das kann nicht wahr sein. Das ist doch ein Witz.

»Ich bin in Green Meadows? Ich bin auf dem Campus? Was soll das?« Ich werde immer nervöser und schreie auf, als ich zu sehr an meinem Handgelenk ziehe. Was zum Teufel mache ich auf dem Gelände meiner eigenen Universität? Ist er ein Professor oder so was? Nein. Das ist doch die Villa, in der dieser Noah wohnt. Kann das ein Zufall sein?

»Wie wärs, wenn du dich erstmal beruhigst.« Der Mann setzt sich auf mein Bett. Er ist mir auf einmal so nahe, dass ich versuche, Abstand zu nehmen. Allerdings habe ich keine Möglichkeit, mich von ihm zu entfernen. Mit seiner Hand fährt er sanft über meine Wange, die ich ihm sofort entziehe. Dabei verliert er nicht diesen selbstsicheren Ausdruck in seinen Augen, den ich schon die ganze Zeit bei ihm bemerkt habe. Ein schlechtes Gewissen sieht anders aus. Er scheint überzeugt davon zu sein, was er tut. Na wunderbar.

»Du hast Glück, dass ich dich mitgenommen habe. Denn hier bist du nicht nur sicher, sondern auch perfekt aufgehoben.«

»Das ist doch ein Witz. Ich studiere hier. Wer sind

Sie und was haben Sie mit diesen Verbrechern zu tun?«, keife ich ihn an und versuche in seinen Finger zu beißen, mit dem er gerade noch über meine Lippen gefahren ist.

»Du hast recht. Hm – ... das ist ja wirklich ein spannender Zufall«, lächelt er und löst in mir das nächste Herzhüpfen aus. Perfekte Zähne hat er also auch noch. Der Teufel scheint auch noch gut auszusehen. »Aber um deine Fragen zu beantworten. Mein Name ist Jack Drayton und du bist leider in meine Fänge geraten. Manchmal ist man einfach zur falschen Zeit am falschen Ort. Wobei du ja freiwillig gekommen bist.«

In seine Fänge geraten? Meine Vermutung bestätigt sich: Kein Mensch wie er würde einfach so mit jemanden wie mir reden. Dass ich es mit Verbrechern zu tun habe, war mir klar. Was mir aber nicht klar war, ist, dass ich gerade von Noah Draytons Bruder entführt wurde, der zu diesen Arschlöchern gehört. Eine Aneinanderreihung von Zufällen, die mir das Genick bricht.

»Ich hab einen Brief bekommen.«, knurre ich und versuche, mir meinen Schock nicht ansehen zu lassen. So schnell kriegt mich niemand unter. Auch kein aufgeblasener, reicher Schnösel wie Jack Drayton.

»Das ist mir schon bewusst, sonst wärst du schließlich nicht dort erschienen«, lächelt er, doch auf sein freundliches Gehabe falle ich nicht rein. Ich wurde mit einem falschen Versprechen auf Geld dorthin gelockt. Nichts weiter. Ich wäre wohl niemals freiwillig hingegangen. Gott, wie ich manche Menschen hasse.

»Was willst du von mir? Ich habe kein Geld oder sonst was, das ich dir geben kann. Ich bin schlecht im Putzen und ...«

Jack legt seinen Finger auf meine Lippen und schnalzt mahnend mit der Zunge, sodass ich sofort verstumme.

»Du kannst mir sehr wohl Geld verschaffen, kleiner schwarzer Engel.« Schwarzer Engel? Was soll die Scheiße? Er macht sich über mich lustig.

Etwas verträumt fährt er über meine schwarzen Haare und schmunzelt. »Engel haben meistens blondes, volles Haar. Aber du bist anders. Deswegen hab ich dich mitgenommen. Ich liebe deine rassige, kämpferische Art. Du machst keine halben Sachen und genau darauf stehen meine Kunden.«

Mir rutscht das Herz in die Hose, als ich verstehe, was er meint. Er hat mich nicht zu seinem eigenen Vergnügen entführt, sondern um mich an andere Männer weiterzuverkaufen. Um mich von ihnen vergewaltigen zu lassen. Mein Atem beschleunigt sich.

Wild schüttle ich den Kopf und gebe weiterhin mein Bestes, Abstand von ihm zu bekommen. »Nein. Bitte …« Auch wenn ich sehr gut kontern kann, jetzt weiß ich, dass ich meine provokante Art in den Hintergrund stellen muss, wenn ich nicht will, dass ich am Ende mit einer kaputten Psyche aus der Sache rauskomme. Wenn ich hier überhaupt jemals wieder rauskomme.

»Keine Sorge. Wenn es dir zu viel wird, können wir dich jederzeit betäuben. Ich hab auch einige Kunden, die es mögen, wenn du schläfst.«

Mir wird schlecht. Nicht nur, dass ich, ein Mensch, einfach so entführt wurde, ich muss mich von diesen Fremden wie eine Prostituierte behandeln lassen. Wie können sich solche Menschen nur im Spiegel anschauen?

»Ihr seid Kriminelle … ich werde die Polizei rufen!«,

knurre ich in sein Gesicht, was ihn sofort zum Lachen bringt. Dass ich es auch noch schön finde, kotzt mich an.

»Dass du lustig bist, hätte ich allerdings nicht erwartet«, sagt er und nähert sich mir.

Ich habe keine Chance auszuweichen, weshalb er mit seinem Atem meine Haut streift.

»Wenn du die Polizei rufen willst, bitte. Aber ich bin mir sicher, dass sie auf meiner Seite stehen werden. Immerhin bin ich ein vertrauenswürdiger Finanzinvestor meiner eigenen Firma. Was glaubst du, wem sie eher glauben?«

Dieses Arschloch. Will er mir sagen, dass er jetzt auch noch Kontakte bei der Polizei hat?

Meine Augen beginnen sich mit Tränen zu füllen. Nicht, weil ich Angst habe, sondern weil ich so unglaublich sauer auf mich selbst bin. Weil ich so naiv war und einem Fake-Gewinnspiel gefolgt bin. Ich bin so dumm.

Dumm.

Dumm.

Dumm.

Seine Finger gleiten an meinem Körper hinab und versetzen mich in eine Starre. »Dein Körper ist wunderschön«, flüstert er und kommt meinem Bauch mit seinen Lippen näher. Doch anstatt mich zu berühren, schnuppert er einfach nur an mir. »Du riechst gut. Ich bin mir sicher, dass du meinem Vermögen besonders guttun wirst.«

So fest ich kann, balle ich meine Hände zu Fäusten und bäume meinen Oberkörper auf, um ihm wenigstens mit meinem Bauch die Nase zu brechen. Sein Keuchen verrät mir, dass ich zumindest für einen stechenden Schmerz sorge. Mit verengten Augen hält er sich die Hand vors Gesicht und greift mir in der nächsten Sekunde so fest an die Kehle, dass ich jetzt diejenige bin, die aufkeuchen muss.

»Jetzt hör mir mal ganz genau zu. Du bist nicht in der Position, dich irgendwie gegen mich zu stellen, hast du verstanden? Du gehörst mir. Ich habe eine Menge getan, um dich zu kriegen, und du wirst tun, was ich von dir verlange. Und wenn du mir noch einmal zu nahe kommst, werde ich auf das Geld scheißen und deine Anatomie ruinieren! Aber vorher breche ich deine hübschen Flügel.«

Mir gefriert das Blut in den Adern. Er meint es ernst. Jasmine konnte mir nicht viel zu Jack Drayton sagen. Noah kennt sie fast in- und auswendig, während Jack ein Mysterium blieb. Aber ihn jetzt so zu sehen, zeigt mir, warum er sich nicht auf dem Campus oder sonst wo blicken lässt. Er ist das pure Böse und würde einem Mädchen das Leben nehmen, wenn Geld für ihn dabei rausspringt. Fuck.

Als es klopft, lässt er von meinem Hals ab und löst damit ein Husten aus, das ich kaum kontrollieren kann. Ohne Umschweife läuft er zu dem hereingetretenen Mann mittleren Alters, um ihm die Hand zu schütteln, während ich nach Luft ringe.

»Wunderbar, dass es geklappt hat, Drayton«, lächelt der Grauhaarige mit einem dicken Bauch und erntet ein Nicken von Jack.

»Natürlich. Schauen Sie sich das Mädchen an und sagen Sie mir, ob sie mit dem Preis einverstanden sind.«

Das muss doch alles ein furchtbarer Albtraum sein. Ich bin doch kein Tier, das man einfach so verkaufen kann.

Nachdem ich mich einigermaßen beruhigt habe, sehe ich, wie der Kerl auf das Bett zukommt und mich von oben bis unten mustert. »Gott, Drayton.« Leicht beißt sich der Fremde auf die Unterlippe, als er mein Kleid etwas anhebt. Ich will nach ihm treten, doch die Fesseln an meinen Knöcheln verhindern es.

»Fass mich nicht an!«, zische ich und wünschte, dass Blicke endlich mal töten könnten. Denn sonst bin ich ihm hilflos ausgeliefert.

»Sie hat Feuer, das gefällt mir«, brummt er angetan, was mich dazu bringt, in seine Richtung zu spucken. Im Augenwinkel erkenne ich, dass Jacks Blick immer düsterer wird und seine geballten Hände nach unten hängen. Doch das ist mir egal. Lieber sterbe ich, als mich vergewaltigen zu lassen.

»Sie ist etwas dünn, nicht?« Der Mann hebt eine Augenbraue und wischt sich den Speichelfleck von seinem Anzug, der etwas zu groß geraten ist. Ein Banker, ganz klar.

»Ja, aber ich bin mir sicher, dass ihr hübsches Gesicht einiges wiedergutmacht. Ansonsten kann ich sie das nächste Mal gerne vorher füttern.« Jack Stimme ist fest, als er dem anderen Kerl mit seinen Händen in den Hosentaschen näher kommt.

»Also was sagen Sie? 5000 für eine Stunde?« Eine Stunde? Er soll mich eine Stunde lang … Bitte wach auf.

Wach auf!

»Geht klar.« Sein überzeugter Tonfall schockiert

mich beinahe mehr als die Tatsache, dass ich gleich wirklich von einem fremden ekelhaften Typen vergewaltigt werden soll. Wie können sie nur so darüber reden, als wäre ich nicht anwesend? Als wäre es das Normalste der Welt? Als würden sie über das scheiß Wetter reden.

Der Mann drückt Jack ein Bündel Geldscheine in die Hand, das dieser sofort durchzählt. »Ich stoppe die Zeit«, murmelt er und dreht sich zum Ausgang.

»Nein! Nein! Jack, bitte. Bitte nicht«, flehe ich und bin nun offiziell am Tiefpunkt angekommen. Doch dieses Arschloch ignoriert mich und verlässt den Raum, als hätte er mich nicht gehört. Schockiert starre ich zur Tür. Das kann er nicht wirklich ernst meinen.

»Keine Sorge, meine Schöne, du wirst den Spaß deines Lebens haben. Und mit deinen Rippen komme ich schon klar«, grinst der Kerl und zieht sein Jackett aus, um es auf den Stuhl zu legen, der neben meinem Bett steht. Immer noch versuche ich, gegen die Handschellen anzukommen. Wie konnte es nur so weit kommen, dass ich daliegen und mich vergewaltigen lassen muss? Ist es wirklich meine eigene Schuld, weil ich so verdammt dumm und naiv war?

»Wenn du mich anfasst, werde ich.. das Haus zusammenschreien.« Meine Stimme zittert, obwohl ich stark bleiben will. Ich kann nicht zulassen, dass mich ein Mensch brechen wird, so dass ich am Ende nicht mehr leben kann – ... oder will. Ich muss also versuchen, irgendwie durchzuhalten.

Nachdem der Mann sich bis zur Unterwäsche ausgezogen hat und mich damit fast zum Erbrechen bringt, drückt er seine Hand auf meinen Mund. Er riecht nach Zigaretten und abgestandenen Klamotten, weshalb ich die Luft anhalte, um nicht wirklich kotzen zu müssen. »Nicht, wenn ich dich davon abhalten kann. Wobei ich darauf stehe, wenn mein Mädchen schreit.«

Egal, was ich tue, ich zittere am ganzen Körper. Die Angst in mir besetzt meinen Kopf. Ich kann nichts dagegen tun. Auch nicht gegen die Tränen, die aus meinen Augen schießen. Ich schließe die Augen und bete, dass es schnell vorbeigeht. Dass mein Wille stärker ist als die Angst, die mich gerade vollkommen einnimmt. Ich muss es tun. Für mich. Für Mom. Für meine Zukunft.

KAPITEL 6

ANDRIANA

Ich weiß nicht, wie lange ich bereits in der Drayton–Villa bin, aber so langsam zerbrechen mein Körper und mein Geist immer mehr. Ich verbringe beinahe die ganze Zeit Bett und spüre einen unangenehmen Schmerz, wenn ich zu lange auf dem Rücken liege. Außer dem Zugang zu meinem Badezimmer bin ich hier gefangen. Ich darf nicht aus meinem Zimmer und meistens auch nicht aus meinem Bett. Das Einzige, was ich darf, ist, die Männer an mich ranzulassen, die Jack für mich aussucht. Je nachdem, was sie mit mir machen wollen, zahlen sie mal mehr und mal weniger Geld. Die höchste Summe, von der ich mitbekommen habe, waren 20 000 Dollar. Dafür musste ich mich ganze zwei Stunden lang benutzen lassen. In fast allen Öffnungen. Zwar hat mich bisher noch keiner in die Pussy gefickt, aber die Fantasie dieser Wichser ist unglaublich, wenn es darum geht, ihr ekelhaftes Teil irgendwo reinzustecken. Ich kann nicht mehr.

Ich bin ausgebrannt und starre nur noch in der Gegend herum. Doch auch wenn ich rüberkommen mag wie ein Zombie, ist mein Wille zum Leben noch nicht ganz gebrochen. Noch nicht. Ich weiß jedoch nicht, wie lange ich noch durchhalte. Ob ich überhaupt durchhalte. Diese Geschäftsmänner haben schlimme Vorlieben, die sie nur an Mädchen auslassen können, die sie kaufen. Im normalen Leben erschiene ihnen dies bestimmt absolut verwerflich. Von den meisten Praktiken wusste ich nicht einmal. Und ich bin mir verdammt sicher, dass die meisten von ihnen Familie haben. Vielleicht sogar Kinder, denen sie einen Gute-Nacht-Kuss geben, wenn sie nach Hause kommen. Wie krank Menschen sein können, weiß ich erst jetzt. Und so liege ich weiterhin hier und warte darauf, dass der Tag vorbeigeht. Gefesselt und ohne etwas zu tun. Weinend, schreiend und übermüdet. Wenn ich mal schlafen kann, habe ich Albträume. Gott, ich wünschte mir, dass ich wieder an der Uni bei den Ladys sein könnte, die mir manchmal unglaublich auf die Nerven gehen. Stattdessen mache ich hier Dinge durch, die niemand durchmachen sollte. Selbst der Gedanke daran, wie ich Jack töten könnte, hilft mir nicht. Am Ende wäre ich trotzdem hier gefangen. Und diese Dinge wären auch dann passiert. Niemand kann sie auslöschen. Keiner.

Ich schließe die Augen und spreche mit meiner Mom, wie so oft. Ich sage ihr, dass ich nicht aufgeben werde, dass ich stark bleibe und sie nicht enttäuschen werde. Aber mittlerweile glaube ich mir selbst nicht mehr. Es ist furchtbar. Ich habe in vielen Dokumentationen gesehen, wie die Opfer von solchen Taten danach drauf sind. Es ist bei mir etwas anders und ich hoffe, dass niemand in das Loch eindringt, das mir heiliger ist, als ich zugebe. Ich male mir aus, wie mein Leben danach aussehen würde, ob ich jemals wieder wie früher sein könnte. Ob ich so stark bin, wie *Beatrix Kiddo*, die alle Mörder nach und nach getötet und sich dann ein schönes Leben mit ihrer Tochter aufgebaut hat. Rache, ist es das, was ich will? Bin ich so? Wohl kaum.

Als die Tür abrupt aufgeht, reiße ich meine Augen auf. Die Angst, dass es ein weiterer Kunde sein könnte, nimmt mich schon seit Tagen ein. Jeder Schritt, jedes Husten. Es macht mich wahnsinnig. Aber zu meinem Glück ist es nur Jack, der mit großen Schritten rein kommt. Allerdings hat er jemanden bei sich, was mich sofort wieder in den Verteidigungsmodus versetzt.

»Guten Morgen, schwarzer Engel«, begrüßt mich Jack mit einem nichtssagenden Gesichtsausdruck und bleibt vor dem Bett stehen.

Der brünette Mann im Anzug bleibt neben ihm und sieht mich nur stumm an.

Ich habe keine Lust, mit Jack zu reden, und schaue protestierend weg. Denkt er wirklich, dass ich noch ein Gespräch mit ihm führen möchte nachdem, was er mir hat antun lassen? Irgendwann erkundigt er sich noch mitfühlend danach, wie mein verfickter Tag war oder welche Hobbys ich habe.

»Keine Lust zu plaudern?«, fragt er und will mir eine Strähne hinter mein Ohr legen, was ich mit einer abwertenden Kopfbewegung verhindere. »Ich habe ein bisschen nachgedacht. Du hast deinen Job wirklich gut gemacht und mir eine Menge Kohle verschafft. Wie wär's mit einer Belohnung?« Er legt seinen Kopf etwas schief, doch sein Gesichtsausdruck bleibt der gleiche.

Ich frage mich, wie er abends in den Spiegel schauen kann, ohne zu kotzen.

»Fick dich! Ich will deine Belohnung nicht.« Vor Wut kommen mir die Tränen. Am liebsten würde ich ihn anspucken oder mit dem Fuß in seine Eier treten. Da aber nichts davon möglich ist, belasse ich es bei einem tödlichen Blick. Im Kopf habe ich ihn sowieso schon mehrere Male ermordet und das auf die widerlichste Art und Weise. Scheiße, mein Kopf kann so krank sein, wenn er wütend ist. Das ist mir jetzt erst klargeworden.

Jack schnaubt leise, bevor er auf den jungen Mann zeigt. »Das ist Shane, einer meiner persönlichen Beschützer. Freundet euch an. Er wird ab jetzt darauf achten, dass du keine Dummheiten machst, wenn du aus diesem Raum darfst.«

Ob ich will oder nicht, ich verenge die Augenbrauen. Was will er mir damit sagen?

»Du darfst dich gerne darüber freuen.« Mit einem Fingerschnippen signalisiert er Shane, dass er meine Fesseln lösen darf, was dieser auch sofort macht, als wäre er ein trainierter Hund. Erleichtert atme ich auf und setze mich hin, um mir meine Handgelenke zu reiben. Fuck, ich habe gar nicht gemerkt, wie fest sie in meine Haut geschnitten haben. Aber ich habe mich so oft gegen die Wichser wehren müssen, dass der Adrenalinschub den Schmerz unterdrückt hat. Nun habe ich die Quittung.

»Komm. Ich will mit dir etwas essen. Wenn du noch dünner wirst, kann ich dich nicht mehr benutzen.«

Dass er so was so locker sagen kann, wundert mich nicht mehr. Aber in einem muss ich ihm recht geben: Wenn ich dünner werde, könnte ich Probleme bekommen oder gar sterben. Generell bin ich durch das Balletttraining ziemlich schlank. Viele denken, dass ich eine Essstörung habe, aber so ist das nun mal in diesem Sport. Andererseits liegt es wohl auch in meinen Genen. Meine Mutter war ebenfalls eine sehr schlanke Frau, die nicht viel tun musste, um ihre Figur zu halten. Glücklicherweise hat sie es an mich weitergegeben.

Shane nimmt meinen Arm und hilft mir auf. Allerdings bin ich so schwach, dass ich kaum stehen kann. »Na hoppla, immer langsam«, murmelt er.

»Ich brauche deine Hilfe nicht«, zische ich und versuche, ihm meinen Arm zu entreißen. Dass es klappt, hätte ich allerdings nicht gedacht und stolpere schon im nächsten Augenblick nach links, was er jedoch spielend leicht aufhält.

»Ich glaube schon. Stell dich nicht so an.« Ich versuche meinen Stolz etwas zurückzuschrauben und lasse mich von Shane aus dem Zimmer geleiten, während Jack vorgeht. Als ich den offenen Wohnbereich der Drayton-Villa betrete, bleibt mir einen Moment lang der Atem weg. Die schiere Größe des Raumes ist überwältigend. Links von mir erstreckt sich eine riesige Wohnlandschaft, deren dunkelgraue, samten Sofas einladend und luxuriös wirken. Sie sind in U-Form angeordnet und bieten Platz für mindestens ein Dutzend Leute. In der Mitte thront ein massiver, niedriger Couchtisch aus glänzendem, schwarzem Marmor, auf dem Kunst- und Designbücher liegen, die sicher kein Arsch liest. An der gegenüberliegenden Wand hängt ein riesiger Fernseher, der fast die gesamte Fläche einnimmt. Die neueste Technik, natürlich. Das Bild ist kristallklar und die Größe des Bildschirms macht den Raum fast zu einem Heimkino. Der Übergang zum Essbereich ist fließend. Ein imposanter Esstisch aus massivem Eichenholz dominiert hier den Raum, umgeben von einer Vielzahl stilvolle, gepolstert Stühle. Doch was mich wirklich fasziniert, ist die offene Küche, die sich rechts vom Essbereich erstreckt. Sie ist riesig, als wäre sie für die Versorgung einer Fußballmannschaft gedacht – oder für jemanden, der gerne große Gesellschaften bewirtet. Die Küchengeräte sind alle in Edelstahl gehalten und die Arbeitsflächen sind aus weißem Marmor. Eine große Kücheninsel mit integrierten Herdplatten und Spülen dominiert den Raum, umgeben von hohen Barhockern mit schwarzen Lederpolstern.

Ich lasse meinen Blick noch einmal durch den Raum schweifen und nehme die sorgfältige Gestaltung und die luxuriösen Details in mich auf. Alles an diesem Ort strahlt Opulenz und Behaglichkeit aus, als hätte man sich wirklich Gedanken gemacht, wie man einen Raum schafft, in dem man sich einfach wohlfühlen muss.

Verdammte Scheiße, ich bin in einem puren Luxusanwesen gelandet. Es ist zwar nicht das erste Mal, dass ich so was sehe, aber beeindruckt bin ich trotzdem. Schon früher bin ich oft mit meiner Mama zu ihrer Arbeitsstelle gefahren. Sie hatte bei einer Millionärsfamilie geputzt und durfte mich immer mitnehmen, wenn die Schule ausfiel. Aber das hier ist was ganz anderes.

»Setz dich«, fordert Jack mich auf und nimmt selbst am Kopfteil des riesigen Tisches Platz.

Shane schiebt mich in Richtung des Tisches und setzt mich direkt neben Jack, der sich lässig zurücklehnt und mich ansieht, als würde er mich analysieren. Als wäre ich ein Projekt, dessen Zwischenstand er feststellen will. Wenn er jetzt wirklich ein Gespräch mit mir führen will, hat er sich geschnitten. Wer will schon gerne mit seinem Peiniger sprechen und so tun, als wäre alles in Ordnung? Verdammt, die Dinge, die er mir hat antun lassen, sind abgrundtief schrecklich. Er ist abgrundtief schrecklich und sein Bodyguard wird auch nicht besser sein, wenn er für so ein Monster arbeitet.

»Shane wird dich begleiten, wenn du den Wohnbereich aufsuchen willst. Du hast Zugang zum Kühlschrank und dem Wellnessbereich. Allerdings wirst du niemals alleine sein, außer du bist in deinem eigenen Zimmer.«

Mein Blick senkt sich. Nicht, weil ich nervös oder ängstlich bin, sondern weil ich mir Mühe geben muss, diesem Arschloch keine zu knallen. Ich laufe im Moment auf dünnem Eis und weiß, dass ich leiden werde, wenn ich nicht das tue, was er sagt. Wobei ich mir kaum vorstellen kann, dass es mir noch schlimmer ergehen kann als jetzt. Nun bin ich schon viele Tage hier und vergesse immer öfter, welches Datum wir haben. Ob Jasmine schon die Polizei verständigt hat? Ich bin mir sicher, dass sie sich wundert, wo ich bin und alles in die Wege leiten wird, um mich zu finden. Aber was, wenn die Polizei in der Umgebung wirklich so korrupt ist und Jack deckt? Dann bin ich nicht nur für immer hier gefangen, sondern kann, sollte ich hier rauskommen, nicht mal für seine gerechte Bestrafung sorgen. Außer ich gehe zum Präsidenten persönlich, aber selbst dem traue ich nicht über den Weg. Und nun soll ich mich darüber freuen, dass ich ein bisschen in dem Haus rumlaufen darf, das als mein Käfig dient?

Einige Sekunden lang herrscht Stille, bis Jack erneut das Wort ergreift.

»Weißt du, ich bin wirklich beeindruckt von dir. Du wurdest jetzt mehrmals durchgefickt und sitzt immer noch hier, ohne mir die Ohren vollzuheulen.«

Meine Sicherungen brennen durch. So schnell ich kann, greife ich mir eines der Messer, die auf dem Tisch liegen und wende mich zu Jack. Es gibt nur einen Versuch und der muss klappen. Wenn er stirbt, sind alle meine Sorgen vorbei. Er muss einfach sterben. Doch zu meinem Pech treffe ich nicht seine Kehle oder sein Herz, sondern seine Handfläche, die er mir in der nächsten Sekunde zu seinem Schutz entgegenhält.

Shane schnellt vor und zieht mich sofort von Jack zurück.

»Nein! Lass mich los!«, kreische ich und versuche mich von ihm zu lösen, doch dieser Kerl hat eine ungeheure Kraft, der ich nicht gewachsen bin. Als wäre ich eine Fliege, die nichts wiegt, zieht er mich zurück.

Der Personenschützer schweigt, aber Jack findet wieder Worte, nachdem er sich seine Handfläche mit einer Serviette verbunden hat. Scheinbar hat er Erfahrungen mit Schmerzen, denn er verzieht keine Miene.

»Weißt du, kleiner Engel, ich bin bisher wirklich nett mir dir umgegangen. Ich habe dir sogar Freilauf gelassen und so dankst du es mir?«

Seine ruhige Art lässt mich kalt. Wenn er bedrohlich wirken will, kann er das ruhig tun, aber das geht mir am Arsch vorbei. Er hat mich entführt und benutzt. Was denkt er denn, wie ich darauf reagiere?

»Fick dich! Fick dich einfach!«, knurre ich und werde

von Shane zurück auf meinen Stuhl gesetzt. Anscheinend ist das Messer nicht durch seine Handfläche gegangen. Das sehe ich, weil die Serviette mittlerweile nicht mehr so durchnässt ist. Fuck. Ich hätte schneller sein müssen. Viel schneller. Es hätte mir wenigstens eine kleine Genugtuung gegeben.

»Natürlich. Ich habe bereits damit gerechnet, dass du ausfällig wirst und mich angreifst. Aber jede Wunde wirst du eines Tages zurückbekommen, schwarzer Engel. Das verspreche ich dir.« Gott, wie soll ich mich nur jemals beruhigen, wenn ich in sein Gesicht sehe? Wie soll ich es schaffen, ihn nicht töten zu wollen? Sicherlich tut er nicht nur mir das an. Wie viele Mädchen waren vor mir hier, die er durch Zufall getroffen hat und haben wollte? Weiß die Universitätsleitung davon? Das hier muss doch irgendjemand mitbekommen.

Während mir diese Gedanken durch den Kopf gehen, sage ich kein Wort und male mit dem Unterkiefer, um mich zu beruhigen.

»Und jetzt erzähl mir etwas über dich, Andriana. Leider haben meine Leute nicht sehr viel herauskriegen können, aber über deine italienischen Wurzeln habe ich mich grundlegend informiert.«

Natürlich hat er das. Hoffentlich weiß er jetzt mehr über meinen Vater als ich. Oder aber er hat gar nichts über ihn herausgefunden. Eigentlich ist es mir auch egal. Dieser Mensch gehört nicht in mein Leben.

»Sag mir also – du studiert Jura, hm? Wo sind deine Verwandten und was hat dich dazu gebracht, einer so dummen Einladung zu folgen? Wie bist du da rangekommen?«

So viele Fragen und nicht eine Antwort wird er von mir bekommen.

Es herrscht erneut Stille im Raum. Ich bin mir nicht mal sicher, ob Shane noch hinter mir steht, so ruhig ist es.

»Ich würde dir vorschlagen, meine Fragen zu beantworten.« Jack wird langsam ungehalten und steht von seinem Platz auf, um zu mir zu kommen. Sofort lehne ich mich im Stuhl zurück.

»Also?«

»Ich werde dir rein gar nichts sagen«, zische ich und widerstehe dem Drang, ihm erneut wehzutun. Hier zu sein ist die schlimmste Folter, die ich mir vorstellen kann. Doch, dass ich dumm war, macht es noch viel schlimmer. Wäre ich doch lieber mit Jasmine zu dieser blöden Party gegangen, da wäre es mir deutlich besser ergangen als jetzt hier zu sein und das Leben aufzugeben, das ich mir hart erarbeitet habe.

Jack sieht mir fest in die Augen und schmunzelt, was mich verunsichert. Dann geht alles so schnell, dass ich nicht wirklich reagieren kann. Er packt mich an der Hüfte und setzt mich vor sich auf den Tisch, bevor er sich zwischen meine Beine drängt und seine Hände auf meine Oberschenkel legt. Mein Herz schlägt mir bis zum Hals. Gerade bin ich nicht in der Lage, mich gegen ihn zu wehren. Nicht, weil ich erregt bin, sondern weil die Panik in mir überhand nimmt. Was, wenn er mir auch etwas antun will und ich keine Chance habe, mich gegen ihn zu wehren?

»Wenn du nicht so schön wärst, hätte ich dich schon längst im nächsten Wald verscharrt, weißt du das?«, flüstert er nah an meinem Kopf und beißt mir ins

Ohrläppchen, was mir eine unangenehme Gänsehaut verpasst.

Ich brauche mir nichts vormachen, Jack ist einer der schönsten Männer, den ich jemals erblicken durfte. Dass er einen so heißen Bodyguard hat, hätte ich ebenfalls nicht gedacht. Aber das alles ändert nichts daran, dass er ein Verbrecher ist. Dass er mich behandelt, wie … einen Gegenstand. Etwas, was keine Seele und keine Gefühle besitzt.

»Hättest du das … doch besser getan.«, nuschel ich und senke den Blick, um mich gegen seinen heißen Atem zu wehren, der meinen Körper liebkost. Ich will es nicht schön finden. Ich darf es nicht schön finden.

»Mhm … ich bin froh, dass ich dich behalten habe. Ich mag keine Mädchen, die sich alles gefallen lassen.«

Mir wird schwindelig, als er mit seinen Händen über meine Oberschenkel fährt und unter meinem Nachthemd innehält. Ich halte die Luft an und weiß nicht, ob ich das lange durchhalten werde. Im Augenwinkel erkenne ich, dass Shane weiterhin wie ein Wachhund dasteht und nichts tut außer aufzupassen. Von ihm brauche ich mir keine Hilfe erhoffen, das ist schon mal klar.

»Hör auf … mich anzufassen«, flüstere ich drohend, was Jack wohl nicht beeindruckt. Warum auch? Wer bin ich schon? Ich wurde von ihm entführt und bin nun in seiner Gewalt. Ich bin nichts weiter als ein dummes Ding für ihn. Ein Hund, den man abrichtet und von dem man Großes erwartet.

»Was soll das werden?«

Eine Stimme, die ich nicht kenne, bringt Jack dazu, aufzusehen. Ich drehe meinen Kopf in Richtung des

Eingangs und erblicke einen Kerl, der ... Gott, wie viele heiße Männer gibt es hier denn noch? Ich hatte ja keine Ahnung, dass die Hölle so schön ist. Andererseits habe ich schon im Religionsunterricht gelernt, dass der Teufel besonders gut aussehen soll. Also wundert es mich irgendwie nicht. Fehlen nur noch die verdammten Hörner.

Seine schwarzen Haare sind perfekt gestylt, ein bisschen wild, aber dennoch mit einer gewissen Eleganz. Das tiefe Schwarz bildet einen faszinierenden Kontrast zu seinen hellen, grauen Augen. Diese Augen – sie sind unglaublich intensiv, als könnten sie direkt in meine Seele blicken. Es ist dieselbe Farbe wie bei Jack. Die Farbe, die mich schon beim ersten Treffen verdammt nervös gemacht hat. Besonders auffällig sind aber die Tattoos, die seinen rechten Arm zieren. Die detaillierten, kunstvollen Designs erstrecken sich von seiner Schulter bis hinunter zum Handgelenk. Ein anderes Tattoo stellt einen majestätischen Adler dar, die Flügel weit ausgebreitet, als sei er bereit, jeden Moment abzuheben.

Vor mir steht also der perfekte Badboy und damit das nächste Problem.

»Du bist ziemlich spät dran. Im Moment bist du öfter auf Partys, als dich um die Firma zu kümmern«, meldet sich jetzt Jack zu Wort.

Warte. Einen Moment. Es dämmert mir immer mehr, denn ich bin ja nicht an irgendeinem Ort, ich bin bei den Draytons und das muss Noah sein. Der Typ, auf den Jasmine so steht. Und so langsam verstehe ich sie. Allein seine vielen Tattoos und die Haare, die ihm ins Gesicht fallen, machen ihn zu einem absoluten Hingucker. Ob er auch so ein Arsch ist und das unterstützt? Im Moment rechne ich wirklich mit allem.

»Ist doch scheißegal. Was macht die hier?« Verächtlich zeigt er auf mich, als wäre ich ein Parasit, den man schnell loswerden sollte.

Ich will ihm sagen, dass er höflicher sein soll, doch darauf verzichte ich. Im Grunde bin ich nichts weiter als irgendein Mädchen, das mit gespreizten Beinen vor seinem Bruder sitzt. Wieso sollte er also nett zu mir sein?

»Du solltest dich verpissen. Und zwar schnell. Keiner will dich hier haben«, brummt Noah in mein Gesicht und ich merke, dass ich hier absolut nicht willkommen bin.

»Dann sag das ihm!«, zische ich zurück und zeige auf Jack, der nun derjenige ist, der mich mit einem tödlichen Blick ansieht.

Schön, aber absolut ekelhaft. Es wäre doch auch zu nett gewesen, einen Unterstützer hier zu haben. Aber so, wie es aussieht, habe ich auch in puncto Noah schlechte Karten. Wann habe ich begonnen, so eine Pechsträhne hinter mir herzuziehen? Habe ich irgendetwas in einem vorherigen Leben getan, was ich nun büßen muss? Ich bin zwar nicht sonderlich gläubig oder esoterisch veranlagt, aber so langsam bin ich mir ziemlich sicher, dass ich vom Unglück verfolgt werde. Dass irgendeine höhere Macht sich gegen mich verschworen hat und will, dass ich so viel leide wie nur möglich.

Jacks Bruder schnaubt verächtlich und ignoriert mich weiter. »Was soll das, he? Wieso redest du nicht mit mir, wenn es um so was geht?« Noahs Stimme wird lauter, als er seine Lederjacke auszieht und unsanft auf einen Stuhl schmeißt.

»Dafür müssten wir beide generell miteinander reden, Noah.« Jack bleibt ruhig und immer mehr erkenne ich die Gemeinsamkeiten zwischen den beiden.

Noah ist ganz offensichtlich der aufbrausende Part, während Jack ernst und kalt ist. Nur die Haarfarbe und die Augen sind bei den beiden förmlich gleich. Wäre das hier ein schlechter Porno, könnte ich schwören, dass er so anfängt. Aber nichts könnte mich unsicherer machen als diese Situation. Noah scheint mich aus irgendeinem Grund zu hassen und Jack verkauft mich an Kunden, während dieser Shane einfach das tut, was ihm aufgetragen wird.

Ich bin am Ende.

KAPITEL 7

ANDRIANA

S ie wird hierbleiben. Ich kann mich nicht daran erinnern, dass du hier das Sagen hast, Noah.« Jack
sieht seinen Bruder gar nicht erst an. Stattdessen
wendet er sich von mir ab und hilft mir vom Tisch, um
sich wieder auf seinen Stuhl zu setzen. Ich allerdings
sitze wie bestellt und nicht abgeholt da und hab keine
Ahnung, was ich jetzt tun soll.

»Gott, Jack, im Ernst? Wir brauchen so was nicht
hier.«

So was? Was nochmal findet Jasmine an ihm? Schönheit hin oder her. Er ist ein absolutes Arschloch.

»Ich habe einen Namen!« Ich kann mich einfach
nicht zusammenreißen. Eigentlich bin ich hier in der beschissensten Lage, in der man sich befinden kann, aber
als »so was« bezeichnet zu werden, lässt meine Klappe
einfach nicht zugeklebt.

»Dein Name interessiert mich einen Scheißdreck!«,
meckert Noah zurück und mustert mich ein weiteres
Mal abfällig von oben bis unten. Wenn Jack schon ein
Arschloch ist, ist Noah die jüngere, fiesere Version von

ihm. Und ich weiß nicht, welche Version ich besser finde. Oder schlimmer.

Ich male mit dem Unterkiefer und bete, dass ich nicht etwas sage, das mir vielleicht zum Verhängnis werden könnte. Deshalb bin ich froh, als Jack das Wort ergreift.

»Hast du keine Hausarbeiten zu schreiben?« Was eine Frage sein soll, kommt eher, wie eine Drohung rüber. Ein gut gemeinter Rat, um Schlimmeres zu verhindern.

»Scheiße, Jack. Wie viele Kunden sollen jeden Tag hierher kommen? Denkst du, ich hätte nicht mitbekommen, dass ständig solche abgefuckten Wichser hier ein- und rausspazieren? Ich hab keinen Bock darauf und noch weniger hab ich Lust, mit ihr an einem Tisch zu sitzen. Sie sieht jetzt schon verbraucht aus.«

Geschockt öffne ich den Mund. Denkt er echt, dass ich das freiwillig mache? Dass ich Spaß daran habe, jede Nacht auf irgendeinen schmierigen Kerl zu warten, der alles mit mir machen darf, was er will? Der spinnt ja wohl.

»Und das ist dein Problem, weil …?«

Ich habe das Gefühl, dass die beiden Brüder oft Diskussionen wie diese führen. Und da ich an meinem Leben hänge, habe ich kein Interesse daran, mich einzumischen. Trotzdem bin ich eher auf Noahs Seite. Ich will von hier weg und er sieht das genauso. Ich habe hier nichts verloren und sorge nur dafür, dass hier irgendwelche Idioten reinkommen. Vielleicht ist er ja doch meine Rettung.

»Denkst du, dass meine Kommilitonen nichts davon mitbekommen werden? Was soll ich sagen? Dass mein Bruder so geldgeil ist, dass er irgendwelche Huren hier einquartiert?« Noah wedelt mit seinen Händen in der Luft herum und scheint ziemlich verzweifelt zu sein.

Wenn er nicht will, dass ich hier bin, kann er mir doch sicher auch helfen, hier rauszukommen, oder? Wobei, ich denke nicht, dass er mir einen Gefallen tun wird, wenn ich sehe, wie er mich anschaut. Wenn er könnte, würde er mich zerquetschen, wie eine Fliege. Der Hass in seinen Augen ist im ganzen Raum zu spüren.

»Das ist mir so ziemlich egal, Noah. Ich habe Andriana ausgewählt, weil sie bildschön ist und meine Kunden beglücken kann. Vergiss nicht, dass ich im Moment für das Geld sorge, während du noch Student spielst, kokst und nur die Kleinigkeiten der Firma verwaltest.«

Jacks Ausdruck wird düster, was mich langsam nervös macht. Ich habe nicht wirklich den Drang, in dieser Geschichte im Mittelpunkt zu stehen. Wobei ich aber glaube, dass es nicht allein um mich geht. Die Brüder scheinen sich generell nicht sehr gut zu verstehen. Irgendwas steht zwischen ihnen.

»Du bist doch bescheuert! Ich studiere Wirtschaftsinformatik, weil Vater das so will. Ist ja nicht so, dass du nicht auch mal Student warst, weil er es so wollte.« Ich schrecke auf, als Jack abrupt aufsteht und so wütend auf seinen Bruder zugeht, dass ich fürchte, er greift ihn an. Doch das passiert nicht und auch Noah macht nicht den Eindruck, als würde er Angst vor seinem großen Bruder haben.

»Stellst du meine Entscheidungen in Frage?«, will Jack leise wissen und schaut, der immer wütender zu werden scheint fest in die Augen.

»Das hast du gut erfasst. Ich kotze auf deine Fickmädchen!«

Es versetzt mir einen Stich, so genannt zu werden. Als würde ich Spaß daran haben. Als würde es mir gefallen. Meine Hände ballen sich zu Fäusten, während ich versuche, ruhig zu bleiben. Er hat ja keine Ahnung, was ich durchmachen musste. Wie oft ich mich in den Schlaf geweint habe und daran gedacht habe, dem Ganzen ein Ende zu setzen. Wichser. Arschloch!

»Shane? Sei doch so nett und bring Andriana zurück in ihr Zimmer«, befiehlt Jack, ohne den Blick von seinem Bruder zu wenden. Die beiden starren sich an, als würde nur noch ein Tropfen fehlen, der das Fass zum Überlaufen bringt.

Schon im nächsten Augenblick spüre ich die feste Hand des Bodyguards an meiner Schulter. Und natürlich tue ich, was er verlangt. Länger will ich mir diesen Streit unter Brüdern wirklich nicht geben.

»Komm«, höre ich Shanes leise Stimme, als er mich in Richtung des Flures drängt.

Das erste Mal bin ich froh, in mein Zimmer zu können. Noch mehr verletzende Sprüche, brauche ich mir nicht geben. Und bevor ich wirklich noch ausraste und komische Dinge tue, liege ich lieber gefesselt auf meinem Bett und warte ab, bis mir das nächste Trauma verpasst wird. Währenddessen werde ich hoffen, dass mir Noah nie wieder über den Weg läuft, denn wenn ich mein altes Selbstbewusstsein zurückhabe, kann ich nicht garantieren, diesem Wichser nicht doch noch eine zu knallen.

Shane öffnet die Tür von meinem Zimmer und stößt mich schroff hinein. Zu meiner Überraschung sind wir aber nicht alleine. Vor Schreck schreie ich auf, als ich einen blonden Mann sehe, der in einer Schublade herumwühlt, als wäre er ein Spanner. Er trägt denselben Anzug wie Shane und wirkt auf mich ebenfalls wie ein Bodyguard. Gibt es noch mehr von Shanes Art hier?

»Was machst du hier, Valentin?«, seufzt Shane genervt und steckt seine Hände in die Hosentaschen, nachdem er die Tür hinter uns geschlossen hat.

Der Mann dreht sich um und zeigt ein Höschen das ziemlich wenig Stoff hat. Als wären diese Teile nicht schon knapp genug, um mich in Verlegenheit zu bringen. Früher habe ich mich auch immer gewehrt, einen Hauch von Nichts zu tragen. Jetzt werde ich dazu gezwungen und fühle mich wirklich wie eine Prostituierte.

»Jack hat echt für alles gesorgt, was?«, grinst er und löst bei mir rote Wangen aus. Doch ich wundere mich schon gar nicht mehr, dass hier noch schöner Mann, herumläuft, als wäre es ein Laufsteg. Doch Valentin sieht aus wie der Traummann schlechthin. Mittellange Haare, die ihm ins Gesicht fallen, eine perfekte Nase, schmale Lippen und ein kantiges Gesicht. Er ist perfekt. Selbst seine definierten Muskeln kann man durch das weiße Hemd erahnen.

»Das ist Kleidung aus Jacks Besitz. Leg sie zurück«, befiehlt Shane und drückt mich weiter in den Raum, was Valentin aber verhindert, indem er sich vor mich stellt.

Ich atme tief ein und schaue zu ihm nach oben.

»Bei Gott, Jack hat echt einen Volltreffer gelandet. Wie heißt du, Sunshine?«

Mir fehlen die Worte. Mittlerweile weiß ich, dass Jack zwei Bodyguards hat, die sich anscheinend frei in der

Villa bewegen dürfen. Ach, nicht zu vergessen Noah, der es besonders schön findet, mich hier zu haben. Es kann kaum besser für mich laufen. Und gleichzeitig bin ich völlig allein.

»Ich bin ...«, stammel ich und bringe Valentin damit zum Lachen.

Lässig fährt er sich über sein zurückgegeltes Haar und legt darauf den Kopf etwas schief. Ein Lachen, das so schön ist, sollte verboten werden. Jedenfalls in einer Situation wie dieser. Ich kann nicht sagen, was gerade mit mir los ist, denn eigentlich sollte ich jede Handlung dieser Kerle verabscheuen und verurteilen.

»Komm schon. Ich weiß, ich bin hinreißend, aber dein Name ist keine höhere Mathematik.«

Leise höre ich es hinter mir schnauben. Scheinbar sind die beiden wie Tag und Nacht. Zumindest ist das mein erster Eindruck. Während Shane ziemlich ruhig und bedacht ist, haut Valentin alles raus, was ihm durch den Kopf geht. Und hat dabei eine Menge Selbstbewusstsein. Tatsächlich wirkt er aber ziemlich normal. Frech, charmant, aber normal.

»Andriana«, gebe ich endlich zurück und senke meinen Blick. Mit solchen Männern hier eingesperrt zu sein, gibt mir nicht gerade den Mut, den ich bräuchte, um mich gegen sie zu behaupten. Als ich aber merke, wie Valentin mir immer näher kommt, gehe ich einen Schritt zurück. Allerdings stoße ich dabei gegen Shane, der keine Anstalten macht, sich zu bewegen.

»Gefällt mir. Der Name passt zu dir«, raunt der blonde Kerl und mustert jeden Zentimeter meines Körpers. »Haben wir die Erlaubnis, ebenfalls ranzudürfen?«, grinst er verschmitzt und fährt hauchzart über meine Wange, bevor seine Hand immer tiefer rutscht.

Aus Reflex schlage ich sie von mir weg. »Fass mich nicht an!«, fauche ich und verenge böse die Augen.

Hätte ich doch wissen müssen, diese Kerle sind genau so wie ihr Boss, bösartig und sexbesessen. Ich weiß schon, warum ich mich nach Gael strikt dagegen gewehrt habe, irgendeinen Kerl an mich ranzulassen. Ich bin nicht das liebe, nette Mädchen, das alles mit sich machen lässt. Wenn ich merke, dass mir jemand weh tun will, tue ich alles, um das zu verhindern.

»Oh, hat da jemand Feuer unterm Arsch?«, schmunzelt Valentin und bleibt mit seinen Augen bei meinen Brüsten stehen. Leicht fährt er mit seinen Fingern meinen BH entlang und beißt sich auf die Unterlippe. »Ich gebe zu, ich bin etwas neidisch, dass Jack dich für sich alleine hat.«

Wie sehr ich mich auch dagegen wehre, ich kann jetzt nicht anders, als ihm eine Ohrfeige zu verpassen. Ich schlage so fest zu, dass meine Handfläche anfängt zu brennen. Ein weiterer Kurzschluss, den ich einfach nicht kontrollieren kann. Bevor ich zu einem weiteren Schlag ansetzen kann, umklammert mich Shane von hinten und verhindert dadurch Schlimmeres.

»Ich hab gesagt, du sollst mich nicht anfassen!«, kreische ich wütend und versuche mich zu befreien.

Doch anstatt, dass Valentin wütend wird, fängt er an zu lachen und hält sich die Wange. »Wahnsinn. Die hat nicht nur Feuer, sondern ist auch noch lebensmüde.«

Ich hasse es, gegen meinen Willen berührt zu werden. Schon, als ich mit Gael zusammen war, habe ich ihn immer von mir gestoßen, wenn er versucht hat mir näher zu kommen. Doch sein ekelhafter Charakter hat verhindert, dass ich mich ihm gegenüber öffnen konnte. Er ist ein Widerling, genau wie diese beiden Kandidaten hier. Genau wie Jack und Noah.

»Lieber sterbe ich, als mich von dir berühren zu lassen« funkle ich ihm entgegen und spucke vor ihm auf den Boden.

Das bringt ihn endlich dazu, mit dem Lacken aufzuhören. Die folgende Stille erdrückt mich. Hinter mir höre ich ein leises Räuspern, während Shane mich immer noch festhält.

»Ist das so, Sunshine?« Bedrohlich kommt Valentin näher. Er schaut konzentriert mein Gesicht an und hebt leicht mein Kinn. »Ich glaube nicht, dass du dich wirklich mit uns anlegen willst. Wenn wir etwas Spaß mit dir haben wollen, dann hast du deine süße Klappe zu halten«, flüstert er unheilvoll und beginnt wieder zu lächeln. Wie er einerseits so positiv und andererseits so angsteinflößend sein kann, ist mir ein Rätsel. Aber eins weiß ich: ich sollte mich von ihm fernhalten. Und zwar sehr fern.

»Ich meine, erinnere dich mal daran, wo du stehst, hm? So, wie es aussieht, wurdest du von Jack entführt. Das bedeutet ... ach, was bedeutet das nochmal, Shane? Hilf mir mal.« Er gibt vor nachzudenken und schnippt mit dem Daumen, um auf den Trichter zu kommen.

Ich male mit dem Unterkiefer und höre ein leises Seufzen hinter mir.

»Das bedeutet, dass sie keine Wahl hat«, antwortet Shane trocken. Ich erkenne seinen Gesichtsausdruck nicht, aber ich bin mir sicher, dass er nicht lächelt. So langsam weiß ich gar nicht, ob er das überhaupt kann.

»Dass sie keine Wahl hat. Genau so ist es.« Valentin lässt mich nicht eine Sekunde aus den Augen. Seine Selbstsicherheit spricht Bände und doch will ich mich nicht von ihm verunsichern lassen. Es reicht schon, dass ich mich von Jack wie ein Stück Vieh behandeln lassen muss.

»Ihr könnt mich mal! Ich bin immer noch ein Mensch!« Wie können sie davon ausgehen, dass ich so was mit mir machen lasse?

Schon den vielen Männern, die in meinem Zimmer waren, hat es gefallen, dass ich mich wehren wollte. Sie grinsten, wenn ich geweint und geschrien habe. Sie haben mir einen Teil meiner Seele genommen, doch den letzten Rest, den ich noch habe, wird mir keiner nehmen. Auch keine aufgeblasenen Bodyguards, die denken, sie haben irgendeinen Anspruch auf mich.

»Nur schade, dass das hier niemanden interessiert. Gewöhn dich daran, dass hier die Uhren anders laufen, Sunshine.« Valentins Lächeln verschwindet nicht aus seinem Gesicht. Er lacht, als würde ich einen Witz nach dem anderen erzählen.

Immer wieder versuche ich mich von Shane zu befreien, doch er behält mich weiter in dem Griff, der mir unwahrscheinlich weh tut. Ich hab keine Lust auf so eine dumme Konversation, aber genauso wenig auf weitere blaue Flecke.

»Wie wärs, wenn ihr mich einfach wieder hier einsperrt und abhaut.«

Der blonde Kerl fängt erneut an zu lachen und sogar

Shane kann sich ein belustigtes Schnauben nicht verkneifen. »Und die einzige Aussicht ziehen lassen, dich mal anfassen zu dürfen? Keine Chance. Solange Jack mit Little Drayton am Diskutieren ist, haben wir genug Zeit, deinen süßen Körper ein bisschen unter die Lupe zu nehmen.«

Valentin legt seine Hand auf meine Hüfte und ist meinem Gesicht auf einmal so nahe, dass ich die Luft anhalten muss.

Die ganze Zeit habe ich an dieser Uni studiert und hatte keine Ahnung, was ein paar Meter neben dem Campus vor sich geht. Hier müssen schon andere Mädchen gewesen sein und niemand wusse davon.

Meine Gedanken werden unterbrochen, als ich Valentins Hand spüre, die meinem Schritt immer näher kommt. Sofort verkrampft sich alles in mir und der nächste Geduldsfaden reißt. Ohne darüber nachzudenken, ramme ich dem blonden Idioten mein Knie in die Weichteile und schlage meinen Ellenbogen in die Magengegend von Shane.

Keine Ahnung, wie ich es geschafft habe, aber tatsächlich lässt mich der starke Kerl los, was ich mir sofort zunutze mache.

»Du kleine Bitch!«, keift Valentin, während er sich vor Schmerz krümmt. Eigentlich würde ich anfangen zu lachen, doch den Ernst der Lage vergesse ich dabei nicht.

Also renne ich, so schnell wie möglich, in das Badezimmer, um mich dort selbst einzusperren. Wenn ich nach draußen rennen würde, weiß ich, dass Jack nicht weit wäre, aber hier habe ich zumindest die Möglichkeit, für einige Zeit meine Ruhe zu haben und mich vor diesen Wichsern zu schützen.

Außer Atem lege ich meine Stirn an die Tür und schrecke zusammen, als ich ein lautes Klopfen höre.

»Mach sofort die Tür auf, du kleine Schlampe! Auf der Stelle!« Valentins wütende Worte lassen mich ein paar Schritte zurückweichen. Mein Herz setzt für einen Schlag aus und Panik in mir steigt auf. So, wie ich das beurteilen kann, ist die Tür sehr stabil, aber so sauer, wie der Kerl gerade ist, bin ich mir nicht sicher, ob sie mich beschützen kann. Diese Villa strotzt nur so vor Geld. Jack wird kein Problem damit haben, innerhalb kürzester Zeit eine neue einbauen zu lassen.

»Geht weg!«, schreie ich und kauere mich an der Wand gegenüber auf den Boden. Das laute Treten an der Tür macht mich wahnsinnig, sodass ich mir die Ohren zuhalten muss. Angsterfüllt wippe ich auf meinem Hintern hin und her und hoffe, dass es bald aufhört. Es muss einfach aufhören. Er darf mich nicht kriegen. Niemals. Was, wenn er mir etwas antut? Dann bin ich ein kaputtes Spielzeug, das schnell ersetzt werden kann. Ich bin ein Niemand. Unwichtig. Und doch wichtig genug, um mir eine Abreibung zu verpassen.

»Tu, was Valentin sagt, Andriana.« Shanes Stimme ist nicht ganz so wütend und doch weiß ich, dass er mich nur rauslocken will. Nein, ich werde auf keinen Fall diese scheiß Tür öffnen. Niemals.

KAPITEL 8

ANDRIANA

Ich öffne meine Augen und merke, dass ich mich immer noch in dem großen Badezimmer befinde. Kurz nachdem ich mich an die Wand gekauert hatte, bin ich eingeschlafen und liege jetzt auf einem Teppich, der wenigstens ein bisschen Wärme spendet. Durch das kleine Fenster sehe ich, dass es Nacht ist. Wie lange liege ich hier schon und wo sind die Bodyguards, die sich an mir vergehen wollten?

Nur langsam schaffe ich es, aufzustehen.

Mein Rücken schmerzt und meine Beine sind eingeschlafen, ihr unangenehmes Kribbeln muss ich vorerst aushalten.

»Gott.« Ich humple zum Fenster und schaue nach draußen. Dem Mond nach muss es tief in der Nacht sein, was bedeutet, dass ich mindestens sechs Stunden hier gelegen haben muss. Dass keiner der Typen hier reingekommen ist, wundert mich, doch ich habe diesen Schlaf wirklich gebraucht, auch, wenn es auf dem Bett deutlich bequemer gewesen wäre.

Tief atme ich durch und reibe meine Augen. Ich muss

unbedingt ins Bett, bevor ... Moment. Es ist mitten in der Nacht und alle schlafen mit Sicherheit schon. Ich bin nicht ans Bett gefesselt und könnte so endlich die Chance haben, zu fliehen. Das ist ... die einzige Möglichkeit, die ich bekomme. Ich schleiche zur Tür und schließe sie auf, um vorsichtig in mein Zimmer zu schauen. Offenbar ist niemand mehr da. Nur ein Haufen Unterwäsche liegt auf meinem Boden, was ich sofort Valentin zuschreibe. Ich kannte die beiden zwar noch nicht, aber ich habe schnell einen gewissen Eindruck bekommen. Während Shane stumpf Befehle befolgt, ist Valentin etwas lockerer. Und trotzdem glaube ich nicht, es mit von Grund auf schlechten Menschen zu tun zu haben. Keine Ahnung, wie ich so denken kann, aber mein Gefühl täuscht mich selten. Doch sollte mich das jetzt nicht weiter interessieren. Immerhin habe ich nicht vor, hierzubleiben.

Beim Blick auf die Unterwäsche muss ich seufzen. Allein das Jack mir solche Fummel kaufen lässt, ist widerlich. Eins ist billiger als das andere. Als wäre ich eine ... völlig egal. Soll er sich selbst diese Dinger anziehen und sich vergewaltigen lassen. Ich werde nicht mehr dafür hinhalten.

Mit einem letzten verächtlichen Blick auf die Unterwäsche gehe ich zum Ausgang und bemerke, dass die Tür nicht abgeschlossen ist. Kann man so viel Glück überhaupt haben? Na ja, nachdem ich so unglaublich viel Pech hatte, ist es eigentlich nur fair. Innerlich springe ich vor Freude in die Luft, bevor ich aus dem Zimmer schleiche und den Flur entlangtippel. Der Bewegungsmelder sorgt für Licht und scheinbar ist alles um mich herum bereits am Schlafen. Der Boden unter meinen nackten

Füßen ist kalt, aber lieber laufe ich barfuß über den ganzen Campus, als noch eine Nacht hierbleiben zu müssen.

Ich komme der Eingangstür immer näher und hoffe, dass niemand das pochende Herz hört, das in meiner Brust schlägt. Es ist zu einfach. Viel zu leicht. Aber darüber will ich mir keine Gedanken machen. Ich muss hier raus.

Als ich meine Hand auf den Türknauf legen will, schrecke ich auf, als jemand n mein Handgelenk greift und mich davon abhält. Ich friere ein und mein Herz setzt aus. Valentin. Er schnalzt mit der Zunge und schüttelt den Kopf.

»Ach, Sunshine. Denkst du wirklich, dass du es so leicht haben wirst?« Ich merke, wie er Shane, der neben ihm steht, einen Blick zuwirft.

»Nein, ich … ich wollte nur …« Was ich mir in meinem Kopf auch ausmale, nichts würde Sinn ergeben. Ich habe weder die Toilette aufgesucht, noch bin ich schlafgewandelt. Im Grunde genommen, bin ich vollkommen im Arsch.

»Ja, sicher doch. Versuche dir nur in deinem hübschen Köpfchen was zurechtzulegen. Bis dahin bringen wir dich erstmal zurück.«

Gerade will ich protestieren, da werde ich auch schon von Shane angehoben und über die Schultern geworfen. Laut schreie ich auf und schlage gegen seinen Rücken. Meine Beine strampeln umher, doch diesen Kraftaufwand könnte ich mir auch sparen. »Lass mich runter. Lass mich sofort runter!«, kreische ich, doch all der Kampf bringt nichts. Sicherlich ist Shane Schlimmeres in seinem Job gewohnt, aber ich will nicht zurück in mein Zimmer. Nicht zurück an den Ort, an dem ich so gelitten habe.

Doch schon nach wenigen Sekunden befinde ich mich genau da. Unsanft werde ich auf das Bett geworfen, bevor Valentin den Rest erledigt und mich an den Handgelenken fesselt. Meine Rufe und Schreie ignorieren sie weiterhin gekonnt.

»Ihr seid Monster!«

»Ja, Süße, das sind wir. Aber soll ich dir was verraten?«, grinst Valentin und legt seine Hand auf meinen Mund. Dann flüstert er in mein Ohr: »Das ist unser Job.«, und leckt über mein Ohrläppchen, was mich dazu bringt, meine Augen fest zu schließen.

Gott, nicht da, du Idiot. Jedes Mädchen würde mir beipflichten, wenn ich sage, dass wir alle einen bestimmten Punkt haben, der uns geil macht. Bei mir ist es diese blöde Stelle unter dem Ohrläppchen. Als wäre es ein Knopf, den man drückt, um die Frau anzuheizen. Ich hasse es.

»Oh? Ich glaube, das mag sie. Echt niedlich. Am Ende haben sie doch alle die gleichen Zonen, auf die sie abfahren.« Valentins Finger gleiten mein Gesicht hinab und fahren sanft über meine Lippen, die sofort anfangen zu kribbeln. Dieses Arschloch.

»Niemand fährt auf dich ab!«, knurre ich und beiße ihm in den Finger, was ihn dazu bringt, seine Hand lachend zurückzuziehen.

»Sieh mal einer an. Ich glaube, wir werden eine Menge Spaß mit ihr haben, Shane.« Sein Kollege atmet tief durch und fährt sich gestresst durch die vollen braunen Haare. Dass er nichts weiter tut als zuzusehen, verunsichert mich. Valentin lässt in sich hineinblicken, doch er? Ich habe absolut keine Ahnung, was ich von ihm halten soll. Ist er wirklich ein emotionsloser Bodyguard, der nur stumpf Befehle befolgt?

»Ich denke, dass wir uns nicht an Jacks Spielzeug vergehen sollten«, sagt er nur und zuckt mit den Schultern. Spielzeug. Schon wieder so ein herabwürdigendes Wort, das mir einen Stich versetzt.

»Wer seid ihr überhaupt? Was habt ihr mit Jack zu tun?« Offensichtlich sind sie nicht einfach nur bei ihm angestellt, denn dann würden sie einfach nur das tun, was er von ihnen verlangt. Dass sie selbst ein Interesse haben, sich an mir zu vergehen, sagt einiges über sie aus. Zu viel.

»Soll das eine Kennenlernrunde werden, bevor wir dich ficken? Ich habs nicht so mit Smalltalk, Sunshine«, grinst Valentin und lässt mich meine Augen verdrehen. »Aber bitte, wenn du dadurch etwas zahmer wirst, erzählen wir dir gerne was über diese stinklangweilige Firma, in der wir arbeiten.« Gespielt verzweifelt seufzt der blonde Kerl und macht es sich neben mir gemütlich.

»Und … Jack hat euch gemietet?« Dass beide für die Firma arbeiten, habe ich mir schon beinahe gedacht. Aber das erklärt nicht, warum sie sich frei bewegen dürfen und sich wie räudige Hunde verhalten.

Valentin fängt an zu lachen und nickt. »Kann man so sagen, ja. Nur mit dem Unterschied, dass wir so viele Freiheiten haben, wie wir wollen. Zumindest in diesem Haus. Das ist dein Jackpot, Baby. Ich kann dich so oft besuchen, wie du willst. Außer deine Pussy ist gereizt. Ich mag es eher, wenn sie triefend nass ist«, feixt er und gleitet mit der Hand in mein Höschen, um leicht durch meine Spalte zu fahren. Ich will meine Beine zusammendrücken, doch dies verhindert er sofort. »Ah, ah. Die lassen wir mal schön offen«, grinst er und massiert langsam meine Perle, was mich nicht einfach kalt lässt. Ich spanne mich an und halte die Luft an.

»Hör auf …«, stammel ich und beiße mir von innen auf meine Wange, um nicht darauf einzugehen, was er gerade mit mir macht. Die Männer, die mich nachts besuchen, haben nicht mal ansatzweise etwas in mir erregt, nur Abscheu und Ekel. Bei Valentin ist es anders und das macht mir große Sorgen. Ich will es nicht gut finden. Dieses Problem hatte ich bereits mit Jack und der ist der Schlimmste von allen.

»Jetzt, da du anfängst, in meinen Händen zu zerfließen? Ich bitte dich, Sunshine.« Seine blauen Augen suchen meine, doch ich bin nicht fähig, ihn anzusehen. Allein sein kantiges Gesicht macht Dinge mit mir, die ich nicht zulassen will. Er ist ein Monster. Sie alle sind es. Das muss ich mir immer wieder in meinen Kopf zurückrufen.

»Hör auf, mich so … zu nennen«, zische ich, doch kann ich mir ein Stöhnen nicht verkneifen, als er meinen Kitzler zwischen beide Finger nimmt und ihn streichelt. Ich kann Spitznamen nicht leiden, wenn sie mir von Personen gegeben werden, die ich hasse. Und ich hasse ihn. Ja, das tue ich.

»Das kannst du vergessen«, raunt er und kommt meinem Gesicht immer näher. Doch bevor er mich küssen kann, räuspert sich Shane laut und bringt Valentin dazu, zu ihm zu schauen.

»Jack will uns sehen. Jetzt.«Er hält seinen Finger an sein Ohr, in dem sich ein komischer Stecker befindet. Sicherlich hat er irgendein Signal gehört. So genau kenne ich mich mit den Teilen nicht aus, aber ich bin froh, dass gerade jetzt der erlösende Anruf kommt.

»Gott. Der muss echt mal an seinem Timing arbeiten«, brummt Valentin und zieht seine Hand aus meinem Höschen, was mich dazu bringt, erleichtert durchzuatmen. Noch ein bisschen länger und ich wäre wirklich in seinen Händen zerlaufen. Und das gönne ich ihm nicht. Ich habe schon sein süffisantes Grinsen vor meinem geistigen Auge gesehen, wenn ich wirklich einen Orgasmus bekommen hätte. Niemals hätte ich geahnt, dass ich so froh darüber sein könnte, dass Jack sich meldet.

»Gute Nacht, Sunshine. Wir sehen uns schon bald wieder.« Neckend kneift er mir in meinen Nippel, den er sofort trifft, bevor er aufsteht und noch einmal mit seinem Nacken knackt. Meine Augen ziehen sich zusammen. Gott.

»Ich kann es kaum erwarten, an deiner Pussy lecken zu dürfen. Ich wette, du schmeckst süßer als du aussiehst«, zwinkert er mir zu und geht im nächsten Augenblick mit seinem Kollegen hinaus, ohne noch einmal in meine Richtung zu schauen.

Warum ich ihm nicht auch ins Gesicht gespuckt habe, weiß ich nicht, aber ich nehme mir vor, das nächste Mal nicht so mit mir umspringen zu lassen. Wenn sie wirklich glauben, dass es mit mir einfach wird, dann haben sie sich geschnitten.

KAPITEL 9

ANDRIANA

Seit einigen Tagen war kein Mann in meinem Zimmer gewesen. Auch Jack habe ich nicht mehr gesehen. Das Einzige, womit ich meine Zeit verbringen kann, ist Fernsehen. Den riesigen Flachbildfernseher habe ich erst entdeckt, als ich aus Versehen auf einen Knopf gedrückt habe, der hinter meinem Bett befestigt ist. Als ich sah, was sich an der gegenüberliegenden Wand vor mir auftat, war ich das erste Mal wieder einigermaßen glücklich. Zwar bin ich kein großer Fernsehfan, aber es ist besser als nichts. Außerdem muss ich mich ablenken. Wenn ich weiter an die Dinge denke, die mir hier passiert sind, werde ich wirklich noch verrückt. Aber die Wand, die ich um mich herum erbaut habe, schützt mich davor, zusammenzubrechen. Jedenfalls vorerst. Wie lange das noch so gehen wird, weiß ich nicht.

So sitze ich auch jetzt früh am Morgen vor der Glotze und schaue irgendeinen Horrorfilm, der unfassbar schlecht ist. Wie kann es eigentlich sein, dass Filmemacher mit so einem Dreck durchkommen und das auch noch im Fernsehen gezeigt wird? Immer wieder muss ich auflachen, wenn eine gruselige Szene kommt. Sie alle sind vorhersehbar und langweilig. Die reinste Zeitverschwendung. Aber welche Wahl habe ich? Und ich würde vielleicht auch nicht das beste Drehbuch schreiben.

Als die Tür abrupt aufgerissen wird, schreie ich vor Überraschung auf und ziehe meine Bettdecke hoch, während Valentin hereinkommt. Es war überaus freundlich von Shane, mir die Fesseln abzunehmen, damit ich wenigstens vernünftig schlafen kann. Bedankt habe ich mich allerdings nicht. Darauf können diese Wichser lange warten. Jetzt wieder Valentin in meinem Zimmer zu haben, macht mir aber ziemliche Sorgen, ich habe eines dieser durchsichtigen Schlafkleider an. Nichts, was Jack für mich im Zimmer gelassen hat, ist ansatzweise gemütlich. Gar nichts. Selbst die Socken kratzen. Manchmal überlege ich mir, einfach nackt zu schlafen, aber dann ist die Gefahr groß, dass irgendein Kerl hier reinspaziert und die Sache ausnutzt.

»Mann, siehst du fertig aus«, begrüßt Valentin mich, kommt mir allerdings nicht so nah, wie das letzte Mal. Trotzdem mache ich mir nicht allzu große Hoffnungen, dass er mir nichts antun wird.

»Ja, dir auch einen guten Morgen«, gebe ich zurück und knabbere weiter an dem ekligen Brot, das mir Jack zukommen lässt. Wieso steckt er mich eigentlich nicht gleich in einen Keller und kettet mich an die Wand? Das würde jedenfalls super zum Essen passen. Zumindest ist das Wasser in Ordnung.

»Gott, was isst du denn da bitte?«, fragt der blonde Schönling und wirft sich neben mir aufs Bett.

Sofort rücke ich ein bisschen von ihm weg und verdrehe die Augen. Der hat sie ja wohl nicht alle.

»Das, was einem Spielzeug zusteht, würde ich sagen.« Ich richte meinen Blick weiter auf den grottenschlechten Film, was immer noch besser ist, als mit Valentin zu reden.

»Och, gleich am Morgen schon so eine Laune?«

Er macht Schmolllippen, die ich jedoch ignoriere und weiter am trockenen Brot knabbere.

»Wenn ich Menschen wie dich sehe, dann ist das auch kein Wunder, oder?« Unglaublich, was er sich traut. Denkt er wirklich, dass ich gerne mit ihm reden würde nachdem, was er mit mir vorhatte und schon gemacht hat? Er ist die Art Mann, die sich das nehmen, was sie wollen. ob eine Frau nun will oder nicht. Und das ist in meinen Augen ein absoluter Beweis dafür, dass er ein Arschloch ist. Ein riesiges, riesiges Arschloch.

»Du kannst einem echt ein schlechtes Gewissen machen, Sunshine. Wie sollen wir dich aufmuntern, hm? Soll ich dich durchkitzeln?« Seine Finger bereiten sich bereits darauf vor zu tun, was er angekündigt hat, doch mein tödlicher Blick lässt ihn schnell die Hände senken.

»Das kannst du vergessen!« Wenn ich nicht in diesem Zimmer gefangen wäre, würde ich sofort abzischen. Aber noch mal will ich mich nicht im Badezimmer verstecken und darauf warten, dass er geht. Deswegen werde ich ihn einfach rausekeln. Wenn das bei ihm überhaupt möglich ist.

»Gut, war 'ne schlechte Idee. Aber vielleicht kann ich dich anders aufmuntern.« Er schnappt sich mein Brot und wirft es mit beachtlicher Präzision in den Mülleimer am Ende des Raumes.

»Hey, ich habe Hunger!« Und zwar nicht zu wenig. Seit Tagen ist mein Magen nicht größer als eine Walnuss. Ich nehme immer mehr ab und kann mich kaum noch auf den Beinen halten. Außerdem schlafe ich mittlerweile gar nicht mehr richtig und kämpfe mit Hitze- und Kältewellen. Wenn ich nicht bald etwas Nahrhaftes zu essen bekomme, werde ich schlimme gesundheitliche Probleme bekommen oder sogar sterben. Aber zum Kühlschrank in der Küche bin ich bislang noch nicht gekommen. Niemand hat sich dazu bereiterklärt, mich zu begleiten. Das alles ist kein Witz. Meine Mutter hat mich schon früh aufgeklärt, wie schnell man in eine Essstörung rutschen kann. Sie legte mir nahe, dass ich niemals auf die Meinungen der anderen Menschen hören solle. Solange ich mich gut um meinen Körper kümmere und vernünftig esse, kann mir das alles völlig egal sein. Außerdem ändert sich das Schönheitsideal doch gefühlt jede Woche. Dennoch, ich kann es mir nicht leisten, meine Gesundheit zu gefährden, nur weil Jack mir allein das Nötigste zu essen gibt.

»Gut, dass du es sagst. Zufällig will ich dich gerade zum Frühstück entführen. Komm einfach, wenn du dich … hergerichtet hast. Ich empfehle dir eine Dusche. Du hast fünfzehn Minuten«, zwinkert Valentin und springt von meinem Bett auf, um direkt durch die Tür zu verschwinden. Ich habe nicht mal die Chance, etwas zu erwidern. Aber ich wäre dumm, wenn ich es nicht annehmen würde. Doch muss ich auf meine Gesundheit achten, ohne sie bin ich geliefert. Vor allem, wenn ich eines Tages hier rauskommen will.

Mit einem leisen Seufzen stehe ich von meinem Bett auf und bemerke, dass ein kleiner Brief auf dem Boden liegt. Offenbar wurde er unter meiner Tür durchgeschoben und auch Valentin hat ihn nicht bemerkt. Ich sehe sogar seinen Schuhabdruck darauf. Etwas skeptisch nehme ich den Umschlag und klappe ihn auf. Dann halte ich die Luft an. »Ich weiß, was du getan hast«, steht darin. Das Siegel gehört zu Jacks Firma, da bin ich mir sicher. Fuck. Er weiß, dass ich abhauen wollte. Er weiß, dass ich es beinahe geschafft habe. Gott.

Automatisch beginne ich zu zittern und male mir die schlimmsten Dinge aus, die Jack mit mir anstellen könnte. Was, wenn er noch mehr Männer schickt, die mir weh tun wollen oder mich sogar umbringt?

Ich schüttle den Kopf und werfe den Brief in den Mülleimer. Es hat keinen Sinn, sich jetzt darüber Gedanken zu machen. Ich brauche nämlich eine Dusche und danach muss ich etwas essen, denn sonst mache ich einen Klappmann.

Also mache ich mich auf den Weg ins Badezimmer, springe unter die Dusche und mache mich so frisch wie möglich. Meine Haare sehen aus wie ein Vogelnest, obwohl sie glatter kaum sein könnten. Aber dadurch, dass ich die meiste Zeit im Bett verbringe, haben sie die letzten Tage wirklich gelitten. Von meinen Spitzen will ich gar nicht erst anfangen. Aber einen Friseurtermin kann ich mir sowieso nicht leisten, mal abgesehen davon, dass ich sowieso hier gefangen bin. Ich bin froh, als ich Bodylotion in meinem Schrank finde und sie auf meine Haut schmieren kann. Mich überkommt ein wohliger Schauer, als der angenehme Duft in meine Nase steigt lasse. Verdammt, das tut unglaublich gut.

Nachdem ich mich in einen dicken Bademantel gepackt habe, gehe ich mit kleinen Schritten durch das Haus. Ich hatte bisher noch nicht die Gelegenheit, mir alles genauer anzuschauen. Doch mir fällt schnell auf, dass es hier keine Bilder gibt, weder irgendwelche Deko noch persönliche Stücke. Nichts, was wohnlich wirken würde. Es ist luxuriös modern, aber mehr auch nicht. Normalerweise hat doch jeder Haushalt etwas, das den Charakter der Bewohner widerspiegelt, oder? Irgendwas, was zeigt, wer hier lebt. Soll mir das sagen, dass Jack und sein Bruder nichts weiter zu bieten haben, als an Kohle zu denken? Das würde ich ihnen zumindest zutrauen, nachdem, was ich bisher mitbekommen habe.

Im großen Wohnbereich angekommen sehe ich gleich, dass ich nicht alleine essen werde. Nicht nur Shane und Valentin sind anwesend, auch Noah sitzt am Tisch und spielt an seinem Handy herum, während er sich ein Müsli in den Mund schiebt. Ich ahne schon, dass das keine spaßige Mahlzeit wird.

Jedoch bin ich nicht darauf aus, zu provozieren, weshalb ich ohne ein Wort auf den Tisch zugehe und mich zu ihnen setze.

»Ah, da ist sie ja. Hast Glück, dass wir noch was übrig haben«, grinst Valentin und hebt ein Brötchen hoch, das er auf den Teller vor mir legt.

Ich sehe mich um. Jack ist nirgendwo zu sehen. Kommt er noch oder habe ich heute wirklich mal etwas Glück?

»Na los, iss was. Du magerst immer mehr ab.« Shane reicht mir eine Kaffeekanne und Zucker, während ich auf den vollgestellten Tisch schaue. Es kommt mir vor, als würde ich an einer Tafel sitzen. Alles, was das Herz begehrt, ist da: Kaffee, Kakao, Saft, dazu alle möglichen Aufschnitte und frisches Obst. So was habe ich lange nicht mehr erlebt. Gibt es hier Personal?

Ohne Umschweife schnappe ich mir eine Marmelade und bestreiche mein Brötchen damit, bevor ich es genüsslich meinem Mund zuführe.

»Nicht so schnell, sonst übergibst du dich.« Shanes Stimme wirkt tadelnd, doch das ignoriere ich einfach. Er ist weder mein Vater noch mein Bruder.

»Ist ja auch kein Wunder, wenn ich tagelang nur trockenes Brot zu essen bekomme« grummle ich und widme mich weiter meinem Brötchen, das schmeckt wie in einem Luxushotel. Es ist nicht, wie die Brötchen, die man sonst bekommt. Überhaupt nicht trocken oder mit Luft gefüllt.

»Dann verpiss dich halt«, höre ich Noah sagen, der mich nicht mal mit dem Arsch anguckt. Gott, ich verstehe einfach nicht, was er gegen mich hat. Sieht er denn nicht, dass ich nicht freiwillig hier bin?

»Würde ich machen, wenn ich könnte«, gebe ich zurück und höre das laute Lachen von Valentin.

»Ihr seid echt der Knaller. Mach dir nichts draus, Sunshine. Unser Noah hier hat immer was gegen Besuch. Was meinst du, wie er drauf war, als wir eingestellt wurden? Mittlerweile sind wir gute Freunde.« Grinsend zwinkert er in Noahs Richtung, der ihm einfach nur den Mittelfinger zeigt und sich weiter auf sein Handy konzentriert. Ich glaube ihm das aber. Allein dass sie so locker zusammensitzen, sagt einiges. Aber ich bin ganz klar falsch hier.

»Andriana?« Shanes Stimme holt mich aus meiner Starre. »Kannst du uns sagen, wie du hierhergekommen bist?« Mit einem fragenden Blick schaue ich jeden der Kerle an.

»Wollt ihr mir sagen, ihr habt keine Ahnung, wie ich hier hergekommen bin?« Ich kann es nicht fassen. War das nur ein Alleingang von Jack und keiner von ihnen weiß, was hier abgeht?

»Würden wir sonst fragen?« Auch Noah schaut ab und zu in meine Richtung. Nicht mal sein kleiner Bruder weiß also Bescheid. Ob sie mir vielleicht helfen, wenn ich sage, dass ich entführt wurde? Ich muss diese Chance ergreifen, auch wenn mir klar ist, dass ich nichts von ihnen zu erwarten habe.

»Ich … habe einen Brief von einer Gewinnspielfirma erhalten. Ich musste nur zu einem Treffpunkt kommen, wo ich das gewonnene Geld kriegen sollte. Ich hatte keine Ahnung, worum es geht, aber ich musste das Geld einfach haben. Anscheinend ging es um 500–000–Dollar. Na ja, dann wurde ich von einem schwarzen Van abgeholt und sediert. Wie ihr euch denken könnt, hat Jack mich entführt.«

Leise schnaubt Noah und ich bin mir sicher, dass sein Mundwinkel kurz zuckt. Findet er das etwa lustig?

»Könnt ihr mir mal sagen, was hier vor sich geht? Wo bin ich hier reingeraten?«

Ich weiß nicht, ob es richtig ist, überhaupt diese Frage zu stellen, aber ich lasse nichts unversucht.

»Machen wir einen Deal, Sunshine. Du beantwortest unsere Fragen und wir beantworten deine.«

Das klingt fair und doch sehe ich in seinem Blick, dass mehr dahinterstecken könnte.

»Okay«, willige ich ein.

»Du hast gesagt, dass du das Geld gebraucht hast. Warum? Warum benötigt ein junges Mädchen so viel Geld?«, will Valentin wissen und legt sein Kopf auf seiner Faust ab.

Ich wusste, dass diese Frage irgendwann kommen würde, aber es bringt mir nichts, zu lügen oder drumherumzureden.

Also seufze ich und senke den Blick auf meinen Schoß.

»Meine Mom hat eine Menge Schulden hinterlassen, die ich begleichen muss. Ich studiere Jura, arbeite aber nebenbei, um einigermaßen durchzukommen und die Schulden abzutragen.«. erkläre ich und zucke mit den Schultern.

»Du meinst, deine Mutter ist tot?«

Dass Valentin so mit der Tür ins Haus fällt, scheint sogar Shane gegen den Strich zu gehen, weshalb er laut mit der Zunge schnalzt und mit dem Kopf schüttelt.

»Halt die Klappe. Ich bin mir sicher, das ist selbsterklärend.«

Ist es. Und ich kann einfach nicht mehr darüber reden. So oft musste ich erzählen, warum ich allein auf der Welt bin. Warum ich so viel arbeite. Ich kann nicht mehr. Selbst bei der Beerdigung hab ich es kaum ertragen, mir die ganzen Beileidsbekundungen anzuhören. Immer wieder kämpfte habe ich mit den Tränen gekämpft, doch geweint habe ich nur allein. Niemand sollte sehen, wie es mir wirklich geht. Wie hart es für mich ist.

Für einige Minuten sagt keiner ein Wort. Auch ich habe

nicht den Drang, irgendwas zu fragen. Die Erinnerung an meine Mom tut immer noch weh. Der Tag, an dem Doktor Coleman mir gesagt hat, was mit ihr passiert ist, verfolgt mich in meinen Träumen. Er hat mir vorgeschlagen, unterstützt zu werden, Hilfe zu bekommen, aber ich habe abgelehnt. Ich will nicht therapiert werden und über mein Leid sprechen. Es gibt so viele Menschen auf der Welt, die Schlimmeres durchmachen müssen, und dann soll ich, gerade ich Hilfe bekommen? Nein. Ich bin schon immer selbstständig gewesen und werde es weiterhin sein. Genau so werde ich auch das hier überstehen.

»Du bist in 'ne Mafiageschichte geraten.« Dass gerade Noah das Wort ergreift, hätte ich nie erwartet. Ruckartig hebe ich meinen Blick, doch immer noch sieht er mich nicht an.

»Warte. Was?« Eigentlich würde ich so einen Scheiß nicht glauben, aber nachdem, was ich in den letzten Tagen erlebt habe, nehme ich ihm alles ab.

»Was er damit sagen will, ist, dass Jacks Familie einen ziemlich großen Namen im Untergrund hat. Die Draytons sind eine Mafiagesellschaft, das stimmt. Sie haben viel Einfluss im amerikanischen Raum und ...«, fängt Shane an und zieht die Augenbrauen zusammen, als ich ihn unterbreche.

»Ihr seid also wirklich Verbrecher.« Nun wird mir alles klar. Ich hatte von Anfang an recht. Dieser Van, der komische Typ dort, das war ein Mafiamitglied. Genau wie Jack. Er gehörte zu ihm und alles war geplant. Ob sie mich vorher schon beobachtet hatten oder ob das alles doch nur ein Zufall war?

»Kann man so sagen. Hast du jetzt noch mehr

Angst?«, grinst Valentin frech und zwinkert mir auch noch zu, was ich mit einem Mittelfinger beantworte.

»Und ... Jack hat das Sagen? Was für Geschäfte macht seine Familie?«

Noahs Augenbraue zuckt, als er meine Frage hört. Habe ich da etwa einen Nerv getroffen?

»Drogen, Waffen, Schwarzarbeit, Prostitution, Folterpartys ...« Valentin scheint wohl nicht so weit gehen zu wollen und sieht in Shanes Augen, die ihn böse mustern, während er klarstellt in was für eine Mafiaorganisation ich überhaupt reingerutscht bin. Darauf kann ich mich aber kaum konzentrieren, denn diese Information ist zu viel für mich. Mafia, Drogen– und Waffenhandel, Prostitution, Folterpartys? Was ist das hier für eine riesige Scheiße?

Mir steht der Mund weit offen, als mir immer mehr klar wird, dass ich am Arsch bin.

»Im Grunde genommen ist der Vater von Jack und Noah das Oberhaupt. Jack hat also wenig mit dem Ganzen zu tun und verwaltet einige Dinge. Hauptsächlich ist er für die Drogen und die Schwarzarbeit zuständig«, berichtet Valentin.

Warum sagen sie mir das überhaupt? Ich schüttle den Kopf. »Und das soll mir jetzt helfen, mich besser zu fühlen?«

Noah schnaubt belustigt, nimmt einen Schluck von seinem Kaffee und steht auf, bevor er auf den Tisch klopft. »In dem Sinne. Ich hab kein Bock auf eine hyperventilierende Schlampe. Wir sehen uns.« Ohne noch einmal zurückzusehen, macht er einen Abgang, während ich merke, wie mir schwindelig wird.

»Das ist'n starkes Stück, hm? Keine Sorge, die ganzen Sachen laufen nicht hier ab. Du wirst also nichts davon mitbekommen.«

Wie kann Valentin nur so locker damit umgehen? Wie können sie alle das tun? Haben sie den netten, kleinen Fakt vergessen, dass sie alle kriminell sind? Böse Menschen?

Mir wird so schlecht von diesem Wissen, dass in der nächsten Sekunde das Brötchen aus meinem Magen hochkommt und sich auf dem Boden verteilt.

Schnell rutschen die Jungs mit ihren Stühlen von mir zurück und machen angeekelte Geräusche, was mir aber völlig egal ist. Mir ist kotzübel. Wie soll ich die Zeit hier durchstehen, wenn ich weiß, was sie anderen Menschen antun? Wie soll ich das nur schaffen?

KAPITEL 10

ANDRIANA

Nun bin ich bereits eine Woche an diesem Ort, doch seit ich weiß, mit was für Menschen ich es hier zu tun habe, kann ich einfach nicht mehr klar denken. Ich weiß nicht, was ich machen und wie ich mit dieser Information umgehen soll. Auch wenn ich mich immer wieder gegen die Tränen wehre, ich kann sie nicht mehr aufhalten. Lange habe ich nicht mehr so geweint wie in den letzten Nächten. Allerdings hatte ich bis jetzt Glück, dass kein Mann mehr hier in meinem Zimmer war. Auch Jack sehe ich nicht mehr.

Trotzdem. Ich verstehe langsam immer mehr. Gegen eine Mafiaorganisation habe ich keine Chance. Wenn ich fliehe, werden sie mich finden. Wenn ich sie fertig machen will, machen sie mich fertig. Deswegen sind diese korrupten Polizisten auch auf der Seite der Draytons. Alles macht Sinn. Alles lässt darauf schließen, dass ich hier nie wieder rauskommen werde. Und das ist der Startschuss für eine Idee, die aber, wenn ich sie umsetze, alles beenden würde.

Langsam stehe ich von meinem Bett auf und schaue für einen Moment aus dem Fenster.

Der Campus ist schon lange Zeit mein Zuhause, es war der Ort, an dem ich mich wohl gefühlt habe. Ich weiß noch, wie meine Mom gefeiert hat, als sie von meiner Zulassung erfahren hat. Den ganzen Abend saßen wir zusammen, haben uns kitschige 80er–Filme angesehen und Sekt getrunken. Es war eine Neuigkeit, die alles für uns verändert hat. Ja, Green Meadows ist mein Zuhause und dem bin ich gerade sehr nah wie auch fern.

Fest schließe ich die Augen und ziehe den Vorhang zu. Mein Weg führt mich ins Badezimmer. Zwar bin ich froh eine Dusche und eine Badewanne zu haben, aber gerade heute wäre es besser, nur eine Dusche zu haben. Wie in Trance lasse ich das Wasser an und schaue in den riesigen Spiegel. Meine Mom ist weg. Jasmine hat sicher schon mit mir abgeschlossen, genau wie Chase. Ob ich überhaupt noch eingeschrieben bin, weiß ich ebenfalls nicht. Aber das ist jetzt auch egal. Alles ist egal. Hauptsache ist, dass es endet. Dass ich frei sein kann. Und wenn ich in diesem Leben keine Freiheit genießen darf, dann im nächsten.

Ich weiß nicht, wie lange ich in den Spiegel schaue, doch als das Wasser über den Badewannenrand läuft, renne ich schnell hin, um es auszustellen. Voll genug ist es jetzt. Und Ärger kann ich auch nicht mehr dafür kriegen. Nicht, wenn ich sowieso tot bin.

Einen Moment überlege ich. Ist es das Richtige? Mache ich einen Fehler? Völlig egal. Ich ertrage es nicht mehr. Ich bin nicht so stark, wie ich dachte. Im Gegenteil. Ich bin schwach. Zu schwach.

Und da ich weiß, dass ich so endlich meine Mom wiedersehe, fällt mir das Ganze nicht mehr so schwer. Ich werde bei ihr sein und sie wird mir zuhören.

Wir können wieder über alles Mögliche reden. Sie wird mich in den Arm nehmen und mir sagen, dass es okay ist. Dass jeder so gehandelt hätte.

Langsam lege ich meine Kleidung ab und steige in die volle Badewanne. Zumindest ist das Wasser angenehm warm. Ich zittere trotzdem, wobei ich versuche, es zu ignorieren. Wie sich der Tod anfühlt, weiß ich nicht, darüber habe ich mir auch nie Gedanken gemacht. Ob es weh tut? Ob ich weinen oder leiden werde? Wasser war noch nie mein liebstes Element. Schon immer hatte ich Angst zu ertrinken oder zu viel davon zu schlucken. Jetzt ist es die einzige Möglichkeit, frei zu sein, frei von den Taten dieser Männer. Ich bin nicht sonderlich gläubig. Zwar gehe ich nicht davon aus, dass es eine höhere Macht gibt, aber sollte es wirklich so sein, wird sie sicher dafür sorgen, dass ich nicht leiden werde. Oder doch? Die Menschen, die an einen Gott glauben, haben es sicher einfacher. Aber laut ihnen kommt man für Selbstmord in die Hölle. Wenn ich dort lande, werde ich meine Mom vielleicht nie wiedersehen. Andererseits … eventuell wartet etwas ganz anderes auf mich.

Als ich mich in die Badewanne lege, tauche ich meinen Kopf unter Wasser und schließe die Augen. Ich habe gehört, dass es lange dauert, bis man ertrinkt. Jedenfalls lange genug, um einen Todeskampf zu erleiden. Aber das ist es mir wert. Alles ist besser, als hierzubleiben. Ich denke an alle Menschen, die mir etwas bedeuten. Selbst an die nette, alte Miss Evans, die neben uns gewohnt hat. Ihre leckeren Muffins haben mir immer gute Laune gemacht, wenn ich in den Vorlesungen saß. Und auch in der Highschool war ich dankbar, wenn ich etwas von ihr mitbekommen habe. Sie hat immer ein Lächeln auf den Lippen gehabt, wenn sie mich oder meine Mom sah, und irgendwie habe ich mir gewünscht, dass sie meine Großmutter ist. Meine Familie.

Dann ist da noch Jasmine. Meine beste Freundin, die mir immer ein Lächeln auf die Lippen gezaubert hat. Zwar habe ich sie manchmal dafür gehasst, dass sie mich zum Lachen bringt, wenn meine Laune im Keller war, aber am Ende war ich ihr immer dankbar. Und das bin ich heute noch. Sie ist der Teil meines Lebens, der für Sonnenschein gesorgt hat, wenn es mal schattig um mich wurde oder ich den Mut verloren habe. Auch Chase hat mich jedes Mal zum Lächeln gebracht, vor allem, wenn er über seine afrikanische Familie erzählt hat, die er jedes Jahr besucht. Die afrikanische Kultur ist wunderschön und die Bilder, die er mir gezeigt hat, waren immer wieder ein Genuss. Besonders mochte ich die Kleidung seiner Schwestern. Sie sahen aus wie kleine Prinzessinnen. Und Mom. Zu ihr werde ich gehen. Ich werde hoffentlich bei ihr sein und nie wieder weg müssen. Ich kann sie in den Arm nehmen und ihr sagen, dass ich sie lieb und vermisst habe. Dass ich jeden Tag an sie denken musste.

Immer mehr spüre ich die Müdigkeit in mir. Nur noch eine kurze Zeit und ich schlafe ein. Das Wasser um mich herum ist auf einmal nicht mehr so kalt und unangenehm. Es ist wie eine Bettdecke, die mich beschützt. Die mir zeigt, dass ich keine Angst haben muss. Der Tod heißt mich willkommen. Ich kann gehen. Ich hab es geschafft.

Doch plötzlich greift eine Hand um meine Hüfte und zieht mich mit einem heftigen Ruck empor.

Laut huste ich Wasser auf den Boden und spüre, wie meine Lunge anfängt zu brennen. Meine Augen kann ich nicht öffnen, zu sehr kratzen sie. Wie lange war ich in der Badewanne? Bin ich tot?

»Das hättest du nicht tun dürfen, schwarzer Engel.« Als ich Jack Stimme höre, komme ich wieder in der Realität an. Ich bin nicht tot. Verdammt, ich lebe und wurde gerade von ihm aus dem Wasser gezogen.

Völlig außer Atem sehe ich zu ihm hoch, doch antworten kann ich nicht. Mein Körper ist zu schwach, um irgendetwas zu erwidern, und meine Lunge muss erstmal das Wasser loswerden, das mich immer wieder husten lässt.

»Na komm. Wir müssen reden«, flüstert er und hebt mich hoch, um mich in mein Zimmer zu tragen. Ich wehre mich nicht, da ich sowieso keine Kraft habe. Mein Kopf hängt wie ein nasser Sack nach unten und meine Arme fühlen sich an wie schwabbeliges Gummi.

Nachdem er mich ins Bett gelegt hat, setzt er sich zu mir und streicht mir eine Strähne aus dem Gesicht. »Du wolltest dich also umbringen. Ich dachte wirklich, dass du stärker bist.«

Seine Worte tun mir nicht mehr weh. Ich kann sowieso nicht fassen, dass ich nur hier liege und ihm nicht mein Knie ins Gesicht ramme.

»Ich wollte … nicht mehr hier sein. Ich … hasse dich.

Ich hab … Besseres verdient«, murmel ich und versuche mich ein wenig aufzusetzen.

Jack drückt mich jedoch schnell wieder auf die Matratze.

»Das Einzige, was du verdient hast ist gespanked zu werden!«, knurrt er mir entgegen. Sein dunkler Ausdruck macht mir Angst und ich weiß, dass ich in Gefahr bin, dass er alles wahr machen wird, was er sagt. »Und deswegen bleibst du hier liegen und wartest auf mich.«

Zu etwas anderem bin ich zwar sowieso nicht in der Lage, aber ich werde auf keinen Fall zulassen, dass mich dieser Kriminelle spanked. Noch vor kurzem konnte ich mich diesem Begriff nicht mal was anfangen. So lange, bis Jasmine mich ziemlich genau aufgeklärt hat. Sie steht auf harten Sex und hat mir immer vorgeträumt, wie es sein muss, von Noah ein bisschen geprügelt zu werden. Ekelhaft.

Mit einem warnenden Blick schließt Jack die Tür hinter sich, kommt aber schon nach wenigen Minuten zurück. Selbst wenn ich abhauen wollte, ich könnte es nicht. Meine Arme und Beine sind immer noch so schwach, dass ich froh bin, sie überhaupt zu spüren. Jack schließt die Tür ab und kommt zurück zu meinem Bett. Was er in den Händen hält, erkenne ich jedoch nicht. Meine Sicht ist sowieso noch so verschwommen, dass ich selbst ihn kaum erkennen kann.

»Zuerst versuchst du zu fliehen und jetzt bist du mir sogar beinahe entwischt. Was denkst du, sollte ich mit dir machen, Andriana?« Mit einem leichten Schmunzeln hilft er mir hoch und drückt mich auf die Knie. Noch immer bin ich nackt und fühle mich mehr als unwohl. Dafür kommt so langsam das Leben in mir zurück.

Als Jack langsam mit seinen Fingerkuppen über meinen Rücken fährt, bekomme ich eine Gänsehaut. Sanft beginnt er meine schwarzen Haare und zu flechten. »Ich liebe rassige Frauen, weißt du das?«, flüstert er und legt seine Lippen auf meine Schulter, was für einen Schauer sorgt. »Aber das war nicht der Grund, warum ich dich ausgewählt und alles in Bewegung gesetzt habe, um dich zu kriegen.«

Ich kneife die Augen zu. Dass Jack so zart mit mir umgeht, verunsichert mich. Trotzdem will ein Teil in mir, dass er niemals aufhört, meine Haut zu streicheln. Die Ernüchterung kommt schnell, als er mich an dem fertigen Zopf zu sich zieht und dadurch meinen Hals durchdrückt. Schmerzverzerrt keuche ich auf. »Ich habe dich zu mir geholt, weil du mich fasziniert hast. Und jetzt sehe ich, dass du dir vor Angst das Leben nehmen willst. Verstehst du mein Problem? Ich will nicht, dass mein Spielzeug eine Fehlinvestition ist.«

»Ich hab k–keine Angst«, zische ich und bekomme langsam eine Nackenstarre. »Ich will nur … nicht, dass … ich mein Leben hier … verbringen und … fremde Männer ficken … muss.« Und außerdem ist es mir scheißegal, was mit seinem Geld passiert. Soll er doch ein Vermögen verlieren. Er hätte es verdient.

Jack lacht auf und bedeckt meinen freigelegten Hals mit Küssen, die wieder für eine Gänsehaut sorgen. Ich hasse es, dass es sich gut anfühlt. Ich hasse es, dass mein Körper ein Verräter ist.

»Wenn das so ist …«, beginnt er und drückt mich aufs

Bett, sodass ich auf allen Vieren vor ihm knie. Ich stelle mich bereits auf das Schlimmste ein, doch stattdessen streichelt er meinen nackten Hintern und seine Hand gleitet an meinen Beinen herunter. »Was ist, wenn ich dir einen Deal vorschlage, schwarzer Engel?«

»Einen … Deal?« Ich wollte sterben und jetzt soll ich auf einen verdammten Deal eingehen? Was soll das sein? Nichts könnte mich erleichtert hier rausgehen lassen.

»Du bekommst die 500 000 Dollar.«

Mein Herz setzt einen Schlag aus, als ich diese Summe höre. Die Summe, die dazu geführt hat, dass ich am Ende betäubt und entführt worden bin.

»Unter der Bedingung, dass du mindestens ein Jahr hier bleibst und nur mir gehörst.«

Langsam wende ich meinen Kopf in seine Richtung. »Was soll … das heißen?«

»Das soll heißen, dass ich dich jederzeit ficken darf. Dafür musst du nicht mehr mit meinen Kunden schlafen und bekommst für deinen Aufwand am Ende sogar die Kohle, auf die du von Anfang an scharf warst.«

Meine Augen irren durch den Raum, doch meine Gedanken sind nur bei dem Vorschlag, den mir Jack gerade gemacht hat. Wäge ich gerade wirklich ab, ob ich es tun soll?

»Wenn ich ein Jahr hier bleibe und Sexsklavin spiele, darf ich … wieder gehen?«

»So könnte man es sagen, ganz genau.«

»Wo ist der Haken?«

Auch wenn ich Jacks Gesicht nicht ganz erkennen kann, weiß ich, dass er ein breites Grinsen darin hat. »Der Haken ist, dass ich meine Mädchen gerne bestrafe.«

Feixend beißt er mir in meine Taille und löst in mir einen Schrei aus. Der Schmerz zieht sich bis in meine Brust und ich bin mir sicher, dass ich morgen einen fetten blauen Fleck haben werde.

»Gott verdammt!«, keife ich und kralle mich in die Bettwäsche unter mir.

»Also, nimmst du den Deal an oder machen wir so weiter, wie bisher? Ich hab genug Kunden, die großes Interesse an dir haben. Meine Warteliste ist lang.«

Ich weiß, dass es das Beste ist, was er mir bieten kann. Frei lassen wird er mich sowieso nicht, aber ich ertrage es nicht, weiterhin von fremden Männern benutzt zu werden. Wenn es wirklich nur Jack ist, kann ich versuchen, damit zu leben. Ein bisschen Schmerz kann ich sicher einstecken. Und dann, wenn das Jahr um ist, bezahle ich die gesamten Schulden meiner Mom.

»Okay. Ich nehme den Deal an«, gebe ich zurück und spüre in der nächsten Sekunde einen starken Schlag auf meinem Hintern. Laut kreische ich in den Raum hinein und lege mein Gesicht auf die Matratze. Ich weiß nicht, was es war, aber seine Hand sicherlich nicht.

»Gut, dann fangen wir direkt mit deiner ersten Bestrafung an.«

Sein gut gelaunter Tonfall macht mir Sorgen. Was meint er damit, dass er Spaß an Bestrafungen hat? Nicht mal eine Minute später bekomme ich den nächsten Schlag, auf die andere Pobacke. Es zwirbelt und lässt mich erneut aufschreien. Kann ich das wirklich lange mitmachen? Es fühlt sich beinahe so an, als würde mein Hintern bluten. Doch das ist Jack egal. Immer wieder schlägt er mit einem harten Gegenstand auf mich ein, bis ich am Ende wimmernd auf der Matratze liege. Doch eins nehme ich mir vor – ich werde niemals anfangen zu weinen. Diese Genugtuung bekommt er von mir nicht.

Klackernd fällt das Ding, das mich verletzt hat, auf den Boden und er dreht mich auf den Rücken. »Ich liebe es, wenn sie schreien. Aber noch schöner sind die nassen Augen.« Hauchzart streicht er die Tränen von meiner Wange und fährt mit seinen Fingern über meinen Körper. »Aber loslassen willst du auch nicht, hm? Vielleicht bist du ja doch stärker, als ich dachte.«

»Du bist ... krank.« In meinem Kopf hat sich dieser Satz wütender angehört, als es jetzt rüberkommt. Ich klinge kaputt und verheult. Nicht unbedingt die richtige Stimmlage, um autoritär zu wirken. Oder stark.

»Ja, das bin ich. Aber da du den Deal eingegangen bist, hast du keine andere Möglichkeit, als es mit dir machen zu lassen.«

Ich schnaube, aber er hat recht. Sicherlich werde ich mich noch oft beschweren, aber am Ende des Tages bin ich seine Sexsklavin.

»Und jetzt entspann dich. Du musst schnell wieder zu Kräften kommen.«

Elender Heuchler. Ich will Widerworte geben, doch seine Hand macht bei meiner Pussy Halt, die er mit sanften Bewegungen zu stimulieren beginnt. Mein Oberkörper bäumt sich leicht auf und ich lege meinen Kopf in den Nacken. Lange wurde ich nicht mehr so berührt. Mein erstes Mal war mit einem Jungen aus meiner Highschool. Er war gut zu mir und vorsichtig. Aber seitdem hatte ich kein einziges Mal mehr Sex, der von beiden Seiten gewollt ist. Und die Männer, die sich an mir vergangen haben, hatten einen krassen Faible für Analsex. Man kann es als Glück sehen, aber ich habe Schwierigkeiten damit, so zu denken. Es ist egal, in welches Loch man gefickt wird.

»Haben sich meine Kunden nicht gut um dich gekümmert oder hatten wir nur Kandidaten, die gerne hintenrum reinkommen?«

Am liebsten würde ich ihm eine Ohrfeige geben, aber seine Finger an meinem Kitzler fühlen sich zu gut an, um es unterbrechen zu wollen. Auch wenn mein Hintern unfassbar schmerzt, so kriege ich nicht genug von seinen Berührungen. Vielleicht bin ja auch ich diejenige, die krank ist. Welche Frau lässt schon so etwas, von so jemanden mit sich machen?

»Keine Sorge, du wirst schnell erlöst werden. Es ist immerhin drei Uhr morgens und ich muss auch noch schlafen«, schmunzelt er und gleitet mit einem Finger in mich hinein. Ich keuche und fange langsam an zu schwitzen, denn bei dem Finger bleibt es nicht. Mit unglaublicher Geschwindigkeit zieht er seine Anzughose von den Beinen und steht in voller Blüte vor mir. Einen nackten Mann habe ich zwar schon mal gesehen, aber Jack ist verdammt attraktiv. Allein seine Bauchmuskeln und seine perfekte Haut bringen mich dazu, ihn anzustarren. Als ich *ihn* mir genauer ansehe, muss ich schlucken. Wie soll er nur passen? Immerhin habe ich bisher nur einmal in meinem Leben Sex gehabt. Eigentlich auch nur, um es hinter mich zu bringen. Und es war genauso, wie das erste Mal oft ist – beschissen. Jedenfalls in einer ganz besonderen Hinsicht. Mein Erster war zwar genau der Richtige für dieses Vornehmen, doch wir beide hatten null Erfahrung. Das wirkte sich auf meine Mitte aus. Allerdings war sein Schwanz nicht so groß wie Jacks. Und schon wieder stellt sich die Frage – wird er passen?

Die Antwort darauf bekomme ich schnell, denn im nächsten Moment stößt er so fest in mich, dass er mich beinahe komplett ausfüllt. Ich schreie auf und kralle meine langen Nägel in seinen Rücken.

»Du bist so eng, schwarzer Engel«, stöhnt er und beginnt sich immer stärker in mir zu bewegen.

Fast reflexartig drücke ich meine Beine weiter auseinander, um ihm mehr Platz zu gewähren. Doch er verharrt in mir und sieht mich eindringlich an.

»Du hast verstanden, was ich dir gesagt habe, oder? Du gehörst mir. Mir allein.« Leicht streichelt er meine harten Nippel und löst ein kleines Feuerwerk in mir aus. Ich kann nicht anders, als zu nicken und nach mehr zu verlangen. Wie sehr ich ihn auch hasse, seine Lippen an meinen Nippeln zu spüren macht mich so an, dass ich automatisch meine Hüfte bewege. Ab und zu beißt er hinein und schmunzelt in seine Berührungen hinein, während ich es kaum ertrage, dass er sich nicht weiter in mich schiebt.

»Willst du etwa mehr?« Leicht leckt er über meine Brüste und fährt zu meinem Kinn hoch, wo er letztendlich stehen bleibt. Sein Blick zeigt mir, dass er eine Antwort will, doch mehr als ein flehendes Nicken kriege ich nicht zustande. Das scheint ihm aber nicht zu reichen. Seine Hand legt sich um meinen Hals und drückt zu. »Ich will, dass du es mir sagst. Sag, dass du mehr willst«, fordert er und drückt immer fester, sodass mir langsam die Luft wegbleibt.

»Ich ... will mehr«, keuche ich und sofort nimmt er seine Hand von meinem Hals, um mich so leidenschaftlich zu küssen, dass mir schwindlig wird. Endlich bewegt er sich, dringt tiefer und tiefer in mich ein und streichelt sanft meine Haut. Als er mich letztendlich ausfüllt und einen bestimmten Punkt in mir trifft, stöhne ich in Jacks Mund hinein.

Verdammt. Er weiß, was er tut. Ich will gar nicht wissen, die wievielte Nummer ich bereits in seiner Sammlung bin, aber eigentlich ist es mir auch egal. Er soll niemals aufhören. Immer und immer wieder stößt er fest in mich und bei jedem Stoß wird mein Schoß heißer. Als ich den Orgasmus spüre, verkrampfen sich meine Muskeln und lösen fast einen Krampf aus. Keine Ahnung, was ich hier gerade tue, aber jetzt, in diesem Moment, fühle ich mich besser. Es ist mir egal, wer Jack ist. Es ist mir egal, was er getan hat. Aber ich weiß genauso, dass all diese Fragen wieder aufflammen werden, sobald alles vorbei ist. Denn ich brauche nichts schönreden. Jack ist ein Verbrecher und sobald ich meinen Teil erfüllt habe, werde ich verschwinden und nie wieder unter seine Augen treten.

KAPITEL 11

JACK

Was verstehst du daran nicht? 500 Gramm sind zu viel«, knurre ich und lehne mich auf meinem Stuhl zurück. Diese elenden Termine gehen mir mittlerweile immer mehr auf die Nerven. Doch da ich für die Drogenzufuhr zuständig bin, muss ich mich auch mit solchen lästigen und unnötigen Fragen auseinandersetzen. Dabei ist mein Kopf gerade ganz woanders.

Eigentlich hatte ich nicht vor ein Mädchen mit nach Hause zu nehmen. Die Letzten, die ich hergebracht habe, haben nicht mal eine Woche durchgehalten und auch Andriana war kurz davor sich das Leben zu nehmen. Alle waren hübsch. Alle hatten einen schönen Körper. Trotzdem bin ich mir sicher, dass sie mehr zu bieten hat, als die anderen. Ich habe in ihrer Vergangenheit gewühlt und schnell erfahren, dass der schwarze Engel eine Menge durchmachen musste. Nicht nur dass ihr Vater nicht aufzufinden ist, sie hat auch vor kurzem ihre Mutter verloren. Laut meinen Informanten waren die beiden ein gutes Team. Fast immer sah man sie zusammen rumlaufen. Ein Autounfall. Zu schade. Fast kam mir eine Träne, als ich die Papiere durchging.

Dass sie hier in Green Meadows studiert, ist allerdings ein recht guter Aspekt. Es muss ihr weh tun, so nah an ihrem Zuhause zu sein und trotzdem nicht dorthin zu können. Tja, armes Ding. Doch sobald sie den Vertrag unterschrieben hat, habe ich es schwarz auf weiß, dass sie nur mir gehört. Mir allein. Und ich habe dabei wirklich an alles gedacht. Jedes kleinste Detail bin ich mehrmals durchgegangen und habe es, wenn nötig, verbessert. Niemand wird sie mir jemals wieder nehmen können. Ihr verfickt heißer Körper gehört mir.

»Und Sie sind sich sicher, dass …«

Ich weiß nicht, wann mir der Kragen platzen wird und ich diese Kuriere einen nach dem anderen umlege. Aber noch bin ich nicht die treibende Kraft, was aber auch nicht unbedingt schlecht ist. Erst mal kann mein Vater die anstrengende Arbeit übernehmen, bevor ich mich einmische. Aber diese kleinen Kerle, die gerade volljährig geworden sind, denken echt, dass sie vollwertige Mitglieder sind, dabei haben sie keine Ahnung, worauf sie sich einlassen. Immer wieder müssen wir die Kleinen töten, die singen wie Vögelchen, wenn sie an die falschen Leute geraten. Und wer darf sich darum kümmern? Genau. Seit Jahren setzt mir mein Vater die merkwürdigsten und unwürdigsten Pisser vor, die absolut falsch in ihrem Job sind. Schulabbrecher, Mobbingopfer und andere, die im Leben nicht mehr viel Spaß finden. Sie rutschen in eine Schiene, in der alles einfacher erscheint. Aber, bei Gott, das ist es nicht. Und sobald sie gefasst und gefoltert werden, sitzen sie da und weinen, wie kleine Babys. Ich hasse diese Wichser.

»Ich bin mir sicher, dass du dich jetzt verpissen kannst. Hundert Gramm, mehr nicht. Kommen wir ins Geschäft?«

Langsam nehme ich meine Waffe zur Hand und spiele beiläufig damit herum. Ich weiß, dass diese Kinder jetzt Angst bekommen, sobald man eine Waffe rausholt. Dabei ist das Ding nie geladen. Und das hat auch einen Grund. Diese Waffe war die erste, die ich bekommen habe. Man könnte sagen, dass sie meine Einführung in die Mafiaorganisation meines Vaters war. Vielleicht ist es dumm, aber dieses scheiß Teil bedeutet mir etwas. Den ersten Mord habe ich mit fünfzehn begangen. Mit dieser Waffe. Nun habe ich mir vorgenommen, nur noch Schüsse mit ihr abzugeben, die genau geplant sind.

»J–ja. Klingt gut.« Diese kleinen Räder im großen Uhrwerk der Draytons sind so jung, sodass ich kaum einschätzen kann, ob sie überhaupt volljährig sind. Aber leider kann ich nicht mal bei solchen Kandidaten Rücksicht nehmen, selbst wenn ich es wollte. Der gute Mann gewinnt keinen Kampf. Und als Respektsperson wird er sowieso nicht geachtet. Ich bin nun mal der Sohn von Richard Drayton. Wer nimmt mich ernst, wenn ich einen Rückzieher mache?

»Gut, dann kannst du jetzt gehen«, murmel ich und stecke die Waffe zurück in meine Anzugtasche. Immerhin war das mein letzter Termin für heute, bevor ich meinem Vater Bericht erstatten muss. Ich kann den Tag kaum erwarten, an dem Noah endlich mehr zu sagen hat und auch ich höhere Scheiße übernehmen kann. Drogen sind einfach zu langweilig.

»W–was soll ich Ihrem Vater sagen? Er wollte… « Der Junge steht zitternd von seinem Stuhl auf.

Ich seufze genervt und reibe mir meine Augen mit meinem Daumen und dem Zeigefinger. Wenn ich jetzt auch noch Fragen beantworten muss, könnte ich wirklich die Fassung verlieren.

»Es ist mir egal, was du meinem Vater sagst. Außerdem ist es nicht mein Problem. Wir haben ein Geschäft und damit kannst du gehen. Außer du hast Lust, deiner Familie deine Leiche zu hinterlassen.« Wenn jemand wie er überhaupt noch eine Familie hat. Die meisten kommen aus anderen Regionen und haben keine andere Wahl, als sich uns anzuschließen, wenn sie nicht von zweitklassigen Banden getötet werden wollen. Deswegen gehe ich nicht davon aus, dass er noch eine Mami und einen Papi hat.

Ich sehe den Kehlkopf des Jungen sich bewegen, bevor er nickt. »Okay. Vielen Dank, Mister Drayton.«

Wenn ich etwas hasse, dann ist es, als Mister Drayton angesprochen zu werden. Ich bin nicht mein Vater und mit meinen dreißig Jahren auch noch kein verfickter Opa. Ich halte aber den Mund und sehe zu, wie er die Tür hinter sich schließt.

Jetzt brauche ich dringend einen Kaffee. Natürlich nehme ich den Vertrag mit, den ich nach der kleinen Fickrunde mit Andriana aufgesetzt habe. Es ist immer besser, alles sofort zu regeln, bevor sich eine Partei umentscheidet. Und da mein schwarzer Engel gerne mal das eine sagt und das andere macht, gehe ich lieber auf Nummer sicher.

Als ich in den Wohnbereich komme und die Küche

ansteuere, merke ich schnell, dass ich nicht allein bin. Valentin und Shane genehmigen sich ebenfalls einen Kaffee und schauen mich neugierig an.

»Kann ich euch irgendwie helfen?«, frage ich und bereite meine Maschine vor, die ich erst vor einem Monat habe kaufen lassen. Ich bin nicht nur pingelig, was mein Zuhause angeht, sondern vor allem bei meinem Kaffee. Ist er nicht nach meinem Geschmack, brauche ich eine neue Maschine.

»Wir …« Leise räuspert sich Valentin und steht von seinem Platz auf. »Wir haben gehört, dass du gestern … noch bei deinem Spielzeug warst.«

Ich schnaube belustigt. Wenn die beiden nicht so etwas wie meine Freunde wären, hätte ich sie für diese Frage umgebracht. Keiner mischt sich in meine Angelegenheiten ein, außer man gehört zu meinem inneren Kreis. Diese beiden Idioten sind für mich zwar mehr als einfache Bodyguards, aber rechtfertigen werde ich mich trotzdem nicht. Ich ficke mein Mädchen wann und wie ich will.

»Und?«, frage ich und halte die Tasse an meinen Mund, um den ersten richtigen Koffeinkick zu bekommen, den ich mir wohl auch verdient habe.

»Na ja, du hast sie gefickt, oder?« Valentin fängt an zu grinsen, während Shane das Gesicht hinter seiner Hand versteckt. Die beiden zusammen sind manchmal wirklich amüsant. Mein böser Cop redet schneller, als sein Kopf arbeitet und Shane ist meistens maßlos überfordert damit, die Wogen zu glätten. Allerdings weiß ich, worauf sie hinauswollen.

»Was er damit sagen will: Wir haben Wasser plätschern

hören und sind reingegangen. Ist gestern irgendwas passiert?«

Dass die beiden in ihr Zimmer gekommen sind, habe ich gemerkt. Es war nur der Hauch einer Sekunde, da waren sie wieder verschwunden. Was auch besser für sie ist.

»Sie hat gestern versucht, sich umzubringen.« Es ist immer besser, direkt mit der Sprache rauszurücken. Da ich bereits Pläne habe, wie ich die Sache mit Andriana handhaben werde, sollten guter Cop und böser Cop Bescheid wissen. Ich kann mich auf diese Dummköpfe verlassen und werde auf sie bauen müssen, sobald es so weit ist.

Die Gesichtszüge der beiden verändern sich schlagartig, als ich mit diesem netten, kleinen Detail um die Ecke komme. Sicher, es ist kein Wunder, dass sich die Mädchen schnell umbringen wollen, aber bei Andriana hat wohl keiner damit gerechnet. Selbst ich nicht.

»Du meinst ... und du hast sie gerettet?« Sogar Shane verengt die Augenbrauen und muss diese Information erst mal verarbeiten. Aber wen wunderts, sie haben sicher schon Wetten abgeschlossen, wie lange sie durchhalten wird.

»Ich habe sie gerettet und danach gefickt.« Wieder nehme ich einen Schluck von meinem Kaffee und lehne mich an die Küchenzeile. »Und ich habe ihr einen Deal vorgeschlagen, den sie angenommen hat.«

Die Augen der beiden werden größer.

»Einen Deal? Du schlägst ihnen nie Deals vor.« Valentin hebt eine Augenbraue und setzt sich zurück an den Tisch. Er hat recht. Normalerweise gebe ich einen Fick auf die Gefühle meiner Mädchen. Für mich sind sie nichts weiter als Spielzeuge, die ich benutzen kann, wenn ich Druck ablassen muss oder Noah mir mal wieder auf die Nerven geht, mit seiner spätpubertären Phase. Aber bei Andriana ist es anders. Sie ist die Erste, die bei meinem Spanking nicht vor Verzweiflung geheult und mich angefleht hat, es zu lassen. Sie hat durchgehalten. Schon als ich sie das erste Mal gesehen habe, wusste ich, dass sie spannend werden könnte. Ein Fickstück, das mir das geben kann, was ich will und brauche.

»Was war der Deal?«, fragt Shane interessiert und legt etwas den Kopf schief. Seine Hände spielen nervös an seiner Tasse, was mir zeigt, wie heiß er auf diese Information sein muss. Bei Shane habe ich am längsten gebraucht, ihn zu verstehen. Seine ruhige Art war schwierig zu durchschauen und doch habe ich jetzt das Gefühl, ihn endlich lesen zu können. Es sind die Kleinigkeiten, auf die ich achten muss, um zu wissen, was in seinem Kopf vorgeht.

Leise lache ich auf und nehme den letzten großen Schluck. »Ich werde sie nicht mehr für Kunden zugänglich machen. Sie wird ab jetzt nur mir gehören.«

»Du meinst, sie wird deine persönliche Sexsklavin? Ist ja nicht zu fassen.« Grinsend fährt Valentin über seine Kaffeetasse und schüttelt den Kopf. Tja, ich kann es auch nicht ganz fassen, dass sie zugestimmt hat. Aber am Ende fehlt noch eins – ihre Unterschrift.

»Und meinst du, wir können sie auch mal …«

Mein Blick hebt sich zu dem blonden Schönling. Man müsste an meinem mahnenden Blick gut erkennen, dass ich keinerlei Interesse daran habe, mein Fickobjekt zu teilen. Die Jungs werden still. Sie haben jede Möglichkeit, sich eine Studentin von Green Meadows zu nehmen. Diese ganzen Ladys, die dort rumhüpfen und mit dem Geld von Daddy um sich schmeißen, machen alles, wenn man nur gut genug aussieht und ein potenzieller Ehemann ist. Valentin hat dies schon oft ausgenutzt, aber am Ende war keine dabei, die wirklich gut genug war für eine zweite Nacht. Diese Mädchen haben nichts zu bieten. Aus diesem Grund war es für mich auch nie ein Thema, jemals mit einer von ihnen zu ficken. Mehr als hübsch aussehen, können sie nicht. Außerdem ist es nicht mal ihre echte Schönheit. Ihre Schönheitschirurgen leisten gute Arbeit.

Als ein leises Räuspern zu hören ist, wandern unsere Blicke sofort zu dem kleinen, schwarzhaarigen Engel, der ab jetzt mir gehört. In ihrem süßen Nachtkleidchen steht sie da und spielt nervös mit ihren Händen, als sie barfuß herein tippelt. Allein ihre Beine machen mich geil.

»Sorry, ich … wollte nur einen Kaffee holen und mit Jack reden.«

Die Blicke von Valentin und Shane wandern zu mir. Als ich ihnen zunicke, stehen sie sofort auf und verschwinden aus dem Raum. Egal, was ich von ihnen verlange, sie tun es. Wir haben uns innerhalb kürzester Zeit eingespielt und fahren diese Schiene vorbildlich. Dass die Firma, die uns schon seit vielen Jahren begleitet, so loyal ist, habe ich aber erst geglaubt, als ich die beiden zugesprochen bekommen habe. Selbst mit Noah kommen sie gut klar was im Moment wohl so was wie ein Wunder ist, denn mein Bruder lässt kaum noch jemanden an sich ran. Mich sowieso nicht. Selbst seine dumme Freundin rennt bei ihm gegen eine Wand. Er hat nichts weiter im Kopf als Party, Drogen und sein verficktes Hobby, das uns allen nichts bringt.

Kurz mustere ich das süße Mädchen und drehe mich zur Kaffeemaschine, um ihr ebenfalls eine Tasse zu machen. Dass sie zu mir kommt, wundert mich ein bisschen, denn immerhin bin ich gestern Nacht nicht gerade nett mit ihr umgegangen. Steckt doch mehr Kraft in ihr, als ich dachte? Man sagt, dass Italienerinnen das meiste Temperament haben. Das unterschreibe ich. Andriana hat wirklich eine Menge davon zu bieten. Aber dass ihr Wille dabei so ungebrochen bleibt, ist etwas, was ich tatsächlich etwas bewundere. Ich kenne meine Kunden sehr gut. Sie sind kranke Bastarde, die ein Arschloch als freien Eingang sehen und sich so tief hineinbohren können, dass ihr Schwanz aus dem Mund wieder rauskommt. Und trotzdem steht sie hier und kann noch normal laufen. So, als wäre sie gestern Nacht nicht kurz davor gewesen, sich umzubringen.

Mit einem leichten Schmunzeln auf den Lippen reiche ich ihr die Tasse, die sie dankbar annimmt und direkt daran nippt. »Danke.«

»Du hast gesagt, dass du mit mir reden willst. Worum geht es denn?«

»Na ja, ich hab ein paar Fragen zu dem Vertrag. Ich wollte … «

Dass sie nicht direkt mit der Sprache rausrückt, wundert mich nicht. Der Umfang des Schriftstücks ist mächtig und doch bin ich immer dazu bereit, darüber zu reden. Auch wenn diese Art Vertrag ebenfalls neu für mich ist.

»Wenn es um die Sexpraktiken geht, muss ich dich leider enttäuschen. Ich werde nichts davon streichen. Solltest du aber mehr wollen, können wir gerne darüber reden.« Ich verschränke die Arme vor der Brust, während ich mir jeden Muskel in ihrem Gesicht genau ansehe. Ich verunsichere sie und genau das habe ich vor. Es ist mir klar, dass es nicht allein um den Sex geht, sonst wäre sie nicht einfach so zu mir gekommen. Da muss mehr dahinterstecken.

»Es geht nicht um den Sex. Eigentlich ist es mir egal, was du mit mir machst.«

Ich kann kaum fassen, dass sie das sagt. Wenn sie wüsste, was ich alles mit ihr vor habe, würde sie nicht solche Worte wählen. Aber umso besser für mich.

»Das gefällt mir. Dann erzähl mal, worum es dann geht.«

Andriana räuspert sich und trinkt noch einen Schluck von dem Kaffee.

»Du weißt, dass ich hier studiere. Ich … würde gerne wieder mein Jurastudium aufnehmen. Geht das?« Einen Moment lang sehe ich sie an und stelle daraufhin meine Tasse auf die Theke, um den Vertrag zu holen. Fragend sieht Andriana zu mir, während ich den kleinen Papierstapel vor sie hinlege.

»Unterschreibe den Vertrag«, fordere ich sie auf und halte ihr einen Stift hin, den sie skeptisch entgegennimmt.

»Ähm … hast du mir gerade zugehört? Ich wollte … «, stammelt sie, doch mit düsterem Ausdruck schaue ich ihr in die Augen. Ich habe keine Lust auf eine dumme Diskussion in dieser Richtung. Innerlich gehe ich schon die Bestrafungen durch, wenn sie nicht endlich den Stift schwingt.

»Ich hab gesagt, du sollst unterschreiben, Andriana.«

Leicht zuckt sie zusammen und sieht auf den Vertrag. Es gibt einige Punkte, die unwichtig sind, aber genauso viele, die nicht übersehen werden dürfen. Deshalb seufzt sie und überfliegt einige Seiten, bevor sie letztendlich ihre Unterschrift daruntersetzt. Ich muss zugeben, dass ihre Schrift wirklich hübsch ist. So, als würde sie literarisch eine Menge auf dem Kasten haben.

»Da, bitte«, murmelt sie etwas angefressen und schiebt mir den Vertrag rüber.

Mit einem Lächeln nehme ich ihn an und lege ihn etwas abseits von uns.

»Wunderbar.« Noch einmal mustere ich das schöne Mädchen in dem süßen Kleidchen und gehe zurück zur Küche, um mir den nächsten Kaffee aufzubrühen. Ich spüre in meinem Nacken, dass sie überlegt, was sie nun tun soll und ich entscheide mich, sie nicht weiter auf die Folter zu spannen. Ich bin vielleicht ein Arschloch, aber das hier sollte ich wohl besser klären.

»Du wirst wieder studieren und dich frei bewegen können«, sage ich trocken, als ich das schwarze Gold in meine Tasse fülle. Davon werde ich heute sowieso noch einige benötigen.

»Wirklich? Aber ... wow, das ...«

Ich brauchte ihre Unterschrift, damit alles in trockenen Tüchern ist.

Ich denke, dass Andriana das bereits weiß.

»Aber auch da gibt es einen Haken, oder?«, fragt sie unsicher.

»Hm, das stimmt. Je nachdem, was du als Haken siehst. Du wirst dich zwar frei bewegen können, aber nur in Begleitung von Shane und Valentin. Das bedeutet, dass sie dir auf Schritt und Tritt folgen werden. Zu jeder Vorlesung, zu jeder Party, zu jeder Prüfung.«

Ich erkenne in ihren Augen, dass sie alles gerade Gesagte in Frage stellt. Und doch wäre sie dumm, das Angebot nicht anzunehmen. Sie hat sowieso Glück, dass ich sie so niedlich finde, ansonsten wäre sie nach ihrer Frage sofort wieder in ihrem Bett gelandet.

Das Rattern in ihrem Kopf ist fast bis zum Campus zu hören, doch nach einer gefühlten Ewigkeit sieht sie mich entschlossen an und nickt. »Okay. Ich nehme an.«

»Aber vergiss nicht, du hast dich mir mit deiner Unterschrift verschrieben. Das bedeutet, selbst wenn du einen Weg findest, abzuhauen – ich werde dich finden. Genau wie deine Freunde. Meine Kontakte reichen bis nach Europa. Verstehst du das?«

Andriana schluckt, nickt aber schließlich. »Ja, ich verstehe. Ich will … einfach mein Studium weitermachen und nach dem Jahr von hier verschwinden.«

Zufrieden lächle ich. »Braves Mädchen.«

KAPITEL 12

ANDRIANA

Dass Jack wirklich eingewilligt hat, kann ich immer noch nicht ganz begreifen. Zwar habe ich einen Vertrag unterschrieben, den ich nicht lange genug durchgeschaut habe, aber ich bin einfach nur froh, dass ich wieder studieren darf. Als ich den Vertrag überflogen habe, konnte ich sehen, dass er auch eine Art Verschwiegenheitspakt enthält. Ich darf also niemandem irgendetwas erzählen. Nicht einmal Jasmine oder Chase. Wie ich das schaffen soll, weiß ich nicht, aber ich versuche, mich auf das Glücksgefühl in mir zu konzentrieren.

Meine Laune wird besser, was mir vorher beinahe unmöglich erschien. Während ich mir meine Zähne putze, überlege ich, was ich morgen anziehen soll. Die Klamotten, die Jack mir gegeben hat, sind nicht wirklich dafür gedacht, nach draußen zu gehen. Nur ein oder zwei Oberteile könnte ich umfunktionieren, um nicht auszusehen wie die Prostituierte von nebenan. Außerdem muss ich in mein Wohnheim, um mir von dort Kleidung zu holen, was mich zum nächsten Problem bringt: Wie soll ich Jasmine erklären, dass ich in die Villa der Draytons einziehe, wenn ich gleichzeitig meinen Mund halten soll? Jasmine stellt alles in Frage, was ihr komisch vorkommt. Da bin ich über eine Woche verschwunden und auf einmal wohne ich bei ihrem absoluten Schwarm? Selbst in meinem Kopf macht das keinen Sinn. Am liebsten würde ich ihr die Wahrheit sagen darüber, was mir passiert ist, und dass ich immer noch eine Gefangene bin. Aber die Drohung von Jack war klar und deutlich. Wenn ich etwas sage oder schlimmstenfalls fliehe, wird er mich niemals in Ruhe lassen. Und wenn ich mir ein eigenes Leben aufbauen will, muss ich dieses Jahr durchhalten, ohne ein Wort zu sagen. Das kriege ich doch wohl hin, oder? Wie heißt es so schön: Für den Himmel gehe ich durch die Hölle.

Seufzend creme ich mein Gesicht mit irgendeiner Feuchtigkeitscreme ein und gehe zurück zu meinem Bett, um mir zum Einschlafen noch eine Serie anzusehen. Die Bettwäsche wurde gewechselt, sodass ich mich mit einem guten Gefühl einmummeln kann.

Die Augen fallen mir schon bald zu, doch als ich die Tür leise aufgehen höre, zucke ich zusammen. Sofort fängt es in meinem Kopf an zu rattern. Gibt es vielleicht doch einen Punkt im Vertrag, der sagt, dass ich mich seinen Kunden hingeben muss? Langsam öffne ich meine Augen und sehe, dass Jack auf den Weg zu mir ist. Unsicherheit übermannt mich, als ich mich auf den Rücken drehe.

»Was machst du hier?«, will ich verschlafen wissen, doch spüre ich im nächsten Augenblick seine Hand auf meinem Mund.

»Pst. Ich will nichts hören«, flüstert er und sieht mich mit einem verruchten Blick an. Ich weiß, worauf er hinauswill, weshalb ich meine Augen verenge und den Kopf schüttle. Als er seine Hand von meinem Mund nimmt, brauche ich ein paar Momente, um wieder zu Atem zu kommen.

»Ich will jetzt nicht«, murmel ich leise. »Ich muss morgen früh zur Uni und …«

»Ich werde dich ficken, wann immer ich will«, unterbricht er mich harsch und greift hinter mich, um die Handschellen hervorzuholen.

»Ich will nicht gefesselt werden. Hör auf damit«, knurre ich und wehre mich gegen seinen Griff, der leider viel zu hart für mich ist. Schon kurz darauf bin ich ans Bett gekettet und habe keine Möglichkeit mehr, ihm eine zu knallen.

»Was du willst, interessiert mich nicht. Du gehörst mir und ich mache mit dir, was ich will.« Mit seinen Fingern gleitet er bis zum Saum meines Kleides, das er langsam hochzieht. Ich schlafe nicht gern in Unterwäsche, da sie mich immer einengt. Das wird mir nun zum Verhängnis, denn darunter bin ich vollkommen nackt, zur Freude von Jack, der überrascht lächelt.

»Aber mach schnell, ich muss … morgen früh raus«, hauche ich und wende meinen Kopf ab, um ihn einfach machen zu lassen. So lange kann es schließlich nicht dauern. Männer können nur einmal kommen, also habe ich gute Chancen, schnell schlafen zu können.

Jack schmunzelt und greift auf den Boden, wo sich eine Tasche befindet. Ich habe gar nicht bemerkt, dass er überhaupt eine dabeihatte. Als er mir auf einmal mit einer Peitsche auf den Oberschenkel schlägt, schreie ich auf. Fuck. Damit habe ich absolut nicht gerechnet. Der Schmerz zwirbelt auf meiner Haut und sorgt dafür, dass ich mir fest von innen auf die Wange beißen muss. Scheiße, das tut weh.

»Ich liebe es, wie deine Haut reagiert.« Hauchzart fährt er über die Striemen, die er auf meinen Oberschenkel erzeugt hat.

Vor Schmerz zische ich auf und kneife die Augen zusammen.

»Und wie du reagierst«, flüstert er und greift ein weiteres Mal in die Tasche, um ein kleines Ding rauszuholen, das ich noch nie gesehen habe. Doch allein der Anblick sagt mir, dass ich Angst haben muss.

»Was … ist das?«, frage ich und schlucke. Das kleine gezackte Rädchen an diesem Folterinstrument erinnert mich ans Mittelalter. Oder irgendein medizinisches Ding. Aber eines weiß ich ganz sicher – es wird nicht angenehm.

»Das, mein Herz, ist ein Wartenbergrad. Und ich verspreche dir, es wird dir gefallen.«

Da bin ich mir nicht so sicher. Die Zacken daran sehen sehr spitz aus und da meine Haut sowieso sehr empfindlich ist, rechne ich mit dem Schlimmsten. Als er aber dieses Rädchen um meine Nippel herumführt, versteift sich mein Körper. Es ist eine Mischung aus Schmerz und Erregung, die ich kaum ertragen kann. Ich hatte ja keine Ahnung, dass so etwas überhaupt möglich ist. Mein Körper drückt sich durch und ich habe Gefühle, die ich nicht zulassen will. Es gefällt mir.

»Weißt du, was noch reizender ist, schwarzer Engel?«,

haucht mir Jack ins Ohr und erzeugt damit eine Gänsehaut auf meinem Körper. »Wenn ich dir deine Sinne entziehe.«

Ich habe nicht mitbekommen, dass er auch eine Augenbinde aus der Tasche geholt hat, doch schon kurz darauf wird mir die Sicht genommen. Ich bin gefesselt. Ich kann nichts mehr sehen. Und verdammt, es gefällt mir.

»Dein Körper ist wie eine Maschine, meine Schöne. Wenn ich bestimmte Punkte treffe, leiten die Reize elektrische Impulse an dein Gehirn weiter. Und je nachdem wo ich dich reize …« Langsam fährt er das kleine Folterinstrument meinen Bauch hinab und lässt mich so beinahe verrückt werden. Ich brauche mehr davon. Viel mehr. » … reagiert dein Körper so, wie ich es will.«

Meine Fingernägel krallen sich in meine Handflächen, um dieses intensive Gefühl irgendwie ertragen zu können. Egal was er tut, ich bekomme nicht genug davon. Als er letztendlich an meiner Pussy ankommt, zische ich vor Schmerz, während er meinen Venushügel entlangfährt. Ich habe das Gefühl, dass es anfängt zu bluten, doch das wird schnell von der Erregung überdeckt, die Jack in mir auslöst. Dabei entwickelt sich mein leises Stöhnen schnell zu einem Schreien, je näher er meiner Klitoris kommt. Als er diese streift, winde ich mich unter ihm und versuche, mich von den Fesseln zu befreien. Der Schmerz lässt den Orgasmus in mir so schnell hochkommen, dass ich die Hitze in meinem Schoß noch intensiver spüren kann. Doch gerade als ich loslassen will, nimmt er das Gerät von mir weg und kratzt mit den Fingernägeln fest über meinen Körper, was mich schnell von meinem Trip herunterbringt. Verzweifelt wimmere ich und beiße mir auf die Unterlippe. Das kann er doch nicht tun.

»Du willst schlafen? Verdien es dir«, brummt er und beißt ein paar Mal in meine Haut, um meinem Mund ein Winseln zu entlocken. Ich höre, wie er das Instrument auf den Boden wirft, bevor ich merke, dass er seinen Gürtel öffnet. Schon eine Sekunde später saugt er so fest an meinen Nippeln, dass ich meinen Kopf nach inten strecken muss. Mein Herz pumpt in beachtlicher Geschwindigkeit in meiner Brust. Mir wird schwindelig bei so viel Erregung.

Mit seinen Lippen gleitet er zu meinem Hals und bedeckt ihn mit leidenschaftlichen und fordernden Küssen. Dabei winkelt er meine Beine an und drückt sie auseinander, um zwischen die zu gleiten.

»Du hast den Vertrag unterschrieben. Sag, dass du mir gehörst, und ich erlöse dich.«

Ich kann kaum noch zwischen Traum und Realität unterscheiden. Da sind nur noch diese Reize, die er in mir auslöst und die mein ungeübter Körper einfach nicht aushalten kann. Deswegen mache ich wohl einen großen Fehler, was meine eigene Autorität betrifft, als ich schnell nicke.

»Ich gehöre dir. Nur dir!« Dass ich wirklich so abrutsche und Sex so etwas in mir auslösen kann, war mir vorher nicht bewusst. Ich habe mir immer vorgenommen, stark und selbstbestimmt zu leben. Nun liege ich hier, gefesselt und blind, und gebe Jack zu allem Überfluss wirklich das, was er will. Aber mein Körper verlangt nach mehr und ich würde alles dafür geben, dass er mir die nötige Erlösung zukommen lässt.

Seine Lippen legen sich wieder auf meine. »Braves Mädchen«, flüstert er in den Kuss hinein.

Eigentlich sollten mich seine Worte wütend machen. Ich will kein braves Mädchen sein. Vor allem nicht für ihn. Aber dieses Mal bin ich egoistisch mir selbst gegenüber. Ein Feigling. Ein Mädchen, das endlich kommen will.

Und als würde Jack meine Gedanken lesen, dringt er in der nächsten Sekunde in mich ein, während er fest meine Nippel zwirbelt und mir einen Zungenkuss bietet, den ich so schnell nicht vergessen werde. Wie schon am Vorabend versuche ich mit meiner Hüfte das maximale Gefühl rauszuschlagen. Doch seine Hand drückt mich fest auf die Matratze und schnalzt mahnend mit der Zunge.

»Nein, ich bestimme hier. Gewöhn dich daran. Das hier ist kein normaler Sex. Ich benutze dich und du lässt dich benutzen. Verstanden?«

Ich kann seinen Blick zwar nicht erkennen, doch ich bin mir sicher, dass er düster ist. Er scheint es also nicht zu mögen, wenn man mit ihm schlafen will. Bitte. Aber solange er mir meinen Orgasmus verweigert, werde ich nicht aufhören, es zu versuchen.

»Verstanden«, sage ich und beiße mir auf die Unterlippe. Scheiß drauf.

Als Jack endlich selbst seine Hüfte bewegt, kann ich mir ein lautes Stöhnen nicht verkneifen. Ich bekomme gar nicht genug von diesem Gefühl, das mich langsam, aber sicher süchtig macht. Dieses Gefühl, das ich zu lange nicht beachtet habe. Sex war für mich nie ein großes Thema. Meine Freunde redeten viel davon, aber ich habe nie verstanden, was daran so toll sein soll. Jetzt verstehe ich es. Mir wird immer gleichgültiger, dass ich morgen wieder zur Uni muss. Wenn ich da einschlafe, dann ist es mir das wert.

»Komm für mich. Ich will, dass du schreist.«

Er wird schneller, während seine Lippen über meinen Hals fahren und kleine Bissspuren hinterlassen. Auch wenn ich kein Mensch bin, der sich gerne unterordnet, tue ich, was er sagt. Ich schreie und kralle mich in seine Unterarme, als der Orgasmus über mich hereinbricht. Meine Pussy zieht sich zusammen und Jacks Schwanz in mir pulsiert so heftig, dass der Höhepunkt kaum ein Ende findet. Die kleinen Schweißperlen auf meiner Haut kühlen mich, doch mein Hals wird immer trockener.

Erst als er sich aus mir zurückzieht, komme ich einigermaßen zur Ruhe und versuche meinen Atem zu kontrollieren. Jack nimmt mir die Augenbinde ab und löst die Fesseln, bevor er aufsteht und seine Hose anzieht, als wäre ich nichts weiter als eine Hure. Seine Hure.

»Vergiss nicht zu duschen. Morgen Abend wirst du die Dreimonatsspritze bekommen. Und nimm die hier.« Beiläufig schmeißt er mir eine Tablettenschachtel auf den Nachttisch und ich ahne schon, um was es sich handelt. Ein Baby von jemandem wie ihm zu bekommen ist das Letzte, was ich will. Und er sieht das wohl ähnlich.

Etwas kaputt setze ich mich auf und streiche ein paar Strähnen hinter mein Ohr. »Wirst du ... jede Nacht kommen?«

Mit einem Schmunzeln setzt er sich noch einmal auf die Bettkante und hilft mir, meine Haare etwas in den Griff zu bekommen. »Nein. Ich komme zu dir, wenn ich

Lust habe, dich zu ficken. Und jetzt schlaf. Du willst doch morgen fit sein.«

Arschloch. Wenn es nach mir gegangen wäre, wäre ich schon lange im Reich der Träume. Allerdings bereue ich nicht, dass er hergekommen ist, und finde mich immer mehr mit meinem Schicksal ab.

»Gute Nacht, schwarzer Engel. Stell dich darauf ein, dass ich dich das nächste Mal öfter kommen lasse.« Kaum merklich zwinkert er mir zu und verschwindet aus meinem Zimmer. Meine Serie habe ich hiermit verpasst und ich bekomme einen halben Herzinfarkt, als ich sehe, dass es bereits zwei Uhr morgens ist. Fabelhaft.

Meine Augen richten sich auf die Matratze, die ziemlich eingesaut wurde. Auch mein Schritt fühlt sich viel zu unangenehm an, um so schlafen zu gehen. Also muss ich mal wieder in den sauren Apfel beißen und nicht nur die Bettwäsche wechseln, sondern auch noch die Dusche aufsuchen. Der Tag morgen kann nur anstrengend werden.

Müde und kaputt laufe ich also in das Badezimmer und schalte das kleine Licht am Spiegel ein. Als ich hineinsehe, spüre ich, wie mir auf einmal unglaublich schlecht wird. So schlecht, dass ich es kaum schaffe, zur Toilette zu kommen. Mein ganzer Mageninhalt landet in der Schüssel, doch das ekelhafte Gefühl will einfach nicht verschwinden. Was ist los? Was ist passiert? Es kann nur der Stress sein, der langsam von mir abfällt. Die Stärke in mir nimmt immer mehr ab. Bin ich wirklich so schwach?

Meine Haare fallen mir ins Gesicht, doch ich habe Schwierigkeiten zu kotzen und mir gleichzeitig die Haare zu halten. Das übernimmt jedoch jetzt eine Hand, die sanft über meinen Kopf gleitet.

»Hey, beruhige dich«, flüstert Shane leise und bindet meine Haare zu einem Zopf, der es mir erleichtert, mich zu übergeben. Dass er hier ist und mir hilft, kann ich gerade kaum richtig begreifen. Stattdessen schießen mir die Tränen in die Augen, als alles von mir abfällt.

»Hey ... war Jack gerade bei dir? Hat er dir weh getan?«

Völlig fertig schnaube ich. »Als würde dich das wirklich interessieren.« Das ist doch alles nur Geschwafel. Sicher ist Shane hier, um ebenfalls mit mir zu ficken. Sie sind doch alle gleich. Ich will noch nachsetzen, doch da kommt schon der nächste Schwall Kotze aus meinem Magen. Shane bleibt still, hält weiterhin meine Haare und greift nach irgendwas, was ich nicht erspähen kann.

»Du wirst mir meine Intention wohl sowieso nicht abnehmen, aber versuche dich einfach zu beruhigen. Komm.«

Vorsichtig hilft er mir, aufzustehen. Ich will mich nicht mehr wehren und weiß, dass ich seine Hilfe brauche, wenn ich heute noch irgendwie ins Bett kommen will. Er reicht mir einen nassen Lappen, den ich allerdings nicht annehme. Ich bin viel zu sehr damit beschäftigt, die letzten Tage zu verarbeiten. Mit einem leisen Seufzen wischt er mir über den Mund und sieht mich eindringlich an.

»Hör mal. Du bist vielleicht nicht bei Vorzeigemännern gelandet, aber ich habe gesehen, dass du stärker bist, als du glaubst. Versuch dich einfach daran zu halten und reiß dich zusammen.«

Ich kann kaum fassen, dass man jemanden einerseits

Mut zusprechen kann und es im nächsten Moment so versaut. Aber ich habe keine Lust auf einen Streit, weshalb ich einfach nur nicke. Doch er hat recht. Ich bin so viel stärker, als ich dachte. So viel mutiger. Und diese Fähigkeit muss ich mir bewahren. Wenn ich sie verliere, werde ich nicht lange durchhalten und ende so wie die anderen Mädchen, die vor mir hier waren. Das darf niemals passieren.

KAPITEL 13

ANDRIANA

Müde steige ich aus dem Bett und gehe zu meinem Schrank, um mir einigermaßen vorzeigbare Kleidung rauszusuchen. Wenn das überhaupt möglich ist. Die letzte Nacht war anstrengend und ich musste danach noch lange nachdenken. Shane blieb, bis ich eingeschlafen bin, worüber ich mich nicht beschwert habe. Es war irgendwie gut, dass ich nicht allein sein musste. Ob es Nächstenliebe war oder er einfach sichergehen wollte, dass ich nicht abhaue, weiß ich nicht. Aber ich nehme mir vor, nicht so viel darüber nachzudenken. Heute ist der erste Tag, an dem ich mich wieder halbwegs normal draußen werde bewegen können wenn man nicht mitbedenkt, dass zwei Bodyguards mich auf Schritt und Tritt begleiten werden. Eine Erklärung dafür habe ich noch nicht. Sollte mir also Jasmine über den Weg laufen, muss ich mich auf meine Spontanität verlassen. Wie erklärt man bitte, dass man so lange weg war und auf einmal persönliche Beschützer hat? Jeder Grund, der mir in den Kopf kommt, hört sich in meinen Ohren absolut dämlich an. Ich würde mir ja selbst nicht glauben.

Als ich mich fertig bin, gehe ich in den großen

Wohnbereich, wo Shane und Valentin bereits auf mich warten. Shane macht jedoch nicht den Eindruck, als würde er sich große Sorgen um mich machen. Er ist wieder ganz der Alte und steht in seinem Anzug da, als würde gleich der nächste Terroranschlag bevorstehen. Wie kann man nur so professionell sein?

»Guten Morgen, Sunshine. Mann, siehst du fertig aus«, grinst Valentin frech und kommt auf mich zu. Ich verdrehe genervt die Augen und laufe zur Eingangstür. Auf so was habe ich nun wirklich keine Lust. »Ah, ah. Nicht so schnell, Süße.«

»Ich muss zum Campus. Bald beginnt die erste Vorlesung.« Skeptisch hebe ich eine Augenbraue. Sie laufen mir doch sowieso hinterher, also warum soll ich auf sie warten?

»Du hast dein Frühstück vergessen. Aber bitte alles aufessen. Miss Wilson hier hat sich große Mühe gegeben. Ich hab ihm vorgeschlagen, eine kleine Schürze zu tragen, aber da war er leider raus«, zwinkert er.

Mein Blick schweift zu Shane, der ebenfalls die Augen verdreht. Er hat mir wirklich Frühstück gemacht? So langsam komme ich echt nicht mehr mit. Einerseits habe ich es hier mit Menschen zu tun, die in absolut verwerfliche Dinge verwickelt sind, und andererseits machen sie mir Frühstück und passen auf mich auf, damit ich in Ruhe einschlafen kann? Das ist doch ein schlechter Witz.

»Echt? Das … was ist da drin?« Ich nehme die Brotdose, die Valentin mir reicht. Noch nie hat jemand für mich Frühstück gemacht. Mom hatte dafür nie großartig Zeit, weshalb ich schon früh selbst lernen musste, mich zu versorgen. Jetzt von solchen Menschen bedient zu werden, bringt mich etwas in Verlegenheit.

»Ja, Shane. Was ist da drin?«, provoziert Valentin und gibt seinem Kollegen einen Klaps auf die Schulter, was ihn allerdings kaum stört.

Seufzend tritt er vor und zuckt mit den Schultern.

»Arme Ritter, ein paar Waffeln und Obst. Erdbeeren, Trauben und Schokolade.«

Mir fallen fast die Augen aus dem Gesicht, als ich die Aufzählung der leckeren Sachen höre, die in dieser Dose sein sollen. Wie lange stand er denn dafür bitte in der Küche? Und was soll das auf einmal? Machen sie sich über mich lustig?

»Ich bin ein leidenschaftlicher Koch. Bilde dir nichts darauf ein«, murmelt er und verschränkt die Arme vor der Brust. Das erste Mal seit langem muss ich grinsen. Ich glaube ihm zwar, dass er gerne kocht, aber dass er es einfach aus Lust und Laune heraus gemacht hat, nehme ich ihm nicht ab. Aber bitte, ich schenke ihm mein Schweigen.

»Danke. Das … ist sehr lieb«, gebe ich zurück und packe die große Dose in meine Tasche, die ich von Jack gestellt bekommen habe. Mit einer Louis-Vuitton-Tasche rumzulaufen passt mir so gar nicht, aber leider habe ich keine andere Wahl. Außer ich will meine Papiere so tragen. Mit der Tasche muss ich aussehen wie eine von den Ladys, ein Püppchen, das sich zu viel auf ihr Geld einbildet. Mein einfacher Rucksack ist schon lange im Müll. Davon gehe ich zumindest aus. Ich kann mir nicht vorstellen, dass Jack ihn für mich aufbewahrt und ich ihn irgendwann wiederbekomme.

»Na los. Worauf wartest du? Hast du keinen Zeit-
druck?«, feixt Valentin und schiebt mich in Richtung
Ausgang.

Der hat sie ja wohl nicht mehr alle. Aber ich gebe zu,
ich freue mich auf den Campus und lasse mich nur zu
gern aus diesem Haus drängen. Nichts lieber als das.

Der Weg ist nicht weit. Und je näher ich komme, desto
bessere Laune bekomme ich. Nie hätte ich gedacht, dass
ich wirklich mal gerne zu meinen Vorlesungen gehen
würde, gerade jetzt, da der Stoff immer anspruchsvoller
wird. Aber es ist gerade das Schönste, was ich mir vorstellen kann. Ich brauche die Normalität. Na ja, wenn
ich Valentin und Shane ausschließe, die wirklich an mir
hängen, als wäre ich ein Superstar oder eine Politiker-
tochter. Ich höre schon die Fragen, die sie mir stellen
werden. Aber das ist mir im Moment egal. Ich bin wieder
zuhause. All das schöne Grün, die farblich angepassten
Straßen, selbst die Gebäude habe ich vermisst. Besonders
den riesigen Eichenbaum, unter dem ich so oft mit Chase
und Jasmine saß. Immer wieder bin ich in Gedanken an
diesen Platz zurückgekehrt, als ich einsam und allein in
meinem Bett lag und hoffte, dass niemand durch die Tür
kommt. Ich dachte an die lustigen Gespräche, an unsere
Lachanfälle, wenn es um irgendwelche komischen Typen
ging. An Chase, der sich gefreut hat, wenn er mit seinem
Team beim Fußball gewonnen hat oder uns Bilder aus
Afrika gezeigt hat.

»Ria?«

Abrupt bleibe ich stehen, als ich die Stimme meines
Lieblingssportlers höre. Chase sitzt genau unter der er-
wähnten Eiche und legt seine Bücher beiseite. Seinem

Blick nach zu urteilen kann er es gar nicht fassen, mich hier zu sehen. Und ich gebe zu, dass ich es selbst nicht glauben kann, dass Jack mir das erlaubt hat. Ich musste ihn nicht mal wirklich bearbeiten, damit er ja sagt.

»Ria? Soll das dein Spitzname sein? Echt unkreativ«, murmelt Valentin hinter mir und schmunzelt, als er meinen besten Freund mustert. Allein sein abwertender Ausdruck in den Augen zeigt mir, dass ich es mit bösen Menschen zu tun habe, dass ich mir wirklich nichts darauf einbilden sollte, dass Shane mir Essen gemacht hat.

»Könnt ihr euch bitte etwas entfernen. Ich würde gerne mit ihm allein sprechen«, bitte ich die beiden. Skeptisch heben sie ihre Augenbrauen und bewegen sich kein Stück, was mich zum Seufzen bringt. »Keine Sorge, ich hab den Vertrag bereits unterschrieben und das Letzte, was ich will, ist, mit meinem besten Freund über euch zu sprechen.«

Das scheint ihnen zu reichen, denn mit einigen Schritten nehmen sie tatsächlich etwas Abstand.

»Nur ein paar Minuten«, warnt Shane und sieht etwas zu lange zu meinem afrikanischen Freund.

Doch ich lasse mir meine Zeit mit ihm nicht vorschreiben und nicke nur, bevor ich zu Chase laufe und ihm in die Arme falle. Sie werden ihm nichts tun, denn sie haben ja auch gar keinen Grund dazu. Chase ist einer der besten und einfühlsamsten Menschen, die ich je kennengelernt habe. Er würde sich niemals mit den beiden anlegen, wenn es nicht sein muss.

»Gott, Ria. Ich dachte, ich sehe dich nie wieder. Wo warst du denn?« Fest umarmt er mich und hebt mich etwas hoch, was mich sofort in meine Wohlfühlzone zurückbringt. Gott, ich war vielleicht nicht lange weg, aber ich dachte wirklich, dass ich ihn nie wieder sehen würde.

»Tut mir leid, ich … «, stammel ich und werde in der nächsten Sekunde von Chase auf seine Picknickdecke gesetzt. Wenn in meinem Hinterkopf nicht das Wissen wäre, dass ich nachher wieder zurück in die Villa muss, könnte ich mich hier tatsächlich vollends entspannen. Aber leider ist das nicht der Fall.

»Setz dich erst mal und trink was. Ich dachte, dass du das Studium abgebrochen hast. Bei Jasmine warst du nicht und deine Chefs hatten auch keine Ahnung.« Mir wird schlecht. Dadurch, dass die Chefs mich nicht gedeckt haben, werde ich noch größere Schwierigkeiten haben, irgendwas zu erklären. Und von meinen Jobs kann ich mich sowieso verabschieden.

»Ja, äh … das ist 'ne lange Geschichte«, grinse ich unschuldig und nehme die Flasche Spezi an, die Chase mir hinhält. Das brauche ich jetzt, ein leckeres Spezi und ein Gespräch mit meinem besten Freund, der heute mal wieder besonders gut aussieht. Sicher hat er in letzter Zeit viel Fußball gespielt, denn so weit ich mich erinnere, fanden einige Turniere statt. Außerdem kann ich an seinen glänzenden Augen erkennen, dass er gerade mehr als zufrieden ist. Wenn er nicht mein bester Freund wäre, würde ich sicher nicht nein zu ihm sagen. Allerdings kann ich mir jetzt nicht mehr vorstellen, etwas mit ihm zu haben oder gar mit ihm zu schlafen. Er ist wie ein Bruder für mich.

»Okay, hast du heute was vor? Dann treffen wir uns im Wish und du erzählst mir und Jasmine alles ganz genau.«

Auch damit hätte ich rechnen müssen. Meine Freunde und ich haben einige Rituale, die wir schon ziemlich lange durchziehen. Besonders die Nachmittage im Wish sind so was wie eine Pflicht für uns. Eine schöne und angenehme Pflicht. So oft haben wir dort zusammengesessen und über unsere Vorlesungen oder Prüfungen gesprochen. Ich konnte mir lange nicht vorstellen, wie es wäre, nicht mehr dorthin zu gehen. Jetzt sieht die Welt aber anders aus. Jack wird es mir so oder so nicht erlauben. Ich kann froh sein, überhaupt zum Campus zu dürfen. Wie erkläre ich Chase, dass das jetzt ein Ende hat?

»Das … geht nicht«, antworte ich und räuspere mich, während ich ein bisschen mit der Flasche in meiner Hand herumspiele.

Chase Augen wandern zu Valentin und Shane, bevor er bei meiner Tasche kleben bleibt.

»Sag mal, gibt es irgendeine Neuigkeit? Wer sind die Typen da hinten und seit wann kannst du dir eine Louis-Vuitton-Tasche leisten? Die ist aus der neuen Saison, oder?«

Am liebsten würde ich im Boden versinken. Normalerweise gebe ich überhaupt nichts auf Geld. Im Grunde genommen wirkt Reichtum auf mich einfach nur abschreckend. Ich arbeite lediglich, um zu leben und die Schulden meiner Mom zu bezahlen. Und das wissen meine Freunde. Niemals würde ich mir so ein Teil kaufen. Und mich nun in so einem Aufzug zu sehen, muss ihm wie die absolute Heuchelei vorkommen.

»Das sind … Valentin und Shane, sie … passen auf mich auf.« Dass sie meine neuen Freunde sind, würde mir sowieso keiner abkaufen. Ich würde es mir ja selbst nicht mal glauben. Hochgewachsene Kerle in teuren Anzügen und mit einem komischen Knopf im Ohr? Klar, sicher sind sie meine Freunde.

»Warum? Ist irgendwas passiert, als du weg warst? Ich meine ... du gehst auf einmal und kommst wieder mit ... so was.« Er zeigt auf meine Tasche, die ich jetzt hinter meinem Rücken verstecke.

»Ja, es ist etwas komplizierter«, gebe ich zu und senke den Blick. Doch als Chase mir seine Hand auf die Schulter legt und sie sanft drückt, richte ich meine Augen auf ihn. Er muss mich nur berühren und sofort entspanne ich mich. Es ist komisch, aber ich würde ihm sicherlich alles erzählen, wenn er mich nur lange genug bearbeiten würde. Jetzt muss ich aber besonders aufpassen, denn sonst bin nicht nur ich dran, sondern auch er.

»Hey, egal was es ist, du kannst es mir sagen.«

Nein, das kann ich leider nicht. Aber irgendwas muss ich sagen. Wenn Chase es nicht aus mir herauskitzelt, dann Jasmine. Sie ist weitaus energischer als er. Und wenn sie mich irgendwo ankettet und darauf wartet, dass ich den Mund aufmache – das Mädchen würde alle Register ziehen. Darum herum komme ich sowieso nicht. Also gebe ich mir einen Ruck und sage das Erste, was mir in den Kopf kommt. Ich zucke mit den Schultern und atme tief durch. »Ich bin ... jetzt in einer Beziehung.« Ich bin am Arsch.

Chase sieht mich stumm an und nimmt die Hand von meiner Schulter.

»Das ... was?!«

Ja, ich habe mit so was gerechnet. Aber im Ernst, alles,

was ich sonst gesagt hätte, wäre absolut unglaubwürdig gewesen. Nein, ich habe keinen Cousin, der hierhergezogen ist. Alle kennen die Draytons. Und nein, Jack Drayton ist auch nicht mein bester Freund geworden. Also bleibt nur die Beziehungsgeschichte, die mich am meisten ficken wird. Vor allem, wenn Jack davon erfährt.

»Ich habe jemanden kennengelernt, der … vielleicht etwas reicher ist und deswegen hat er mir die beiden zur Verfügung gestellt, damit ich … sicher bin.«

Diese Geschichte klingt zwar glaubhaft, aber am Ende ist es eine reine Lüge. Ich lüge meinen besten Freund an, ohne rot zu werden. Und warum? Weil ich so einen dämlichen Vertrag unterschreiben musste. Doch ich bin sicher, dass er mir, sobald alles vorbei ist, verzeihen wird. Immerhin mache ich es nicht, weil ich ihn verletzen will. Nein, ich muss es tun, um am Ende frei sein zu können, und auch, um meine Freunde schützen. Einen Haken gibt es wohl immer.

»Wow, ich … weiß nicht, was ich sagen soll. Wer ist es denn?«

In diesem Moment wünsche ich, dass ich lieber in der Villa geblieben wäre. Die Fernsehsender gefallen mir mittlerweile und außerdem sind sie leichter zu ertragen, als meine Freunde anlügen zu müssen. Es wäre wohl besser gewesen, sie würden denken, dass ich tot oder verschollen bin.

Ich grinse nervös und kratze meinen Oberarm, obwohl er nicht einmal juckt. »Du kennst Jack Drayton?«

Chase sieht mich an und sagt kein Wort, während ich innerlich schon meine Grabrede schreibe. Was, wenn er mich durchschaut und mir nicht glaubt? Wenn er sauer darüber wird, dass ich die Dreistigkeit besitze, ihn anzulügen? Fuck.

»Du bist mit Jack Drayton zusammen? Echt jetzt?« Chase verkrampft sich und fährt sich verzweifelt über das Gesicht. Er kennt ihn tatsächlich, aber anscheinend kommt er nicht so ganz mit dieser Information klar. Hervorragend.

»Ähm ... du scheinst ihn wohl zu kennen.« Wenn mir gerade schon schlecht war, ist mir jetzt kotzübel.

Leise lacht Chase auf und nickt.

»Klar, er ist der große Bruder von Noah. Das ... wird dir jeder sagen können.«

Klar doch. Ich hatte tatsächlich nie großartig Zeit, mich mit der Elite des Campus auseinanderzusetzen. Wobei ich mittlerweile eher das Gefühl habe, dass sie hier so was wie das Königshaus sind. Wenn die Studenten wüssten, wer sie wirklich sind, könnte man sie doch sofort fortschicken, oder? Wohl kaum. Die Drohung von Jack war klar und deutlich. Auf die Polizei kann ich auch nicht zählen und bei der Universitätsleitung versuche ich es gar nicht erst. Sicher ist alles wasserdicht verpackt worden.

»Hm. Ja, wir ... es ging ziemlich schnell und er macht sich eben viele Sorgen, deshalb muss ich die beiden Gorillas vorerst dabeihaben.« Schmunzelnd zucke ich mit den Schultern, was auch Chase zu einem Lächeln ermutigt. Wenn auch nur leicht.

»Ich würde ja sagen, dass ich mich für dich freue, aber ... du hättest ruhig Bescheid sagen können. Ich meine, wir haben uns wirklich große Sorgen um dich gemacht. Jasmine war schon am nächsten Tag kurz davor, die Polizei zu informieren.«

Shit. Wenn es so weit gekommen wäre, hätten sie ihr auch nicht helfen können. Oder mir.

»Es tut mir wirklich leid. Es ging alles so schnell und ich habe mein Handy verloren. Bitte sei mir nicht böse.« Versöhnlich sehe ich ihm in die braunen Iriden und hoffe, dass er mir glaubt. Anscheinend ist das auch der Fall, doch einen bitteren Beigeschmack gibt es trotzdem. Es hätte alles anders laufen müssen.

»Glaub mir, ich bin dir nicht böse. Könnte ich gar nicht sein, das weißt du doch.« Neckend tippt er mir auf die Nase und bringt mich damit zum Lachen. Meine Erleichterung ist groß, aber das schlechte Gewissen überwiegt. Wenn ich darüber nachdenke, dass ich auch noch Jasmine anlügen muss, wird mir übel.

»Mein Licht, wo warst du?«

Die Stimme, die mich ruft, lässt mich zusammenzucken. Als wäre die ganze Situation nicht schon unangenehm genug, muss auch noch Gael um die Ecke kommen.

»Gott, erbarme dich«, flüstert Chase leise und entfernt sich etwas von mir, um sich an den Baum zu lehnen. Er konnte Gael noch nie leiden, genau wie Jasmine. Oft genug haben sie mir geholfen ihn loszuwerden, wenn er mal wieder aufdringlich wurde. Aber jetzt könnte die Sache durchaus schwerer werden. Denn immer noch versucht er, wieder mit mir zusammenzukommen. Und wenn er mir zu nahe kommen sollte, weiß ich nicht, wie ich das Valentin und Shane erklären soll. Auch jetzt schauen sie mit skeptischem Blick zu, wie sich Gael zu mir hockt und die Arme auf meine Schultern legt.

»Ich dachte, du bist verschwunden. Ich hab mir solche Sorgen um dich gemacht.«

Ich bekomme eine Gänsehaut, doch die ist ganz klar negativer Natur. Nicht kotzen, Andriana. Nicht. Kotzen.

»Was willst du, Gael?« Dass er mir sonst immer hinterherläuft und beobachtet, was ich mache, kann ich ja noch ertragen, aber ab jetzt sollte er seine Besessenheit zurückschrauben.

»Was ich will? Ich hab dich eine ganze Woche gesucht. Keiner konnte mir sagen, wo du bist. Wo warst du denn?«

In meinem Augenwinkel sehe ich zu dem verzweifelten Chase, der sich bereits mit einem Buch ablenkt, um Gael keine reinzuhauen. Schon einmal hat dieser eine Faust von ihm kassiert. Seine blutende Nase vergesse ich nie. Ich gebe zu, es war irgendwie lustig ihn so zu sehen. Aber jetzt hat er mehr als einen Feind und die anderen stehen ganz in der Nähe.

»Ich war bei meinem Freund. Kannst du jetzt gehen?« Ich sehe zu Chase und versuche ihm mit einem Blick zu sagen, dass wir später reden werden. Da wir uns mittlerweile ziemlich gut kennen, schmunzelt er und widmet sich weiter seinem Buch, bevor ich aufstehe.

»Aber warte! Du hast einen Freund? Seit wann? Wer?«

Ich antworte nicht auf seine Frage und drehe mich zum Gehen. Doch plötzlich nimmt er mein Handgelenk und hält mich damit zurück.

»Andriana, bitte. Sag es m …«

»Macht der Typ Ärger?« Valentin und Shane stehen hinter mir und schauen meinen Ex–Freund mit dunklen Blicken an. Ich könnte schwören, so etwas wie Mordlust in ihren Augen zu sehen, aber sicher täusche ich mich. Dennoch, wenn Gael nicht gleich loslässt, werden sie

Ernst machen und damit hätte ich meinen Ruf weg. Das muss wirklich nicht sein.

»Nein. Schon gut«, murmel ich und drehe mich zu Gael. »Verschwinde und lass mich in Ruhe. Ich hab dir nichts zu sagen«, hauche ich leise und entziehe ihm meine Hand.

Mit Blick auf meine beiden Bodyguards weicht er ein paar Schritte von mir zurück.

»Gehen wir«, flüstere ich drängend und laufe mit den beiden in Richtung der Vorlesungssäle. Es reicht schon, dass ich alle hier anlügen muss. Wenn Gael wirklich denkt, mich zurückzubekommen, ist er verzweifelter, als ich dachte. Vielleicht ist es ja doch nicht so schlecht, dass Valentin und Shane bei mir sind. Sie sorgen immerhin dafür, dass diese Zecke von mir fernbleibt.

KAPITEL 14

ANDRIANA

In meinem alten Zimmer zu stehen ist irgendwie surreal. So lange habe ich hier zwar nicht gelebt, doch es war mein Zuhause, der Ort, an dem ich mich am wohlsten gefühlt habe. Auch wenn Jasmine oft irgendwelche Typen mitgebracht hat. Wir haben sogar eine Liste gehabt, um das Zimmer mal für uns alleine zu reservieren. Während sie es für Kerle genutzt hat, habe ich mich eingetragen, um zu lernen oder einfach nur für mich zu sein. Wenn Jasmine aber mal wieder Besuch hatte, gab es kaum einen Tag, an dem ich sie nicht vögeln gesehen habe. So oft hat sie gesagt, dass sie nur eine Stunde braucht. Aus einer Stunde wurden dann aber zwei oder drei. Nie konnte sie sich festlegen, weshalb ich nach der abgemachten Stunde einen Schock nach dem anderen bekam. Nicht, dass ich es nicht heiß finden würde, wenn zwei Menschen nackt sind, aber das muss ich nun wirklich nicht sehen. Vor allem, weil Jasmine auf eine besondere Art Sex steht. Und Männer zu sehen, die etwas in ihrem Arsch stecken haben, ist für mich nicht sonderlich ... ästhetisch.

Nun stehe ich seit zehn Minuten einfach nur da und schaue mir die Möbel an. Ich bringe es nicht übers Herz, alle meine Sachen mitzunehmen, und Jasmine ist auch nicht da, um mir diese Sorge zu nehmen. Wenigstens waren Valentin und Shane so nett und haben mich allein in das Wohnheim gelassen, damit ich meine wichtigsten Sachen zusammenpacken kann. Trotzdem wünsche ich in diesem Moment, jemanden bei mir zu haben, ganz egal wen. Zugegebenermaßen hat es Jasmine nicht so mit Trösten, aber ich würde gerade alles dafür geben, dass sie bei mir ist und mich in den Arm nimmt. Auch, wenn ich es nicht so mit Umarmungen habe.

Mit einem leisen Seufzen bücke ich mich zu meinem Schrank und schnappe mir meine Tasche, um die Klamotten zu verstauen. Besonders freue ich mich auf meine Unterwäsche, die viel gemütlicher ist als diese sexy Dessous, die im Schritt kneifen. Wie können Frauen sich diese Teile jeden Tag freiwillig anziehen? Das ist doch nicht normal.

Gott, auf keinen Fall mache ich die Scheiße ein weiteres Mal durch. Hoffentlich hat niemand meine riesigen Augenringe bemerkt, die nur langsam verschwinden. Nicht mal ein Full–Face–Make–up kann diese Tränensäcke verstecken.

Als ich meine liebsten Panda-Pantys raushole, überlege ich zwei Mal, ob ich sie einpacke. Aber andererseits kann es mir auch egal sein, oder? Hauptsache, ich fühle mich wohl. Ich muss niemandem gefallen und wenn Jack mal wieder auf ein kleines Stell–dich–ein vorbei kommt, bleibt die Unterwäsche sowieso nicht an. Beschweren kann er sich also nicht. Gerade als ich darüber nachdenke, spüre ich, wie mein Höschen unfassbar in meiner Hose kratzt. Keine Ahnung, wie manche Mädchen mit so was klarkommen. Klar, sie sind hübsch und ich bin sicherlich die Letzte, die ganz auf so was verzichten will, aber das hier ist reine Quälerei. Schon im Vorlesungssaal konnte ich mich kaum konzentrieren, weil ich immer den Drang hatte, mich dort zu kratzen. Also schnappe ich mir meine Panda–Panty und gehe noch einmal kurz in unser kleines Badezimmer, um den Rest des Tages ohne Kratzen zu überleben. Und verdammt, ich fühle mich sofort wohler in meinem Körper. So viele Dinge habe ich mir zusammen mit meiner Mom gekauft. Es hängen Erinnerungen daran. Selbst an diesen peinlichen Kinderpantys.

Jasmine ist immer noch nirgendwo zu sehen, was mich etwas traurig meine Tasche greifen lässt. Ich habe eine halbe Stunde, um alles zusammenzupacken, und ich bin bereits über dieses Zeitlimit hinaus. Ich lege mir die Tasche über die Schulter und schaue noch einmal in meinem Zimmer umher, bevor ich den Schlüssel auf das Regal neben der Tür lege und verschwinde. Schon wieder lasse ich einen Teil meines Lebens, das ich so geliebt habe, hinter mir. Und schon wieder ist es nicht meine eigene Entscheidung. Was tue ich nicht alles, um endlich ein angenehmes Leben führen zu können.

Meine Füße bewegen sich nur langsam, als ich aus dem Wohnheim trete. Ich will nicht weg. Am liebsten würde ich in mein altes Bett hüpfen, damit ich schnell aus diesem Albtraum erwache. Aber mit einer festen Umarmung werde ich aus diesem Wunschdenken gerissen.

»Gott, Ria! Wo warst du? Gehts dir gut?«

Die etwas tiefere Stimme von Jasmine ist Musik in

meinen Ohren. Der süße Duft ihres Parfüms steigt in meine Nase und ich weiß, dass ich noch am Leben bin.

»Hey, es ist alles gut. Du erdrückst mich!«, murmel ich in die Umarmung hinein und bin froh, als sie wieder auf Abstand geht.

»Am liebsten würde ich dich erwürgen. Wieso hast du dich nicht gemeldet? Ich habe mir die schlimmsten Sorgen gemacht.«

Dass sie direkt mit Vorwürfen um die Ecke kommt, habe ich erwartet. Aber das liebe ich so an ihr. Sie ist eben etwas anders im Umgang mit Sorgen. Doch irgendwie mag ich das an ihr. Sie streichelt mir nicht den Kopf, wenn etwas schiefgelaufen ist, sondern knallt mir ihre Meinung ungefiltert auf den Tisch. Allein das hat mich schon oft aus der Misere geholt und in die Realität zurückgebracht.

»Lass es mich erklären und danach kannst du mich gerne erwürgen«, schmunzel ich und sehe im Augenwinkel, dass Shane und Valentin sich eine Zigarette anzünden. Dass sie mich nicht sofort mitnehmen, wundert mich. Schließlich müssen sie sich an die Anweisungen von Jack halten und ein genauer Zeitpunkt, wann ich zuhause sein soll, ist ebenfalls festgelegt.

»Dann komm mit und wir trinken einen Kaffee in der Mensa oder im Wish.« Sie nimmt meine Hand und will mich mitziehen, doch ich bleibe da, wo ich bin. Fragend sieht sie mich an und bemerkt den Koffer neben mir. »Ria? Was soll der Koffer? Was ist hier los?«

Ich räuspere mich. Bei ihr ist es noch schwieriger als bei Chase. Ich nehme mir vor, einfach zu sagen, was ich auch ihm schon gesagt habe. »Ich ziehe ... zu den Draytons.«

Jasmine erstarrt und sieht mich mit einem Blick an, den ich bei ihr noch nicht kenne. Doch je länger die Zeit vergeht in der sie nichts sagt, desto nervöser werde ich.

»Ähm … willst du mich doch umbringen?«, frage ich zögerlich und gehe einen halben Schritt zurück.

»Was hast du in der Villa der Draytons zu suchen?!«, schreit sie beinahe und lässt mich zusammenzucken. Gott, diese Frau hat manchmal ein viel zu lautes Organ. Selbst beim Schlafen lässt sie mich damit nicht in Ruhe. Sie schnarcht wie ein Weltmeister.

»Ich kann das erklären«, antworte ich und hoffe, dass sie mich aussprechen lässt. Jasmine hat nämlich damit oft ein Problem, Menschen ausreden zu lassen, was schon zu Diskussionen zwischen uns geführt hat.

»Da bin ich aber mal gespannt. Die heißen Typen da gehören zu dir, oder?« Mit einem Nicken zeigt sie zu Valentin und Shane. »Die Kerle. Blondie und Brownie. Hot und hotter? Richtig?«

Betroffen senke ich den Kopf und nicke. Mit Bodyguards rumzulaufen, und das von jetzt auf gleich, ist mir unangenehm. Ich bin nicht Oprah oder Madonna. Ich bin einfach nur ein dummes, naives Mädchen, das zur falschen Zeit, am falschen Ort war.

»Und warum passen sie auf dich auf? Bist du in die Polygamie gerutscht?«

Ich würde ja darüber lachen, aber da ich selber diesem Gedanken gegenüber nicht mehr abgeneigt bin, hebe ich nur eine Augenbraue.

»Was denn? Wäre schön, wenn ich mal eine Erklärung bekomme. Ich war kurz davor die Polizei zu verständigen.«

Auch das hatte ich mir schon gedacht. Jasmine fackelt nicht lange, außer sie wird aufgehalten, was Chase sicherlich übernommen hat.

»Als ich arbeiten musste, war da dieser Mann. Ich hab mich gut mit ihm verstanden und am Ende lief ... auch etwas mehr. Na ja, wir konnten uns irgendwie nicht voneinander entfernen. Nenn es Liebe auf dem ersten Blick. Ich bin mit zu ihm gegangen, bevor ich erfahren habe, wer er ist. Und jetzt soll ich bei ihm einziehen.«

Lüge über Lüge über Lüge. Nie im Leben könnte ich etwas für Jack übrig haben. Nicht in dieser Welt. Wenn er ein normaler Mann wäre, einer, der freundlich und liebevoll ist, dann würde die Sache anders aussehen. Jack ist mit Abstand der schönste Mann, den meine Augen jemals gesehen haben. Aber die Tatsache, dass er einer Mafiaorganisation angehört, die nicht einfach nur mit Drogen zu tun hat, löst in mir nichts weiter als Abscheu aus.

»Warte. Und der Typ, um den es sich handelt, ist Noah? Nein, warte. Er war an dem Abend auf der Party, also ...« Jasmine stockt und reißt die Augen auf, je mehr sie beginnt zu verstehen.

Mit einem zitterigen Lächeln sehe ich sie an. Das scheint ihr als Antwort zu reichen.

Sie schaut abwechselnd von Valentin und Shane zu mir, bevor sie laut schreit und damit alle Aufmerksamkeit auf uns lenkt. »Scheiße, du bist mit Jack fucking Drayton zusammen? Dem Kerl, der 'ne eigene riesige Firma hat und in Geld baden kann! In dem Haus da hinten?«

Je genauer sie wird, desto übler wird mir. Ja, genau der, Jasmine. Und es kotzt mich an.

Doch ich muss den Schein wahren und nicke mit einem verliebten Blick.

»Ja, richtig. Er hat mir seine Bodyguards mitgegeben. Zumindest für die erste Zeit. Er sagt, ein reicher Mann hat überall Feinde.« Das stimmt wohl. Nur mit dem klitzekleinen Unterschied, dass ich nicht seine verdammte Freundin bin.

»Du stehst also auf ältere Kerle, hm? Wobei … wie alt ist er? Dreißig, neunundzwanzig?«

Dass Jasmine es doch so gut findet, dass ich mit einem reichen Schnösel zusammen bin, lässt mein schlechtes Gewissen noch mehr wachsen. Ich hab keine Ahnung, wie ich ihr irgendwann erklären soll, dass das alles eine große Lüge war.

»Aber warte. Dann hast du Noah doch gesehen, oder?«

Ach, na klar. Noah. Der Kerl, auf den sie alle so stehen.

Ich verziehe meine Miene. »Hm. Habe ich und ich frage mich wirklich, was du an diesem Kerl findest.« In dieser Hinsicht muss ich ihr einfach die Wahrheit sagen. Noah ist alles andere als ein Traumkerl. Er ist unhöflich, gemein und ein Rebell.

»Was ich an ihm finde? Du hast ihn aber schon gesehen, oder?«

Oh ja, das habe ich. Gut aussehen tut er, keine Frage, aber sein Charakter ist leider der letzte Dreck. Freunde werden wir garantiert nicht mehr.

»Ich glaube, du hast ein falsches Bild von ihm. Er ist ein unverschämter Idiot. Sein Aussehen ist das Einzige, was an ihm gut ist.« Ich weiß, dass Chase ihn ebenfalls kennt. Die beiden spielen schon seit über einem Jahr Fußball zusammen und haben die eine oder andere Party gefeiert. Mag sein, dass ihn alle lieben, aber ich weiß, wie er wirklich ist. Und ich hoffe, dass eines Tages die Wahrheit ans Licht kommt. Verdient hätte er es.

»Hä? Wie kommst du denn auf so einen Kram?« Jasmine verschränkt die Arme vor der Brust und legt den Kopf schief. Gerade will ich ihr erklären, was in der Villa der Draytons abgelaufen ist, da höre ich ein lautes Pfeifen, das mich die Treppen heruntersehen lässt.

»Na, wen haben wir denn da? Miss Ich—nerve—Menschen—leidenschaftlich und ihre Freundin.«

Als würde er gehört haben, dass wir gerade über ihn reden, steht Noah mitsamt einigen anderen Leuten am Fuß der Treppe und grinst mich missbilligend an. In seinem Arm hält er ein Mädchen, das ich nur zu gut kenne. Sie ist eine Lady und hat von allen diesen Bitches das meiste Sagen. Chloe Murray. Schon oft musste ich mir von ihr anhören, dass ich lieber in mein eigenes Land zurückgehen soll. Dabei bin ich in Florida geboren und damit offiziell Amerikanerin. Beinahe niemand kommt ihr zu nahe und wenn, dann passiert es schon mal, dass man ihr Getränk über den Kopf bekommt. Im Grunde ist sie das Vorzeigebeispiel für eine verwöhnte Göre aus Teeniefilmen.

Ich verdrehe genervt die Augen und verschränke ebenfalls meine Arme vor der Brust.

»Hast du niemand anderen, dem du auf den Sack gehen kannst?«, murre ich in seine Richtung und höre ein zickiges Schnauben von Chloe.

»Und mit so was wohnst du zusammen? Du tust mir leid, mein Schatz.«

Ihr aufgesetztes Getue widert mich an. Ich hasse Menschen, die sich für etwas Besseres halten, nur weil sie mehr Geld haben. Chloe ist so eine Kandidatin. Sie ist immer bestens gekleidet und lässt jede zweite Woche einen Friseur kommen, um ihre blonden Haare auffrischen zu lassen. Woher ich das weiß? Jasmine war sehr genau in ihrer Recherche, als sie erfahren hat, dass Noah mit dieser Schlampe zusammen ist. Besonders gruselig wurde es aber, als sie ein Buch angefertigt hat, in denen alle Informationen zu Noah und den Menschen aufgelistet sind, mit denen er zu tun hat.

»Weißt du, was mir leidtut? Dass ihr niemals lernen werdet, worauf es im Leben wirklich ankommt. Fickt euch«, zische ich und spüre Jasmines Hand auf meiner Schulter.

»Komm runter. Leg dich nicht mit ihnen an«, flüstert sie. Die roten Wangen kann sie aber nicht verstecken. Allein wenn sie über Noah spricht, kann sie kaum an sich halten und beginnt komisch zu werden. Aber das hier ist nochmal eine ganz andere Geschichte. Ich weigere mich, zu verstehen, was sie an ihm findet.

Noah grinst und zieht Chloe etwas näher zu sich. »Oh, da hat sich mein Bruder aber eine besonders kratzbürstige Schlampe ausgesucht. Wie oft musstest du ihm schon einen blasen, damit er dich weiter studieren lässt?«

Dieser Wichser. Wie kann er so was nur sagen und das auch noch vor all den Leuten?

»Was hast du gerade gesagt?« Meine Stimme wird

lauter, bevor ich einige Treppenstufen runtergehe, um diesem Arschloch eine gehörige Ohrfeige zu geben. Oder um ihm in die Eier zu treten. Ich überlege es mir noch. Doch kurz bevor ich bei dem Kerl ankomme, um ihm eine Abreibung zu geben, hält mich Valentin auf und zieht mich zurück.

»Ah, ah, das lassen wir mal lieber. Ich glaube, das Abendessen ruft.« Mit seiner Hand auf meinem Bauch zieht er mich mit sich, während ich immer noch bete, dass Blicke tödlich sein können. Dieses ekelhafte Grinsen von Noah macht mich krank. Aber noch schlimmer ist dieser angewiderte Ausdruck von Chloe, die mich kaum auffälliger mustern kann.

»Nimm sie lieber mit. Ich bin mir sicher, Jacks Schwanz trieft schon vor Verlangen.«

Meine Hände ballen sich zu Fäusten. Was auch immer er gegen mich hat, so langsam fange ich an, den Kerl wirklich zu hassen.

»Fick dich! Du kannst mich mal, du Arschloch!« Ich zeige ihm den Mittelfinger und drücke Valentin von mir weg. Nachdem ich meinen Koffer geschnappt habe, sehe ich noch einmal in Jasmines geschockte Augen.

»Wir sehen uns morgen. Ich muss erstmal gehen«, murmel ich und umarme sie noch einmal, bevor ich Shane den Koffer in die Hand drücke. Noch immer spüre ich diese verächtlichen Blicke der anderen, die mich auf Schritt und Tritt beobachten. Ab und zu höre ich leises Gekicher, das mir einen kleinen Stich versetzt. Ich war zwar nie ein Mobbingopfer, aber ich fürchte, dass ich auf dem besten Weg dahin bin. Vor allem wenn ich die Ladys gegen mich habe, die Spaß daran haben, ärmere

Studenten fertigzumachen. Aber sie sollen es nur versuchen. Für jede kleinste Beleidigung werde ich mich rächen. Irgendwann.

KAPITEL 15

JASMINE

Ich kann es immer noch nicht fassen, was ich da gerade erlebt habe. Meine Wangen glühen wie Feuer, als ich zusehe, wie Andriana mit diesen beiden heißen Kerlen einen Abgang macht. Noah und seine Freunde sind ebenfalls gegangen und lassen mich wie bestellt und nicht abgeholt zurück. Noch lange sehe ich meiner besten Freundin hinterher. Wie kann es sein, dass sie wie aus dem Nichts mit einem Mann wie Jack zusammen ist? Wenn Noah der Prinz von Green Meadows ist, ist Jack der verdammte König. Ich habe viele Informationen über diese Familie eingeholt und weiß, dass sie nicht nur eine Firma ihr Eigen nennen. Im Grunde sind die Draytons die reichste Familie hier und haben natürlich das Privileg, eine scheiß Villa ein paar Meter vom Campus entfernt zu bauen. Jack persönlich habe ich noch nie gesehen, aber ich weiß, dass er eine Granate sein muss. Die Wenigen, die das Glück hatten, ihn kennenzulernen, kommen immer noch nicht damit zurecht. Ein Mädchen aus meinem Kurs hat sich sogar in ihrem Schrank eine kleine Wand aufgebaut, die Jack Drayton gewidmet ist.

Wie Andriana an so einen Kerl rangekommen ist, weiß ich nicht. Ich meine, sie ist hübsch und kann sich durchaus sehen lassen, aber im Gegensatz zu den Ladys sind wir alle graue Mäuschen. Und Geld spielt doch auch eine Rolle, oder nicht? Das alles kommt mir so verdammt komisch vor, dass ich den Drang verspüre, darüber zu reden.

Also schnappe ich mir meinen Rucksack und steuere das Jungswohnheim an, in dem Chase sicherlich schon sein wird. Das Fußballtraining ist jeden Dienstag und Donnerstag und wie ich meinen Schokokuss kenne, nutzt er die Zeit, um mit seinem Team einen zu trinken.

Als ich die Treppen zu dem, meiner Meinung nach, schöneren Gebäude ansteuere, kommen mir einige Studenten entgegen, die anscheinend schon einen im Tee haben. Ich mache mir Sorgen, dass sie die Stufen runterfallen, so wackelig sind sie auf den Beinen.

»Hallo Süße. Willst du mit uns ins Wish?«

Ich kenne die beiden Vollidioten. Wie sie an dieses Stipendium gekommen sind, frage ich mich heute noch.

»Wenn es euch nicht stört, dass ich euch in die Eier trete?«, grinse ich provokant und gehe ohne ein weiteres Wort an ihnen vorbei. Es gibt gerade Wichtigeres als zu feiern. Außerdem weiß ich, dass Noah nicht da sein wird. Es lohnt sich also nicht für mich, hinzugehen.

Ich öffne die schwere Tür des großen Gebäudes und muss husten, weil mir eine Qualmwolke entgegenkommt, die sich sofort den Weg in meine Lunge bahnt. Gott, ist das widerlich. Ich höre laute Rapmusik und Stimmen, die durcheinanderreden. Ich kann durch die Rauchwolke die Jungs kaum erkennen, die hier ihren Spaß haben. Außerdem riecht es so abgefuckt nach Whiskey, dass ich fürchte, allein durch den Geruch besoffen zu werden. Angewidert sehe ich mich um und erblicke nur betrunkene Köpfe, die mich ansehen wie ein scheiß Auto.

»Ginger! Komm her und trink was mit uns!« Chase' Stimme holt mich aus meinem angeekelten Starren. Er sitzt in einer Ecke und hält ein Glas Whiskey in der Hand, das er zur Begrüßung hochhält. War ja klar, dass er ebenfalls säuft. Seufzend gehe ich zu ihm und blitze böse in die Richtung der drumherum sitzenden Kerle, die ich allein mit meiner Anwesenheit dazu bringe, aufzustehen. Ja, ich werde nicht unbedingt von den Typen gemocht, aber manchmal kann das wirklich vorteilhaft sein.

Ich setze mich neben meinen besten Freund und schaue auf den Tisch vor mir. »Habt ihr auch irgendwas ohne Alkohol?« Hier ist alles, aber natürlich nur mit vielen Umdrehungen. Zu vielen Umdrehungen.

Chase grinst breit, als er seinen Arm auf die Lehne hinter mir legt. »Ich hoffe, das meinst du nicht ernst.« Er lallt ein wenig, was sofort meine Aufmerksamkeit erregt.

Mit verengten Augen mustere ich den gut gebauten Sportler. »Sag mal, wie viel hast du getrunken?« Chase achtet sehr auf sich und seinen Körper. Natürlich trinkt er ab und zu was und manchmal steckt auch eine Zigarette in seinem Mund, wenn die Party besonders gut ist. Aber das hier ist so gar nicht sein Stil.

Grinsend winkt er ab und nimmt den nächsten Schluck. »Schon ein bisschen was. Was willst du hier? Wir feiern unseren Sieg und da sind Mädchen eigentlich nicht gern gesehen.« Frech tippt er mir auf die Nase und lehnt sich lässig in der Couch zurück.

Skeptisch mustere ich ihn und beobachte im

Augenwinkel die anderen Idioten, die gerade den Spaß ihres Lebens haben. Ich wusste ja gar nicht, dass hartgesottene Kerle auch tanzen können.

»Hör mal, ich muss mit dir reden. Hast du Andriana schon gesehen?« Ich will nicht länger als nötig hier sein, denn meine Lunge ist mir jetzt schon böse, dass ich ihr so was antue.

»Ja, heute Morgen. Warum?« Sofort schwenkt seine Laune um. Sein breites Grinsen ist verschwunden und sein Arm entfernt sich von der Lehne hinter mir, bevor er sich nach vorne beugt und seine Ellenbogen auf den Knien abstützt.

»Weil sie jetzt anscheinend mit dem King himself zusammen ist. Jack Drayton?!«

Ich sehe, wie sein Mundwinkel zuckt, als er diesen Namen hört. Ja, er weiß davon und kennt auch Noahs Bruder. Er hat ihn sogar einmal getroffen, wenn ich mich recht erinnere. Laut Chase ist er ein Mann, der eigentlich nichts weiter im Kopf hat als seinen Job und das Geld, das er verdient. Aber genauso weiß jeder hier, dass er fucking heiß ist. Und das kann ich mir vorstellen. Der ältere Bruder ist doch immer am attraktivsten, oder?

»Chase? Bist du eingefroren oder kotzt du gleich?« Mein bester Freund bewegt sich nicht, sondern starrt nur ins Leere, während er sein Glas an den Mund hält.

Als er nicht den Anschein macht, dass er mich versteht, kneife ich ihm in den Oberarm, was ihn endlich zurückholt.

»Gott, Ginger. Spinnst du, verdammt?«, meckert er und reibt sich den Arm.

»Ich will mit dir über unsere beste Freundin reden und

du besäufst dich einfach so. Sie hat Bodyguards an ihrer Seite.« Ich kann es immer noch nicht fassen. Meine Ria wird jetzt von zwei Kerlen eskortiert, weil sie mit Jack Drayton zusammen ist. Wie schnell kann sich ein Leben bitte ändern? Und wie schnell entschließt man sich, zu jemanden zu ziehen, ohne diese Person richtig zu kennen?

»Ja, hab ich gesehen. Na und?« Ohne mich weiter zu beachten, schenkt er sich ein weiteres Glas Whiskey ein, was ich vorerst zulasse. Ich bin schließlich nicht seine Mutter. Dennoch gefällt mir nicht, was ich sehe, und ich ahne, dass meine Vermutung, die ich nun schon eine lange Zeit habe, zutrifft.

»Na und? Sie ist zu ihnen gezogen. Zu Noah und Jack.« Wieso versteht er nicht, was das für uns bedeutet? Von null auf hundert ist sie dadurch zu einem Mädchen der High Society geworden. Das passt einfach nicht zu meiner kleinen Zicke. »Hat sie irgendwas zu dir gesagt, was sie mir nicht gesagt hat?«

»Jasmine! Lass mich mit dem Thema einfach in Ruhe, okay? Ich hab keine Lust über die Beziehung meiner besten Freundin zu reden, wenn sie nicht da ist.«

Chase sieht mir böse in die Augen und bestätigt meine Vermutung. Ich wusste es von Anfang an. Er ist in sie verliebt. Und er kann es nicht ertragen, dass Andriana jetzt mit einem Mann, wie Jack Drayton zusammen ist. Sein Herz ist gebrochen.

Für einige Sekunden schaue ich ihn einfach nur an und muss überlegen, was ich als Nächstes sage. So habe ich ihn noch nie gesehen. Sonst ist er immer gut gelaunt und sorgt bei jedem für ein Lächeln. Selbst die Elite– Studenten sehen ihn als Menschen, obwohl er so gut wie kein Geld hat. Ich habe meinen Schokokuss nie so traurig erlebt.

»Schon okay. Ich wollte nur wissen, was wir jetzt machen. Ria ist ausgezogen, ich bin jetzt allein in meinem Zimmer und ... ich weiß nicht, ob wir sie überhaupt noch mal zu Gesicht bekommen ohne diese Kerle.« Zugegeben, diese Bodyguards sehen aus wie gemalt, aber wenn sie nicht von ihrer Seite weichen, wird sich alles verändern. Und ich hasse Veränderungen.

»Was soll ich machen, he? Ihr sagen, dass sie einen Fehler macht und sich viel zu schnell auf eine Beziehung eingelassen hat? Sie ist verliebt, Jasmine. Was ist, wenn Noah auf einmal zu dir kommen würde?«

Damit hat er genau ins Schwarze getroffen. Wenn Noah zu mir kommen und mir den Hof machen würde ... Gott, ich wäre die Erste, die in die geile Villa einziehen würde. Aber ich kenne Noah wenigstens schon, während Andriana noch keine Ahnung von Jack haben kann. Schließlich hat sie sich nie dafür interessiert, wenn ich mit Gossip um die Ecke gekommen bin.

Leise seufze ich und lehne meinen Kopf auf die Lehne hinter mir. »Hast recht«, murre ich und sehe, dass Chase mir ebenfalls einen Whiskey reicht, den ich annehme. Scheiß drauf.

»Wir müssen es akzeptieren. Du weißt, was sie durchgemacht hat. Und wenn es nicht klappt, fangen wir sie auf. Wir sind die Einzigen, die sie hat.«

Auch damit hat er recht. Als ihre Mutter gestorben ist, war sie ganz allein. Nicht mal Verwandte hat sie in der Nähe, zu denen sie könnte. Chase und ich sind ihre Familie geworden und deswegen werden wir da sein.

Auch wenn ich noch nicht ganz verstehe, wie das alles so schnell passiert ist. Aber am Ende des Tages ist es ihre Entscheidung. Ich bin wirklich die Letzte, die sich in ihre Sachen einmischt. Außer sie zerstört sich selbst. Ich wollte sie vorhin eigentich auf ihr Gewicht ansprechen, denn sie ist jetzt noch dünner geworden, als sie vorher schon war. Aber die Ballerina war schon immer eine sehr schlanke Kandidatin. Sicher ist der unbändige Sex, den sie endlich mal bekommt, dafür verantwortlich. Jedenfalls hoffe ich das.

»Meinetwegen. Aber ich bringe ihn um, wenn er ihr weh tut«, raune ich leise und nehme einen großen Schluck Whiskey. Wie es weitergehen soll, weiß ich nicht. Ich bin nicht begeistert darüber, dass Andriana direkt zu ihm zieht, aber ich muss mich daran gewöhnen, dass sie langsam, aber sicher ihre Flügel ausbreiten will. Sie ist erwachsen. Aber ich bin besorgt.

KAPITEL 16

ANDRIANA

Die Hausarbeiten für mein Studium haben mir schon zwei Mal fast das Genick gebrochen. Nicht, weil ich es inhaltlich nicht verstehe oder Quatsch schreibe, nein, ich kann mich einfach nicht an die Vorgaben halten, was die Seitenanzahl angeht. Die Fälle, die ich bekomme, sind für mich jedes Mal sehr einfach, aber ich schaffe es nicht, sie nicht zu detailreich zu schildern. Deswegen sitze ich an meinem Schreibtisch und raufe mir die Haare. Das kann doch nicht so schwer sein. Nebenbei habe ich mir klassische Musik angemacht, die mir helfen soll mich zu konzentrieren. Aber Fehlanzeige. Ich sitze jetzt seit vier Stunden auf meinem Stuhl und schaffe es nicht, die Seitenzahl zu verringern. Alles, was ich aufgeschrieben habe, ist zu wichtig, um es zu löschen. Ich bin verzweifelt und würde am liebsten meinen Laptop zuklappen und ins Bett gehen. Aber ohne Fleiß kein Preis, oder wie war das? Dennoch bin ich verzweifelt. Ich wusste gar nicht, dass klassische Musik so aggressiv machen kann. Genervt von allem, schalte ich sie aus und seufze in meine Hände. Das ist doch alles beschissen. Nicht nur, dass ich meine Freunde anlügen muss, ich sitze jetzt hier und kann mich nicht mal zusammen mit Jasmine darüber aufregen. Die letzten Tage habe ich sie kaum zu Gesicht bekommen und wenn, dann hatten wir nur Zeit für einen kurzen Kaffee. Von Chase habe ich gar nichts mehr gehört. Auf meine Nachrichten reagiert er nicht. Laut Jasmine ist er zu sehr mit dem Training beschäftigt, weshalb ich es bei zwei Nachrichten belassen habe.

Der Mozartinterpret spielt die Sonate seines Lebens, während ich versuche, meine Hausarbeit weiterzuschreiben. Aber alles, was ich von mir gebe, kommt mir so dumm vor, dass ich erst spät merke, dass ich mir die ganze Zeit auf die Lippen herumbeiße. Ich nehme mir ein Glas Wasser, um den Geschmack von Eisen aus meinem Mund zu spülen. Plötzlich wird die Tür so ruckartig aufgerissen, dass die ganze Flüssigkeit in meinem Gesicht landet.

»Gott«, fauche ich und stelle das Glas schnell wieder ab, um mir ein Taschentuch aus meiner Tasche zu holen.

»Ups. Hab ich dich erschreckt, Sunshine?«, grinst Valentin frech, während er sich in den Türrahmen lehnt und die Arme vor der Brust verschränkt. Hätte ich mir ja denken können, dass gerade er nichts von Anklopfen hält. Das nächste Mal nehme ich mir eine Schnabeltasse zum Trinken.

»Wie du siehst. Was willst du hier? Ich hab zu tun.« Ich verbrauche ganze drei Taschentücher, um mein Gesicht wieder trocken zu bekommen. Und das, obwohl ich gerade erst duschen war. Vielleicht ein Zeichen, dass ich es für heute aufgeben soll.

»Na, ich will dir helfen. Jura ist mein Spezialgebiet. Habe ich dir nicht gesagt, dass ich, wenn ich nicht

Personenschützer geworden wäre, jetzt in einem Gericht sitzen würde?«, blinzelt er und kommt zu mir, bevor er auf meinen Laptop schielt. Ich hebe skeptisch eine Augenbraue.

»Ach ja? Dich will ich nicht als Anwalt haben«, schmunzle ich und lege ein Bein über das andere. Valentin als Anwalt, oder noch schlimmer, als Richter wäre wohl das Schlimmste, was unserem Land passieren könnte. Sicherlich würde er sich aus allem einen Spaß machen oder aber jeden Kleinverbrecher für mehrere Jahre einbuchten.

»Charmant wie immer. Aber nein, ich will dich abholen. Da verlangt jemand nach dir.« Feixend pikt er mir in die Seite, was mich kurz aufschrecken lässt. Da ich nicht glaube, dass Noah mich sehen will, muss es Jack sein, der nach mir rufen lässt. Ich habe ihm noch nicht gesagt, welche Ausrede ich gegenüber meinen Freunden benutze, um keine weiteren Fragen zu bekommen. Was er davon hält, ahne ich allerdings schon.

»Ich kann jetzt nicht«, seufze ich. »Ich bin in einer emotionalen Krise und muss das in den Griff kriegen. Die Abgabe ist schon nächste Woche.« Und ob ich es bis dahin schaffe, ist fraglich.

»Tja, tut mir leid, das hier ist kein Wunschkonzert, Sunshine. Ich glaube, dein Besitzer ist wichtiger als deine Zukunft. Zumindest bis das Jahr um ist.« Er zwinkert und greift mir unter den Arm, um mich mit einem Ruck zum Aufstehen zu bringen. Manchmal könnte ich ihm den Hals umdrehen, wenn er so ist. Wenigstens ein bisschen netter könnte er schon sein. Aber er hat recht. Vorerst muss ich mich dem Ganzen fügen, wenn ich meine

Ruhe haben will. Außerdem wird das Gespräch sicher nicht lange dauern. Hoffentlich.

Also seufze ich leise und schüttle seinen Arm ab. »Bitte, dann komm ich eben mit. Aber Finger weg von meiner Unterwäsche!« Gestern musste ich feststellen, dass all meine Klamotten durchgewühlt wurden. Besonders die Unterwäsche war durcheinander, was ich alles noch nachts wieder einsortieren musste.

»Auftrag vom Chef. Du könntest Waffen reingeschmuggelt haben. Aber ich sag dir eins, die Panda–Unterwäsche werde ich niemals vergessen.«

Meine Wangen werden rot. Scheiße. Das habe ich komplett vergessen. Aber bei meinem Glück war es nur eine Frage der Zeit, bis meine niedliche Unterwäsche von jemandem entdeckt wird. Dass es aber gerade Valentin ist, macht mir etwas zu schaffen.

»Halt die Klappe«, schimpfe ich und laufe erhobenen Hauptes an ihm vorbei, nachdem ich ihm meinen Mittelfinger gezeigt habe. Blödmann. Als würde jedes Mädchen ständig in Reizunterwäsche rumlaufen. Ich kenne niemanden, der das gemütlich findet. Und bis vor kurzem hatte ich ja nicht mal Sex.

Ich spüre in meinem Rücken, dass er das Grinsen gar nicht mehr aus seinem Gesicht bekommt, während er mir folgt. Als ich im Wohnbereich stehe, weiß ich nicht mehr, wohin. Etwas hilflos sehe ich mich um. Es führen mehrere Treppen nach oben und außerdem gibt es einige Flure, die ich ebenfalls noch nicht betreten habe.

»Da lang, Sunshine.« Valentin schiebt mich zu dem Flur, der sich geradeaus befindet und bleibt kurz darauf vor einer Tür stehen. »Da wären wir.«

Mein Herz setzt aus, als ich meine Hand auf die Türklinke lege. Eigentlich bin ich nicht scharf darauf, Jack eine Erklärung zu geben. Ich weiß ja selber nicht, was mich geritten hat. Deshalb friere ich ein und überlege, was ich sagen soll. Dieses Vorhaben wird aber schnell von Valentin unterbrochen, der mir neckend in mein Ohrläppchen beißt.

»Viel Glück. Hoffentlich sehe ich dich wieder«, flüstert er und löst damit eine Gänsehaut bei mir aus. Allerdings weiß ich genau, dass er sich nur einen Spaß daraus macht, mir Angst einzujagen, und schlage ihm meinen Ellenbogen in den Magen.

»Du kannst mich mal«, fauche ich und verenge böse die Augen. Valentin scheint so etwas schon gewohnt zu sein und reibt sich nur leicht den Bauch, während er immer breiter grinst.

»Glaub mir, eines Tages. Aber erstmal musst du dir dein »Na na« abholen. Bis später und brech dir nicht die Flügel«, feixt er und verschwindet dann im Wohnbereich.

Leise schnaube ich, bevor ich an der Tür klopfe und langsam in das Büro von Jack eintrete. Es ist genauso, wie ich es mir vorgestellt habe, übertrieben modern und farblos. Nur das Wichtigste ist vorhanden, was auf Dauer sicher für Depressionen sorgen kann. Ich zumindest würde mich hier absolut unwohl fühlen.

»Das hat gedauert«, brummt Jack an seinem Bürotisch und tippt irgendetwas auf seinem Laptop. Das allerdings in einer überaus schnellen Geschwindigkeit, als würde er nie etwas anderes gemacht haben.

»Ich bin mitten in meiner Hausarbeit. Was ... ist

denn?«, frage ich und nähere mich dem Stuhl vor seinem Schreibtisch. Beinahe fühle ich mich, als würde ich vor dem Dekan sitzen und müsste mich rechtfertigen. Na ja, Zweites trifft wohl auch zu.

Ohne mich weiter zu beachten, schreibt er weiter und nutzt seine Maus, um einige Klicks zu machen. Erst danach widmet er sich mir und mustert mich eine Sekunde lang. »Ich bin also dein Freund, ja?«

Mir rutscht das Herz in die Hose. Ja, ich wusste, dass er darauf hinaus will, aber so, wie er es sagt, komme ich mir noch dümmer vor als zuvor.

Meine roten Wangen verraten mich, doch ich kann einfach nicht anders, als peinlich berührt auf diesem scheiß Stuhl zu sitzen und mich zu räuspern.

»Na ja, ich … hatte keine andere Wahl. Meine Freunde haben mich ausgefragt und das erschien mir die einzige … logische Erklärung zu sein.« Jetzt, da ich es ausgesprochen habe, klingt es trotzdem dämlich. Vielleicht ein Grund, warum Jasmine mich angesehen hat, als wäre ich frisch aus der Psychiatrie ausgebrochen.

Jacks Augen mustern mich weiter. Es kommt mir vor, als würde er minutenlang dasitzen und mich ansehen, bis er endlich von seinem Platz aufsteht und sich vor mir an den Tisch lehnt. »Weißt du, was mir bei meiner Freundin wichtig ist, Andriana?«

Ich schlucke und schüttle den Kopf. Ein leichtes Lächeln legt sich auf seine Lippen, als er sich zu mir beugt und sich dabei am Stuhl abstützt.

»Dass meine Freundin gerne Sex mit mir hat.«

Mein Verstand ringt um Worte, doch es kommt einfach keines aus meinem Mund. Natürlich, wenn man ein

Paar ist, ist es normal, dass man gerne Sex miteinander hat. Doch ich werde mich immer dagegen wehren, es gerne mit ihm zu tun. Wir haben einen Vertrag, nichts weiter.

»Es war nur eine Ausrede. Ich wollte nicht, dass sie … komische Fragen stellen, die ich nicht beantworten kann«, antworte ich und senke meinen Blick, um ihm nicht mehr in die Augen schauen zu müssen.

»Und du dachtest nicht daran, es vorher mit mir abzusprechen?«

Fuck, nein. Daran dachte ich nicht. Aber wenn ich das jetzt zugebe, bin ich am Arsch.

Ich schüttle den Kopf und höre Jack schnauben, bevor er sich aufstellt und etwas aus der Schublade seines Schreibtisches holt. Fragend sehe ich ihm dabei zu, wie er die Papieren beiseiteschiebt und auf die Tischplatte klopft. »Ich will, dass du dich hier hinlegst.«

Ich sehe Flammen in seinen Iriden und ich weiß, ich werde keinen Spaß haben. Oder doch?

Ich stehe von meinem Platz auf und setze mich auf den schwarzen Schreibtisch, der selbst durch meine Jeans eine unangenehme Kälte ausstrahlt.

»Und nun zieh dich aus.«

Jacks Stimme wird immer düsterer, weshalb ich einfach mache, was er sagt. Da ich aber einen besonders schlechten Tag habe, muss ich in der gemütlichen Unterwäsche daliegen, die heute ein fröhliches Kätzchen zeigt. Vielleicht bin ich doch in einem anderen Alter stecken geblieben. Als Jack meine Unterwäsche erblickt, hebt er nur eine Augenbraue.

»Die andere kratzt so.«

Noch peinlicher muss es nun wirklich nicht werden. Ich zucke also mit den Schultern und lasse mich von Jack auf diesen kalten, ungemütlichen Schreibtisch drücken.

»Ich hasse es, wenn Dinge nicht abgesprochen sind, Andriana. Aber weißt du, was ich dafür umso mehr liebe?« Er zieht meine Hände auf den Tisch und bindet sie fest. Dass er sogar die Möglichkeit hat, hier seine Mädchen zu fesseln, hätte ich nicht gedacht. Aber wie es aussieht, hat er an seinem Tisch einige Vorrichtungen dafür anbringen lassen. Wunderbar. Nicht mal hier bin ich sicher.

Auf seine Frage hin schüttle ich den Kopf.

»Ich liebe es, zu bestrafen«, raunt er und reißt mir in der nächsten Sekunde meinen BH und mein Höschen vom Körper. Diesen BH kann ich also auch in die Tonne kloppen. Super.

Als er aber kleine Pads auf meine Nippel und meine Mitte legt, bekomme ich es mit der Angst zu tun. »Was machst du da?«, will ich nervös wissen und sehe zu, wie er die Kabel feinsäuberlich an eine kleine Maschine anschließt. Sie sieht aus wie ein Wehensimulator oder so was. »Was ist das? Nimm das weg!« Wie blöd bin ich, mich freiwillig auf diesen harten Tisch zu legen und wirklich zu denken, dass er mich liebevoll ficken wird? Habe ich gar nicht aus dem letzten Mal gelernt?

»Das ist ein Elektro-Sex-Gerät. Du wirst sehen, dass es großen Spaß machen kann. Wobei das eher mir obliegt.«

Mein Körper beginnt zu zittern. Das kann er doch nicht tun. Was, wenn ich den Schmerz nicht aushalte? Wenn es mir am Ende dadurch schlecht geht?

»Bitte tu das nicht, ich …« Mein Körper verspannt sich, als Jack das kleine Gerät anschmeißt und schwache elektronische Wellen durch mich hindurchfließen. Ich stöhne auf und spüre, wie meine Perle sofort zu pulsieren beginnt. Auch meine Nippel stellen sich auf und werden mit jeder Sekunde empfindlicher. Ich drücke meinen Kopf fest zurück und winde mich unter dem süßen Schmerz, den er mir zukommen lässt. Erst nach einigen Sekunden stellt er das Gerät aus und lehnt sich über mein Gesicht.

»Dann bin ich eben dein Fake-Freund. Aber ich verspreche dir, dass ich alles mit dir machen werde, was ich auch mit meiner Freundin machen würde.« Sanft gleitet er meine empfindliche Haut hinab und schmunzelt, da ich mich kaum zusammenreißen kann. Es kommt mir vor, als würden selbst seine Hände kleine Elektrowellen aussenden, so sensibel bin ich. »Aber ich weiß, dass du das aushältst. Und dass du es magst.« Fest legt er seine Hand um meinen Hals und beginnt mich fest und fordernd zu küssen. Mir bleibt nichts anderes übrig, als seine Küsse zu erwidern. Als er aber das Gerät erneut einschaltet, stöhne ich so laut in seinen Mund hinein, dass mich das Geräusch selbst anturnt.

Bisher hatte ich noch keine körperlichen Erfahrungen mit Strom machen können. Um ehrlich zu sein, wusste ich nicht mal, dass es so was gibt. Aber die Angst, die vorher in mir herrschte, ist verschwunden. Ich erzittere unter der Tortur und spüre den Höhepunkt in mir aufkommen, was Jack zu bemerken scheint, worauf er das Gerät wieder ausschaltet.

»Wäre es denn eine Strafe, wenn ich dich sofort

kommen ließe?«, haucht er gegen meinen Mund und wandert mit seinen Lippen zu meinem Hals, um leicht in ihn hineinzubeißen. Ich keuche und meine Hände und Füße verkrampfen sich.

Mit einem bösen Lächeln im Gesicht gleitet er an meinem Körper hinab, bis er an meiner Pussy ankommt, durch die er schnell mit seinen Fingern fährt. Ich schrecke auf und kneife die Augen zusammen. »So feucht«, faunt er und küsst meine Schamlippen, als wäre ich seine Geliebte. Jeder Kuss bringt mich zum Stöhnen. Ich will mehr und drücke ihm meinen Schoß entgegen, was er mit sanften Liebkosungen seiner Zunge beantwortet. Mir wird schwindelig, als er dazu noch das Gerät einschaltet und meinen Körper in komplette Ekstase versetzt. Nur noch eine Sekunde und der Orgasmus wäre auf mich hineingeprasselt, doch plötzlich lässt er von mir ab und zieht die Pads von meinen Nippeln. Ein Schrei entfährt mir, als sie an meiner Haut reißen und ein unangenehmes Brennen hinterlassen.

»Wie wärs, wenn du mal ein bisschen was tust. Vielleicht lasse ich dich dann kommen.« Mit einer schnellen Handbewegung befreit er meine Handgelenke von den Fesseln und hilft mir, mich aufzusetzen. Allerdings ist die Erregung weiterhin so stark, dass mir sofort schwindelig wird. Auch meine Klitoris verlangt nach mehr und pulsiert bei jeder kleinen Berührung, selbst wenn es meine Beine sind, die an ihr reiben.

Jack drückt mich auf die Knie und beginnt seine Hose auszuziehen. Als mir sein Schwanz entgegenspringt, weiß ich, worauf er hinaus will.

Unsicher sehe ich zu ihm hoch. »Ich … hab so was

noch nie gemacht«, stammle ich peinlich berührt, was er mit einem leisen Schnauben beantwortet.

»Dann wirst du es jetzt lernen. Mund auf, schwarzer Engel.«

Ich schlucke. Ich hatte eigentlich immer vorgehabt, dass ich niemals jemandem einen blasen werde. Aber dieses Mal scheine ich keine Wahl zu haben. Nervös öffne ich meinen Mund und lasse ihn von Jacks Hand auf seinen Schwanz gleiten, der bereits steht wie eine Eins. Sofort entwickelt sich ein Würgereflex, den ich kaum zurückhalten kann. So schnell wie möglich nehme ich wieder Abstand und huste einige Sekunden vor mich hin.

»Wir haben den ganzen Tag Zeit. Du wirst hier erst rausgehen, wenn ich in deinen Mund gespritzt habe«, knurrt Jack ungehalten und sieht von oben auf mich herab.

Dieser Wichser. Was denkt er denn, was ich alles schon vorher gemacht habe? Ich bin einundzwanzig und habe noch nicht mit der halben Stadt gefickt, wie manch andere meiner Kommilitonen.

Aber da ich nicht vorhabe, hier den ganzen Tag gequält zu werden, tue ich, was er sagt, und nehme seinen harten Schwanz erneut in den Mund. Ich schließe die Augen, um mich zu konzentrieren. Dabei nehme ich meine Hand zur Hilfe und lasse sie auf- und abgleiten. Ich bin unbeholfen und finde nicht den richtigen Rhythmus, aber Jack legt trotzdem den Kopf in den Nacken und atmet immer schwerer. Auch wenn ich eine absolute Anfängerin bin, scheint es ihm zu gefallen. Ich werde nach und nach mutiger und beginne meine Zunge mit ins Spiel zu bringen. Ich lecke sanft seinen Schaft entlang und bleibe bei seiner Eichel stehen.

»Du kannst härter sein, Andriana. Trau dich.« Mit seiner Hand umfasst er meine, die immer noch an seinem Schaft liegt, und beginnt sie etwas zu drücken.

Ich versuche, mich seinem Rhythmus anzupassen, und merke schon wieder dieses intensive Kribbeln des Pads an meiner Pussy, das mich augenblicklich zum Stöhnen bringt. Mein Mund schmiegt sich fester um seinen Schwanz, was er mit einem wohligen Knurren erwidert. Ihn so zu sehen, macht mich feucht, ob ich will oder nicht. Auch wenn ich ihn hasse. Auch wenn er mich mehrmals verkauft hat. Ich kriege nicht genug von diesem Anblick.

Dieses Mal lässt er das Gerät, das nur noch an meiner Pussy klebt, an und bringt mich damit so extrem zum Kommen, dass ich mich dabei fest in seinen Oberschenkel krallen muss. Auch mein Mund spannt sich um seinen Schaft. Allerdings denkt er nicht daran, das Elektroteil auszuschalten, und löst damit einen Höhepunkt nach dem anderen aus. Ich bin kurz davor, ohnmächtig zu werden, als ich eine warme Flüssigkeit in meinem Mund spüre.

Ich nehme schnell Abstand und will das Sperma ausspucken, als Jack die Hand auf meinen Mund legt.

»Schlucken, schwarzer Engel. Jetzt.«

Überrascht schaue ich in seine Augen und tue, was er sagt. Sein Sperma schmeckt ein wenig salzig, doch ich habe es mir schlimmer vorgestellt. Er sieht mir zu, wie ich es bis zum letzten Tropfen runterschlucke, und streicht mir einen kleinen Rest aus dem Mundwinkel.

»Gut gemacht.«

Ich will etwas erwidern, doch ich spüre einen stechenden Schmerz in meiner Körpermitte. Das Pad, das an der komischen Maschine angeschlossen ist, ist weiterhin an und wird erst jetzt von mir abgezogen. Völlig fertig breche ich zusammen und werde gerade so von Jack davor bewahrt, auf den Boden zu fallen. Ich hab keine Ahnung, wie oft ich insgesamt gekommen bin, aber ich bin so fertig, dass ich kaum die Augen offenhalten kann.

»Willkommen in meiner Welt, schwarzer Engel. Gewöhn dich an die Vorlieben deines ›Freundes‹«, murmelt er an meine Schläfe, bevor ich endlich die Augen schließe und in einen tiefen Schlaf falle.

KAPITEL 17

ANDRIANA

Ich habe Schwierigkeiten zu laufen, als ich zusammen mit Valentin und Shane in Richtung Campus gehe. Immer wieder muss ich anhalten und eine Pause machen. Nicht nur, dass ich wahnsinnigen Muskelkater habe, auch bringt mich meine Pussy beinahe um. Sie ist so gereizt, dass ich heute Morgen kaum duschen konnte. Die Elektrostimulation von Jack hat mir den Rest gegeben. Ich hatte keine Ahnung, dass so was möglich ist, aber jetzt weiß ich es umso besser. Er hat mich danach ins Bett getragen und ist dann einfach so abgezischt. Nicht dass ich damit gerechnet hätte, dass er mir noch einen Gute–Nacht–Kuss gibt, aber ich hatte so meine Probleme damit, danach allein zu sein. Meine Hausarbeit konnte ich nicht mehr weiterschreiben, aber dafür habe ich durchgeschlafen. So bin ich jetzt zwar ausgeschlafen, aber trotzdem unglaublich gerädert. Ist ja auch kein Wunder, wenn man das erste Mal so eine Erfahrung machen muss.

Wieder halte ich an und mache eine Pause auf einer kleinen Bank. Nur ein bisschen ausruhen und dann geht es sicher wieder. Tief atme ich durch und reibe meine Oberschenkel.

»Gott, Sunshine. Wir sind gerade einmal zehn Meter gelaufen und schon wieder brauchst du 'ne Pause? Schwach«, grinst Valentin und bleibt mit Shane vor mir stehen.

Böse blinzle ich ihn an und zeige ihm den Mittelfinger. Das ist ja wohl die Höhe.

»Fick dich. Ich habe Muskelkater und brauche heute mal etwas länger. Lebt damit«, zische ich und reibe mir die Waden, die am meisten gelitten haben. Beinahe hätte ich durch diese Foltermaschine einen fetten Krampf bekommen, wenn Jack sie noch länger hätte laufen lassen. Wie kommt man überhaupt auf so einen Fetisch? Ich bin mir sicher, so was noch nie auf irgendwelchen Pornoseiten gesehen zu haben. Aber generell bin ich da nicht so bewandert. Vielleicht sollte ich wirklich anfangen, mich dahingehend etwas weiterzubilden, um nicht wieder so eine Überraschung zu erleben.

»Sollen wir dich tragen?«, will Shane wissen und hebt eine Augenbraue, während er meinen Gedankengang unterbricht.

»Auf keinen Fall. Ich bin sowieso schon Thema Nummer eins, weil ihr mir den ganzen Tag hinterherlauft. Wenn ich jetzt auch noch getragen werde, kann ich mir gleich eine andere Uni suchen.«

Und darauf habe ich absolut keine Lust. Jasmine weiß alles über absolut jeden und könnte mir auch genau sagen, welche Gerüchte über mich im Umlauf sind. Allerdings habe ich das immer wieder abgelehnt. So scharf darauf bin ich nun auch wieder nicht, zu wissen, was man über mich erzählt. Am Ende ist es sowieso nur Bullshit. Menschen können grausam sein, vor allem, wenn es um Neid geht. Und den begehrtesten Kerl als Freund zu haben ist nicht gerade das, womit ich mich brüsten kann. Zumindest nicht hier.

Mitfühlend atmet Valentin durch und legt sein berühmtes Grinsen auf. »Mir kommen die Tränen. Sieh zu, wir haben einen straffen Zeitplan!« Ruckartig zieht er mich von der Bank und schiebt mich in Richtung der Vorlesungssäle. Murrend mache ich, was er sagt, und muss beinahe bei jedem Schritt wimmern. Ab und zu wiederholt Shane seinen Vorschlag, den ich aber weiterhin entschieden ablehne. Das fehlt ja noch, dass ich mich von meinen Bodyguards tragen lasse.

»Na, wie war der Fick gestern? Scheinbar hast du seine besondere Ader entdeckt, hm?«

Am liebsten würde ich Valentin in den nächsten Busch schubsen für diesen dummen Spruch. Aber da wir schon beim Campus angekommen sind, verzichte ich vorerst auf eine Szene.

»Shane? Kannst du deinen Freund bitte etwas zurückhalten, bevor ich ihm etwas antue?«, knurre ich, ohne den Blick von der Straße zu nehmen.

»Ich denke, dass er eine kleine Abreibung durchaus verdient hätte.« Ich sehe Shane selten grinsen, aber dieses Mal ist es schön zu sehen, wie er seinen Kollegen von der Seite anschielt. »Aber heute nicht.«

»Danke«, seufze ich und steuere den Vorlesungssaal an, in dem ich erst ein paar Mal war. Als ich hineingehen will, folgen mir Valentin und Shane, was mich zum Anhalten bringt. »Auf keinen Fall.« Meine Augen werden größer, als ich die Oberkörper der beiden zurückhalten muss. Dabei fällt mir jetzt erst auf, wie gut gebaut sie unter ihren Hemden sind. Verdammt. Diese Gedanken kann ich mir echt sparen.

»Was heißt hier auf keinen Fall?« Valentin legt den Kopf schief und schaut hinter mich in den Saal, der bereits mit einigen Studenten gefüllt ist.

»Ihr werdet nicht mit rein kommen. Die letzten Male habt ihr vor dem Raum gewartet und das wird auch so bleiben. Holt euch einen Kaffee oder sonst was, aber lasst mir wenigstens hier meine Ruhe«, erkläre ich und sehe, dass eine gute Bekannte bereits auf unserem Stammplatz sitzt. Ellie ist lieb, auch wenn sie sich in jeden neuen Kerl verknallt, der ansatzweise gut aussieht. Manchmal ziemlich nervig, sich diese Schwärmereien anzuhören. Als würde Jasmines Euphorie gegenüber Noah nicht schon reichen.

»Der Kaffee hier soll gut sein« grätscht Shane dazwischen und sieht zu Valentin, der das Gesicht verzieht.

»Bist du bescheuert? Der Kaffee soll scheiße sein.«

Ich seufze leise, als ich die Tasche über meine Schulter ziehe. Dass ich wirklich mit ihnen darüber diskutieren muss, war mir am Anfang nicht wirklich klar. Doch sicherlich würden sie sich in meinen Kursen zu Tode langweilen. Jura ist nicht umsonst eines der trockensten Studienfächer, die es gibt.

»Gehen wir. Wir sind da, bevor es vorbei ist.« Ein leichtes Lächeln legt sich auf Shanes Lippen, was ich zu erwidern versuche. Immerhin ist mir klar, warum sie mich bewachen. Sie sollen dafür sorgen, dass ich keine Scheiße baue, um etwas anderes geht es hierbei nicht. Und schon gar nicht geht es um meine Sicherheit.

Nachdem ich den beiden zugewunken habe, gehe ich

in den Saal und setze mich neben die blonde Ellie, die bereits ihren kleinen Laptop aufgeklappt hat. Dieses Ding muss echt aus der Zukunft stammen.

»Guten Morgen. Wer waren denn die beiden süßen Kerle da?«

Ich weiß nicht, wie oft ich heute noch seufzen soll, aber mitzählen will ich auch nicht. Also schnappe ich mir meinen Laptop, um ihn auf meinen kleinen Tisch zu stellen.

»Valentin und Shane. Dass du es noch nicht gehört hast, wundert mich.« Denn immerhin muss der ganze Campus doch schon Bescheid wissen. Aber offensichtlich gibt es noch Menschen, die sich nicht nur für mich und mein Leben interessieren, sondern auch ein eigenes besitzen.

»Das sind die Bodyguards von Drayton?« Gleich fängt sie an, auf den Tisch zu sabbern, weshalb ich ein bisschen Abstand nehme und mich räuspere.

»Jap.« Was soll ich auch sonst dazu sagen? Meine Freunde sind es sicher nicht. Es kommt mir vor, als würde ich jeden Tag dieselbe Platte abspielen. Jeden Tag zu erklären, was gerade Phase ist, ist so langsam mehr als ermüdend.

»Und haben die beiden … « Ihre Stimme versagt, als sie zum Eingang schaut.

Ich folge skeptisch ihrem Blick und weiß sofort, warum sie so schaut. Da läuft eine verdammte zehn von zehn herein und bleibt auch noch beim Pult stehen, um ihre Unterlagen dort abzulegen.

Ich erblicke einen Mann mit mittellangen, braunen Haaren und einem Gesicht wie aus dem Bilderbuch. Sein

Anzug sieht aus, als wäre er maßgeschneidert und an seinem Hals befinden sich Tattoos, die schon etwas älter aussehen. Im Augenwinkel erkenne ich, wie die Mädchen um mich herum verstummen. Allerdings bin ich mir auch sicher, dass er, wenn er diesen Anzug nicht tragen würde, aussähe wie ein Mafioso. Ein verdammt gut aussehender Mafioso, der aus einem Film entsprungen sein könnte.

Der Saal wird ruhig, als der Mann seinen Namen auf die Tafel schreibt. Allerdings nur seinen Vornamen was die Leute um mich herum zum Tuscheln anregt. Und auch ich frage mich, warum er das macht. Ich hab noch keinen Professor gehabt, dessen Vornamen ich kenne.

»Ich stehe nicht so darauf, mit meinem Nachnamen angesprochen zu werden. Deswegen belassen wir es bei einer persönlicheren Anrede.« Sofort hat er wieder alle Aufmerksamkeit auf sich, als er autoritär über die Menge schaut. Sein Blick wirkt, als würde er jeden Einzelnen von uns analysieren, doch bei mir bleibt er eine Sekunde länger stehen.

»Mein Name ist Elijah und ich bin heute ihr neue Professor zum Thema Strafrecht.«

Schon wieder tuscheln die Menschen, während ich den Blick nicht von dem Mann lassen kann, dessen blaue Augen bis zu mir scheinen.

»Hey, Ria. Hast du schon mal so einen Kerl gesehen? Er kann nicht älter als dreißig sein. Vielleicht zweiunddreißig«, flüstert Ellie in mein Ohr.

Ich unterdrücke ein Schmunzeln und nicke. Tatsächlich muss ich ihr zustimmen. Er würde perfekt in die Drayton-Villa passen und doch ist da etwas, was ihn von den anderen Männern in meinem Leben absolut unterscheidet.

»Da gehe ich mit«, kichere ich und sehe schon, wie Ellie im Internet nach seinem Profil sucht. Ja, es gibt noch schlimmere Menschen als Jasmine, in diesem Fall.

»Ich möchte Ihnen sagen, dass mein Kurs alles andere als einfach sein wird. Ich sortiere gerne die Schwächsten aus, bevor ich auf die Stärksten eingehe. Worauf Sie sich bei mir einstellen müssen, habe ich Ihnen in einer Informationsmail geschrieben. Vorerst würde ich Sie bitten, mir Ihre Namen mitzuteilen.«

Natürlich hatte der alte Professor nicht daran gedacht, eine Liste anzulegen. Ich habe mich sowieso gewundert, dass Mister Green in seinem Alter noch unterrichten durfte. Aber die Antwort habe ich ja jetzt bekommen. Elijah wirkt durchaus professionell und ruhig, wobei ich mir Sorgen mache, ob ich zu den Schwächeren oder den Stärkeren gehören werde.

»Wir gehen von vorne nach hinten. Bitte.« Mit dem Finger zeigt er auf die erste Person, die ihren Namen nennen soll. Ich sitze recht weit hinten, und kann Ellies Bein, dessen Zittern mich nervös macht, für einen Moment ruhigstellen.

»Komm runter, er ist unser Professor, Ellie«, raune ich, doch die Blondine winkt ab und schnalzt mit der Zunge.

»Na und? Für den Kerl würde ich meine ganze Karriere fallen lassen.«

Was wohl auch daran liegt, dass sie aus einer reichen Familie stammt, die sowieso zu viel Kohle hat, als dass sie es in ihrem Leben jemals ausgeben könnte. Eben deswegen ist Ellie nur eine Bekannte. Ihr bedeutet Geld alles. Sie schwimmt darin. Seit ich bei Jack wohne, habe ich zwar ebenfalls eine Menge Luxus um mich, aber all das gibt mir auch nicht meine Lebensfreude wieder, denn im Grunde weiß ich genau, dass es nicht mein Zuhause ist, sondern ein Käfig. Ich spiele ein Spiel, das meine Freunde verletzen wird. Und warum? Weil ich so viele Schulden habe, dass es Jahrzehnte dauern würde, es auf einem normalen Weg abzuzahlen. Ich musste das Angebot annehmen.

Als mich Ellie in die Seite pikt, werde ich aus meinen Gedanken gerissen.

»Träumen Sie?« Elijahs tiefe und kratzige Stimme hallt in meinen Ohren wider. Leise räuspere ich mich.

Ach du Scheiße. Ich war so in meinem Tagtraum gefangen, dass ich gar nicht mitbekommen habe, dass ich schon lange an der Reihe bin. Wie viel Pech muss man haben?

»Ja. Nein. Tut mir leid.« Wie peinlich. Ich höre einige Stundenten kichern und erst jetzt bemerke ich, dass auch Chloe sich entschieden hat, in diesen Kurs zu kommen. Mit einem verächtlichen Blick sieht sie zu mir nach hinten und mustert mich so auffällig, dass es automatisch unangenehm wird. Blöde Bitch. Sie ist doch sonst nicht in den Kursen, also warum macht sie sich gerade heute die Mühe?

»Ich würde gerne Ihren Namen wissen.« Das leichte Lächeln, das Elijah an den Tag legt, beruhigt mich sofort und lässt mich die anderen Arschlöcher vergessen.

»Natürlich. Mein Name ist Andriana Fleming. Bitte entschuldigen Sie.« Nun habe ich einen übertrieben heißen Professor und verkacke es sofort. Herzlichen Glückwunsch. Besser kann der Tag doch gar nicht für mich laufen.

Elijah zuckt mit den Augenbrauen, bevor er irgendetwas vor sich hin flüstert, und schreibt sich meinen Namen auf, bevor er die Reihe weiter durchgeht.

»Der steht auf dich«, grinst Ellie breit und wippt mit den Augenbrauen.

»Klar doch. Ich glaube eher, er hasst mich, weil ich geträumt habe«, lächle ich und versuche, mich auf meinen Laptop zu konzentrieren. Die E-Mail von Elijah ist bereits angekommen und sofort wird mir schlecht. Nicht nur, dass verdammt viele Hausarbeiten auf mich warten, auch ist es Pflicht, mindestens drei Vorträge zu halten. Wenigstens kann man sich das Thema selbst aussuchen. Ich weiß nicht, ob ich den Kurs von Elijah bestehe. Allein die vielen Themen werden mir zusetzen und wenn auch er das Kriterium hat weniger Worte zu schreiben, bin ich am Ende.

Die Zeit vergeht wie im Flug. Als alle zusammenpacken, verabschiedet sich Ellie und winkt aufgeregt einer Freundin zu, bevor sie sich vor mir durchzwängt und dabei meinen Laptop herunterschmeißt. Vielen Dank auch. Sie ist so energiegeladen, dass sie nicht mal merkt, was sie angerichtet hat. Genervt hebe ich den kleinen Computer auf und bin erleichtert, dass er mit einem kleinen Kratzer davongekommen ist.

Nachdem ich meine Sachen zusammengepackt habe, laufe ich die Stufen runter und will den Ausgang ansteuern, als mich Elijahs Stimme aufhält.

»Andriana? Warten Sie bitte noch einen Moment?«

Mein Herz macht einen Sprung, als er meinen Namen sagt. Mit trockenem Hals räuspere ich mich und gehe zurück zu seinem Pult.

»Ja? Brauchen Sie noch was von mir?«

»Sie sehen wirklich aus wie Ihre Mutter. Wissen Sie das eigentlich?«

Mir entgleiten die Gesichtszüge. Elijah sieht mich mit einem Lächeln an und mustert mich kurz.

»Sie … kannten meine Mutter?«, ist alles, was ich sagen kann. Es ist nicht zu fassen. Meine Mom war eine beliebte Frau, aber eigentlich kannten sie nur Personen in ihrem Alter. Dass gerade jemand wie er sie kannte, lässt mich mit offenem Mund dastehen.

»Hm, sehr gut sogar. Wir haben uns im Supermarkt kennengelernt, in dem sie mal gearbeitet hat. Ich war Stammkunde«, erklärt er und lässt den Blick nicht von mir.

Meine Beine werden wackelig, da er mich so ansieht. Aber ich versuche cool zu bleiben und nicke.

»Wow, das … ist ein Zufall«, lächle ich und ziehe meine Tasche etwas höher auf meine Schulter, während ich die andere Hand auf das Pult lege, um nicht das Gleichgewicht zu verlieren.

»Tut mir leid um den Verlust. Sie war eine gute Frau. Wenn es irgendwas gibt, worüber Sie reden möchten, dann scheuen Sie sich nicht, mich anzusprechen, in Ordnung?« Sanft legt er seine Hand auf meine und fesselt mich mit seinen hellen Augen.

»Danke, ich … komme schon klar. Ich bin einfach froh, dass ich weiterhin hier studieren darf. Nur bin ich nicht der Typ für Vorträge, wenn ich das vor meinen Kommilitonen machen muss.« Leise lache ich und schlucke, da die Wärme seiner Hände auf meinen Körper übergeht. Die Spannung ist klar zu spüren, doch ich weigere mich, meine Hand wegzuziehen.

»Wie wärs, wenn ich Ihnen etwas helfe? Ich habe von Mister Green gehört, dass sie hervorragende Hausarbeiten schreiben. Aber Sie haben Probleme mit der Anzahl an Wörtern, stimmts?«

Mister Green hat nie gesagt, dass ich gute Hausarbeiten schreibe. Eigentlich hat er sich eher beschwert, wenn ich fünfzig Wörter mehr geschrieben habe, als es gewünscht war. Aufregen konnte sich der Typ ziemlich gut.

Etwas unsicher nicke ich.

»Das ist gut. Behalten Sie das bei und die anderen Sachen bekommen wir auch in den Griff. Außerdem wird es noch dauern, bis ich Vorträge halten lasse. Sie können mit Ihren Hausarbeiten also schon mal genug Punkte sammeln.«

Ich kann mir nicht helfen, aber Elijah löst in mir eine Nervosität aus, die ich nicht kontrollieren kann. Allein diese Geruchsmischung aus Minze und Rauch macht mich fertig.

»Danke, das ist wirklich nicht nötig.«

»Das mache ich auch für Karen. Ich erkenne sie in Ihnen.« Seine Hand bewegt sich zu meinem Gesicht, während er konzentriert meine Haut begutachtet. Ich bekomme eine Gänsehaut und fühle mich wie eingefroren. Er ist mein Professor. Das muss ich mir immer wieder ins Gedächtnis rufen. Eigentlich gibt es unendlich viele

Worte, die ich ihm sagen will, aber es kommt kein Mucks aus mir heraus. Erst als er die Hand von meinem Gesicht nimmt und seine Papiere einsammelt, befreie ich mich aus der Schockstarre.

»Ich wünsche Ihnen einen schönen Tag, Miss Fleming.«

Kaum bemerkbar sieht er mich noch einmal von oben bis unten an und verschwindet dann aus dem Vorlesungssaal, worauf ich ihm lange Zeit nachsehe. Ich weiß nicht wieso, aber ich fühle mich hin– und hergerissen. Einerseits vertraue ich ihm, weil er meine Mutter kannte. Aber andererseits ist da diese Spannung, die mir Angst macht. Dieses Kribbeln, das ich nicht einschätzen kann.

Wer ist er?

KAPITEL 18

ANDRIANA

Noch immer bin ich in Gedanken bei den Worten von Elijah. Er kannte meine Mutter und die beiden waren sogar befreundet. Wie kann sie mir nie von so einem Mann erzählt haben? Meine Mom und ich waren wie beste Freunde. Oft haben wir uns Männer angesehen und sie bewertet. Von eins bis zehn waren meistens leider nur harmlose Fünfen dabei, die alles andere als unser Typ waren. Angefangen hatte alles mit der Bewertung von Badehosen. Tja, irgendwann wurde ich älter und begann mich für Jungs zu interessieren. Wenn sie so einen Kerl in ihrem Freundeskreis hatte, warum hat sie kein Wort darüber gesagt? Ich kannte alle ihre Freunde, selbst die komischen Bekannten, die mir immer in die Wange gekniffen haben. Aber er? Vielleicht sind sie nicht so gut auseinandergegangen oder haben sich schon vorher aus den Augen verloren?

Mit einem leisen Seufzen gehe ich um die nächste Ecke und werde von einer Hand überrascht, die sich fest auf meinen Mund legt. Der große Körper, der mich umschließt, zieht mich mit sich und schiebt mich in das Krankenzimmer, das direkt an meinem Vorlesungssaal anschließt. Ich bekomme Panik und beiße so fest ich kann in die Hand, die dafür sorgt, dass ich nicht schreien kann. Als ich einen schmerzerfüllten Schrei höre, stöhne ich genervt und drehe mich um.

»Bist du wahnsinnig? Was soll das?«, keife ich und verschränke die Arme vor der Brust, während ich zusehe, wie Valentin die Tür hinter uns zuschließt. Ich hab mir beinahe in die Hose gemacht und er hat nichts Besseres zu tun, als mich ins Krankenzimmer zu schleifen, als wäre er ein Mörder oder Vergewaltiger.

»Ich schwöre dir, ich mach dich fertig«, knurrt Valentin zurück und wirkt auf einmal ganz anders als zuvor. Meine böse Miene verwandelt sich in eine unsichere, als ich ein paar Schritte zurückgehe. Doch der blonde Mann ist schneller und zieht mich ruckartig zu sich, um mich auf das Krankenbett zu drücken. Ich keuche auf und strample umher.

»Spinnst du? Lass mich los!«, meckere ich, doch verliere schon kurz darauf meine Stimme, als sich seine Hand so fest um meinen Hals legt, dass ich fürchte, gleich Sterne zu sehen. Okay, das hier ist alles andere als ein Spaß. Er meint es ernst.

»Was war das gerade mit diesem Professor, he? Hast du es genossen, dass er dich angefasst hat?« Seine Augen sind düster. Ganz anders als sonst. Ich erkenne ihn gar nicht wieder und spüre, wie mein Herz unruhig in meiner Brust klopft.

»Nein, er … hat nur mein Gesicht …«, stammel ich angestrengt in den Druck an meinem Hals hinein und halte sein Handgelenk fest in der Hoffnung, dass er von mir ablässt. Doch das passiert nicht.

»Was ist? Hätte er dich noch woanders anfassen

können? Dir hat es gefallen, dass er dich so angesehen hat, oder? Bist du feucht geworden?« Sein Tonfall verursacht einen stechenden Schmerz in meiner Brust. Wieso er auf einmal so verändert ist, weiß ich nicht, aber ich sehe nicht ein, mich vor ihm zu rechtfertigen. Es ist doch gar nichts passiert. Und Elijah hätte mich auch nirgendwo anders angefasst, da bin ich mir sicher. Uns verbindet etwas und genau das hat mir Mut gemacht, mir ein Stück von meiner Stärke zurückgegeben. Denn hier auf diesem Campus ist jetzt jemand, der Karen Fleming kannte. Meine Mutter.

»Wir haben nur geredet!« Ich verenge die Augen und muss blinzeln, um nicht in eine andere Welt abzudriften. Doch Valentin hört immer noch nicht auf.

»Weißt du was, Sunshine?«, fängt er an und kommt mir immer näher. Mittlerweile kann ich sein Parfüm gut riechen und es macht mich verrückter, als es soll. »Ich sehe es nicht mehr ein, mich zurückzuhalten.«

Mein Herz stürzt in eine eisige Höhle, als ich seine Worte höre. Was er damit meint, weiß ich und doch frage ich mich, wie er auf einmal darauf kommt, mich auch ficken zu wollen. Valentin ist ein Mann, der schöner kaum sein könnte. Meiner Meinung nach ist er von allen Männern in der Drayton-Villa der heißeste. Also warum sucht er sich nicht jemanden, der ihm keinen Ärger machen würde? Ich bin nicht die schönste Frau der Welt und mein Körper ist ebenfalls nicht perfekt. Und zu allem Überfluss gehöre ich seinem Boss. Dem Mann, der deutlich mehr in dem Wort Rache lesen kann, als normale Menschen. Also wieso sollte er gerade mich ficken?

Wild schüttle ich den Kopf. »Nein, das geht nicht«,

keuche ich in den festen Griff seiner Hand hinein und strample weiter mit den Beinen.

»Warum? Wegen Jack? Ist er hier? Sieht er zu? Fick auf Jack«, knurrt er zurück und legt im nächsten Moment seine Lippen auf meine. Ich versuche, ihm mein Gesicht zu entziehen, doch es gelingt mir nicht. Andererseits betäubt mich sein angenehmer Duft so sehr, dass ich Schwierigkeiten habe, ihm nicht freiwillig zu verfallen.

Fest beiße ich ihm auf die Lippe und sorge so dafür, dass er sich zurückziehen muss. Auch seine Hand löst sich endlich. Leise keucht Valentin auf und wischt sich mit seinem Daumen über die Unterlippe, an der ein bisschen Blut klebt.

»Wenn Jack davon erfährt, bist nicht nur du am Arsch! Fass mich nicht an«, zische ich und stütze mich auf meinen Ellenbogen ab.

»Ich mag es, dass du mich herausforderst, Babe. Es gibt nichts Spannenderes als ein Mädchen, das sich nicht einschüchtern lässt«, grinst er und streicht mir hauchzart über meine Wange. Seine Augen verändern sich erneut. Beinahe ist eine liebevolle Regung in ihnen zu sehen, die mich ruhiger werden lässt. Als würde er allein mit seinem Ausdruck so viel in mir auslösen, dass er alles mit mir anstellen kann, was er will. Wie eine Hypnose.

»Aber ich weiß, dass du es auch willst«, flüstert er und drückt mich zurück auf das Krankenbett, um mich ein weiteres Mal in einen leidenschaftlichen Kuss zu verwickeln, den ich dieses Mal nicht einfach so beenden werde. Seine Zunge tanzt mit meiner und seine Hand erforscht gierig meinen Körper.

Vorübergehend werde ich in eine andere Welt

katapultiert, die nur aus seinen Händen und Lippen besteht. Seine Hand ist rauer als die von Jack, als sie unter mein Oberteil fährt und bei meinen Brüsten zum Halten kommt. Forsch zieht er meinen Pullover hoch und öffnet mit geschickten Bewegungen meinen BH. Das macht er sicher nicht zum ersten Mal.

Als er meine Brüste sieht, erkenne ich das freche Grinsen, welches ich schon von ihm kenne. Und doch ist es dieses Mal deutlich dunkler und feuriger. »Wie kann ich die Finger von dir lassen, wenn du so aussiehst, Sunshine?«, haucht er mir an die Nippel und umkreist sie sanft mit seiner Zunge. Sofort verspannt sich mein Körper und verlangt augenblicklich nach mehr.

»Das … geht nicht.« Das Stöhnen will aus meinem Körper, wie sehr ich mich auch dagegen wehre. Immer mehr verblasst meine Vernunft. Mein Wille.

»Du gehörst vielleicht Jack, aber das hier muss nicht den Raum verlassen.« Fordernd saugt er an meiner Brustwarze und sorgt für ein Keuchen aus meiner Kehle, das ich nicht unterdrücken kann.

Wenn ich nichts sage, wird es niemals rauskommen, oder? Immerhin hätte Valentin nichts davon, wenn er Jack steckt, dass er mich gefickt hat. Bin ich mir da sicher? Oder ist das nichts weiter als ein Test?

»Schon als ich dich das erste Mal gesehen habe, wollte ich wissen, wie deine Pussy schmeckt.« Seine Lippen fahren an meinem Oberkörper entlang zu meinem Hosenbund. Leicht streichelt er über meinen Bauch und öffnet rasch meine Hose, ehe er sie von meinen Beinen zieht. Mit seiner Zunge sorgt er eine Sekunde lang für ein Beben in meinem Körper, als er durch meine Spalte leckt und schon hat er mich an der Angel. Ich habe schon oft von einem sogenannten Cunnilingus gehört, aber dass es sich so gut anfühlt, hätte ich nicht für möglich gehalten. Ich schreie leise auf, als er mich auf einmal ruckartig auf seinen Schoß dreht. »So schnell wird das nicht gehen, Babe. Ich weiß genau, dass du auch auf mich stehst. Richtig?«

Meine Augen verengen sich und schnell bin ich wieder etwas klarer im Kopf. »Warum sollte ich auf einen Kerl stehen, der meine Unterwäsche durchwühlt und mir ständig dumme Sprüche an den Kopf wirft?«

Valentin grinst auf meine Worte hin und gleitet von meinen Brüsten hinab zu meiner Hüfte.

»Ich will, dass du die Wahrheit sagst.« Fest greift er in meine Pobacken und löst einen unangenehmen Schmerz aus, der mich dazu bringt, die Augen zusammenzukneifen. »Du bist eine kleine Schlampe und willst nicht nur von einem Mann durchgefickt werden. Sag es!« Sein Griff wird fester, während ich schmerzverzerrt aufzische. Aber ja, er hat recht. Ich wäre dumm, wenn ich seine Schönheit nicht anerkennen würde. Ich bin in keiner Beziehung und lebe in einer Villa voller Kerle, die schöner nicht sein können. Wer wäre ich, wenn mich das kalt lassen würde? Und außerdem muss ich doch das Beste aus meiner Situation machen, oder nicht? Ich könnte heulend in der Ecke sitzen und mich bemitleiden oder einfach das tun, was ich gerade für richtig halte.

»Das kannst du ... vergessen.« Ich gebe niemals zu, dass es so ist. Valentin will spielen, aber ich spiele nicht mit. Er mag die Art von mir? Okay, dann kann er sie gerne bekommen.

Sein Blick wird finster, als er mit der Hand zu meiner Mitte fährt und sofort zwei Finger in mir versenkt. Ich bin verdammt feucht, weshalb die Finger unglaublich leicht in mich gleiten. Und schon wieder verrät mich mein Körper, wie ein Kameradenschwein.

»Deine Pussy sagt was anderes«, schmunzelt er und steht abrupt auf, um mich auf seinen Armen zur nächsten Wand zu tragen. Instinktiv schlinge ich meine Beine um seine Hüfte und kralle mich in seine Schultern, um nicht auf dem Boden zu landen.

»Wenn du dich gut festhältst, kann ich meine Hose loswerden.«

Will ich das? Will ich wirklich so ein Risiko eingehen? Fuck, ja, das will ich. Ich sehe nicht ein, einzig und allein für Jack zu leben. Wenn ich Spaß haben will, habe ich Spaß. Also halte ich mich gut an ihm fest und sehe zu, wie er die Anzughose von seinen Beinen streift. Sein Schwanz springt förmlich aus seinen Boxershorts und lässt mich schlucken. Er ist also nicht nur im Gesicht perfekt.

Valentin greift unter meine Arschbacken und hält mich weiterhin in der Luft, als er meinem Gesicht näher kommt. »Ich will, dass du nie wieder mit diesem Professor so redest wie vorhin. Hast du mich verstanden?«

Leise schnaube ich. »Du kannst mir nichts verbieten.« Genauso wenig wie Jack oder sonst jemand. Vielleicht habe ich einen Vertrag unterschrieben, aber mein Menschenrecht kann mir keiner nehmen.

»Oh, glaub mir, Sunshine. Ich kann einiges tun, wenn ich Lust darauf habe.« Mit einer Hand hilft er seinem Schwanz, in mich einzudringen, und sofort spüre ich das Adrenalin, das durch meinen Körper fließt. Da ich meine Beine anspanne, ist es nicht so leicht für ihn, in mich reinzukommen, doch nach und nach schiebt er sich immer mehr hinein. Und jeder einzige Stoß lässt meinen Schoß wärmer werden und hilft mir, mich zu entspannen. Valentin wird fordernder und harscher in seinen Stößen, was für kleine Schweißperlen auf meiner Stirn und meinem Rücken sorgt. Immer wieder stöhne ich auf und kralle mich fester in seinen Rücken, der immer noch von seinem Hemd bedeckt ist.

Seine Lippen berühren meinen Hals, mein Kinn, die kleine Stelle unter meinem Ohr. Und jeder einzelne Kuss lässt meine Gänsehaut noch stärker werden. Ich bekomme nicht genug von diesem Mann und versuche, meine Hüfte ebenfalls zu bewegen, was in dieser Stellung ziemlich schwierig ist. Dennoch gebe ich mich ihm völlig hin und genieße den Duft, auf seiner Haut. Zweifellos ist es ein Fehler, was wir hier tun, aber noch nie war mir etwas so egal.

Mit klopfenden Herzen spüre ich den Orgasmus in mir hochkommen und auch Valentin wird lauter und ungeduldiger. Seine Geschwindigkeit nimmt zu und die Gier in seinen Augen wird immer brennender. Wie es überhaupt möglich ist, ohne Vorspiel so schnell einen Orgasmus zu erzeugen, ist mir ein Rätsel, aber Valentin drückt genau die richtigen Knöpfe und stimuliert mich allein mit seinem Duft so sehr, dass mein Körper in voller Ekstase ist. Ich würde lügen, wenn ich sage, dass ich mir nie vorgestellt habe, ihn zu küssen oder ihn an mich ranzulassen. Aber der Aspekt, dass er gutheißt, was Jack tut, hat mich schnell wieder auf den Boden der

Tatsachen gebracht. Und trotzdem werde ich jetzt von ihm an eine Wand gedrückt und so durchgefickt, dass mir schwindelig wird. Meine Haut beginnt zu glänzen als sich meine Mitte zusammenzieht und das Gefühl, das sein pulsierender Schwanz in mir erzeugt, fühlt sich besonders intensiv an. Valentin keucht laut und spritzt sein Sperma in mich hinein. Ich weiß nicht, ob ich das richtig beurteilen kann, aber es ist mehr als bei Jack. Viel mehr. Hatte er lange keinen Sex? Die weiße Flüssigkeit fließt an meinen Beinen hinab, als er mich endlich runterlässt und zwischen seine Arme einkeilt. Noch immer ist er etwas außer Atem. Genau wie ich.

»Was ist los? Machst du dir wirklich Sorgen, dass Jacky–Boy es erfahren könnte.« Leicht beißt er auf seine Unterlippe und kneift meine Wangen zusammen. Allein wie er mich ansieht, macht mich verrückt. »Vielleicht verwende ich es ja gegen dich, wenn du frech wirst.«

Arschloch. Dass er mit so einer Scheiße um die Ecke kommt, war mir fast klar. Es ist immer noch Valentin, von dem wir hier reden.

»Fick dich«, keuche ich außer Atem und schlage gegen seine Brust, was ihn nur zum Lachen bringt. Nicht mal ernst nehmen kann er mich.

»Glaub mir, aus meinem Mund wird nichts kommen, wenn du auch nichts sagst. Solltest du aber deinen süßen Mund aufmachen, werde ich alles abstreiten. Und zwei Mal darfst du raten, wem er mehr glaubt.«

Ich weiß, dass er mich ärgern will, aber gleichzeitig glaube ich ihm jedes Wort. Denn am Ende ist es sein Job, um den es geht. Und der scheint ihm durchaus wichtiger zu sein, als ich. Aber wen wundert's? Ich rechne nicht mal damit, dass er mich richtig mag. Es ist nur Sex. Nichts weiter. Und irgendwie … ist das okay.

»Danke für diese ausführliche Rede«, murre ich und gehe zum Krankenbett, das ein bisschen durcheinandergeraten ist. Meinen BH kann ich in die Tonne werfen und mein Höschen hat er mir Gott sei Dank gelassen. »Kaufst du mir wenigstens einen neuen BH?«

Valentin lacht auf und schließt seine Hose. »Frag doch deinen Besitzer. Ich gebe dir ein paar Minuten, dann bist du am Eingang des Vorlesungssaals. War nicht einfach, Shane loszuwerden«, zwinkert er und schließt die Tür auf, um im nächsten Moment zu verschwinden.

Mit offenem Mund sehe ich dem Arschloch hinterher und versuche, irgendwie meinen BH wieder anzuziehen, was mir aber nicht gelingen will. Super. Nun darf ich ohne das Ding herumlaufen. Hervorragend.

Ich weiß nicht, was in mich gefahren ist, aber ich bereue nicht, was ich gerade getan habe. Auch wenn ich weiß, dass, sollte Jack davon Wind bekommen, ich mit absoluter Sicherheit tot sein werde.

KAPITEL 19

SHANE

Nur noch ein kleines bisschen und ich hätte etwas getan, was ich bereut hätte. Andriana bringt mich langsam um den Verstand und es macht mich rasend, nicht tun zu können, was ich will. All die Regeln und Anweisungen, die ich befolgen muss. All die Grenzen, die ich überschreiten könnte. Es macht mich verrückt.

Ich versuche, mich mit Küchenarbeit abzulenken, wenn sie zu ihren Vorlesungen geht. Ich kann an nichts anderes mehr denken als an ihre schlanken Beine, die es mir unmöglich machen, wegzusehen. Nicht mal der verdammte Abwasch hilft mir, auf andere Gedanken zu kommen. Und normalerweise ist es genau das, was mir hilft, mich von gewissen Dingen abzulenken.

Ich bin hier, um Jack und Noah zu beschützen. Ich bin hier, weil ich einen Auftrag habe. Und genau diesen Auftrag setze ich aufs Spiel für ein Mädchen, das meinen Schwanz so unglaublich hart werden lässt, wenn ich sie nur ansehe? Meine kalte Miene kommt nicht von ungefähr. Ich verfolge damit ein Ziel. Das Ziel, sie von mir fernzuhalten. Aber mittlerweile beginne ich mir immer öfter auf sie einen runterzuholen. Wann immer ich kann, nehme ich meinen Schwanz in die Hand und massiere ihn im Gedanken an ihren Körper. An ihre Haare. An ihren Duft. Es ist kaum auszuhalten, dass sie nur Jack gehört und wir dasitzen wie die letzten Idioten und kein Stück vom Kuchen abbekommen. Aber ich wäre nicht ich, wenn ich mich nicht dagegen auflehnen würde. Ich habe eine harte Ausbildung hinter mir. Habe gelernt, auf gewisse Sachen zu verzichten, wenn es sein muss. Es gibt Wichtigeres, als sich mit einem Mädchen zu befassen, das austauschbar ist. Das sind sie alle. Und bisher hatte ich es auch nicht nötig, mich mit den billigen Schlampen aus Green Meadows zu beschäftigen. Sie sind nichts weiter, als ein Zeitvertreib, aber selbst das brauche ich nicht. Umso überraschter bin ich, dass ich so verdammt geil auf Andriana bin. Meine Mauer bröckelt und das ist ein riesiges Problem.

»Na, wen haben wir denn da? Unser Küchenmädchen«, schmunzelt Valentin, der gerade frisch vom Training kommt. Seine Adern treten beinahe an allen Stellen seines Körpers heraus und seine Haare sind verschwitzt. Woher dieser Eifer auf einmal kommt, weiß ich. Valentin hat genauso Lust darauf, Andriana zu ficken. Schon, als er sie das erste Mal gesehen hat, kam er mit seinen Fantasien zu mir und war kurz davor, seinen Schwanz zu massieren. Es hat gedauert, bis ich ihm klarmachen konnte, dass wir die Füße stillhalten müssen.

»Kann ich dir was zu essen machen?«, murmel ich in mein Tun hinein und ignoriere seine dummen Sprüche.

»Ich verzichte«, grinst Valentin, was mir etwas

komisch vorkommt. Ich kenne seine Art mittlerweile ziemlich gut, aber das hier ist mir neu.

»Was willst du dann? Ich trainiere heute nicht.« Denn mein Zeitplan ist straff. Für mich ist nicht nur das Training wichtig, sondern auch eine ausgewogene Ernährung. Eine, die fit macht und mir nicht nur nutzlose Muskeln schenkt, sondern auch Ausdauer.

»Du kannst mir gratulieren. Ich hab etwas geschafft, was du dir nicht in zehn Jahren trauen würdest.« Kumpelhaft gibt er mir einen Klaps auf die Schulter und lehnt sich gegen die Küchenzeile.

Sein süffisantes Grinsen ist nicht zu übersehen und ich weiß, dass er irgendwas angestellt hat, was mir überhaupt nicht gefallen wird. Valentin ist nicht umsonst derjenige, den Jack den bösen Cop nennt. Manchmal habe ich das Gefühl, dass er erst nachdenkt, wenn es zu spät ist. Und auch jetzt werde ich nicht von meinem Bauchgefühl enttäuscht.

»Dann werde ich mich sicherlich besonders freuen, wenn du es mir erzählst«, seufze ich und stelle die Kaffeemaschine an. Wenn es auf so ein Gespräch hinausläuft, weiß ich genau, dass ich einen starken Espresso brauche. Oder am besten zwei.

Weiterhin grinst der blonde Schönling vor sich hin und atmet tief durch. »Andriana hat die schönsten und weichsten Titten, die ich je gesehen habe.«

Mein Blick schnellt zu ihm rüber. Das kann nicht sein Ernst sein. Ich verstehe den Wink und verpasse beinahe, die Maschine auszustellen, als meine kleine Tasse vollgelaufen ist. »Was hast du gerade gesagt?«

»Du hast mich schon verstanden, mein Freund. Ich

hab die Kleine vom Boss gefickt«, flüstert er und schaut sich einen Moment im Wohnbereich der Villa um.

Auch ich lasse meine Augen durch den Raum wandern und atme erleichtert auf, das niemand in der Nähe ist. Es ist schon schlimm genug, dass er Jack hintergangen hat. Wenn der jetzt auch noch davon erfahren würde, wäre er tot, nachdem er bestialisch gefoltert worden wäre.

»Wann? Wie? Hast du sie …« Ich wage es nicht auszusprechen. Valentin ist eigentlich nicht der Typ für Vergewaltigungen. Ich habe noch nie gesehen, dass er ein Mädchen dazu zwingen musste, mit ihm zu ficken. Und eigentlich hat er es auch nicht nötig, so, wie er aussieht. Doch genau das weiß dieser Wichser auch und nutzt seinen Charme, um jedes Mädchen gefügig zu machen. Aber bei Andriana ist es anders. Nicht nur, dass sie wahnsinnig aufsässig sein kann, so wissen wir beide, dass sie niemand anderem gehört als Jack. Nicht umsonst haben die beiden einen Vertrag.

»Gott, nein. Es war 'ne freiwillige Sache. Im Krankenzimmer der Uni«, zwinkert er mir zu und nimmt mir meine Tasse aus der Hand. »Trinkst du den nicht?«

»Du willst mir sagen, dass du Jacks Privatbesitz gefickt hast und auch noch stolz darauf bist?« Einerseits bin ich neidisch, dass er es soweit bei ihr gebracht hat, aber andererseits hat er damit sein Todesurteil unterschrieben, wenn Jack davon erfährt. Aber vielleicht war es das wert.

»Tu nicht so. Du würdest sie auch sofort ficken, wenn sie es auch will.«

Verdammt, ja, das würde ich. Ich komme mir mittlerweile vor wie der letzte Vollidiot, wenn ich im Bett liege und meinen Schaft massiere, während Jack sie im Bett vögeln kann, wie er will, Aber genauso weiß ich, dass es meine Pflicht ist, die Füße stillzuhalten. Ich bin nicht hier, um irgendwelche Mädchen flachzulegen, sondern um meinen Job zu machen. Manche mögen meinen, dass ich ein langweiliger Mensch bin, und vielleicht stimmt das auch, aber auf der anderen Seite ist mir mein Job wichtiger als die Pussy eines Mädchens.

»Ich wusste es«, grinst Valentin breit und trinkt meinen Espresso, den ich gerade wirklich gut gebrauchen könnte. Ein Schnaps würde es aber auch tun. Ein starker Schnaps. Ich kann nicht glauben, dass er es getan hat, und fahre mir mit der Hand über das Gesicht.

»Wenn Jack das erfährt, dann bist du tot und sie auch«, brumme ich in meine Handfläche, was ihn nur zum Lachen bringt.

»Er wird es aber nicht erfahren. Unser Sunshine hat so große Angst vor ihm, dass aus ihrem Mund nicht mal ein Piepen kommen wird. Und solange ich meine Klappe halte, ist die Sache ziemlich leicht.«

Ich schüttle den Kopf und stelle die Maschine ein weiteres Mal an.

»Du könntest sie auch ficken.«

Nun bin ich derjenige, der auflachen muss. »Klar. Sicher doch. Und dann? Ficken wir Andriana hinter dem Rücken unseres Chefs. Jack ist auch unser Freund, vergiss das nicht.«

Wenn wir ihn hintergehen, sind wir nicht nur den Job bei den Draytons los. Mit Sicherheit wird uns die Firma rausschmeißen und uns ein Arbeitszeugnis aushändigen, für das man sich schämen müsste. Zumindest dann, wenn wir überleben sollten. Das oberste Gebot? Ficke niemals den Auftrag. Und daran werde ich mich halten. Irgendwie.

»Komm mal runter. Wir tun doch niemandem damit weh. Oder denkst du echt, dass Jack etwas an ihr liegt? Wir haben nur ein bisschen Spaß und du könntest auch mal ein Mädchen gebrauchen. Warum also nicht gleich sie?«

Ich trainiere seit meinem vierzehnten Lebensjahr täglich Kampfsport. Mit sechszehn ging es ans Krafttraining und danach habe ich an MMA Kämpfen teilgenommen, um noch besser zu werden. Dafür musste ich mehrere Kampfstile lernen und ausarbeiten. Jahrelang, bis heute, trainiere ich so gut wie jeden Tag, um in Form zu bleiben. Und das alles soll ich aufs Spiel setzen für einen Fick? Für Andrianas Körper? Mein Vater war ein begeisterter Kampfsportler. Was würde er mir raten, wenn er noch leben würde? Was würde meine Mutter tun, die immer sehr liebenswürdig gehandelt hat? Beide sind nicht mehr am Leben. Nachdem sie bei einem Autounfall ums Leben kamen, musste ich mich in Kinderheimen allein durchschlagen und zusehen, wo ich bleibe. Niemand war für mich da. Keiner hat mich unterstützt oder mir gezeigt, wie das Leben funktioniert. Erst als ich einen Obdachlosen gesehen habe, der einen Vergewaltiger verprügelt hat, habe ich angefangen, das Leben mit anderen Augen zu sehen. Ich musste zusehen, wie er von der Polizei mitgenommen wurde. Seit diesem Tag besuchte ich ihn so oft im Knast, wie ich konnte. Er wurde so etwas wie mein Freund. Mein Vormund. Mit allen Problemen konnte ich zu ihm kommen und ihn um

Rat fragen. Wann immer ich eine schlechte Zeit hatte – er war da. Und so kam ich zum Kampfsport. Ich wollte genauso handeln können wie er. So gut sein wie er. Und dann habe ich meinen ersten Pokal gewonnen. Davon bekam er allerdings nichts mehr mit. Ein Insasse hatte ihn so stark vergewaltigt, dass er an inneren Blutungen gestorben ist. Ab diesem Tag habe ich mir geschworen, diese Art Mensch auszumerzen. Ich konnte herausfinden, wer er war und das Ziel war gesetzt. Dieses Ziel darf ich nicht vergessen. Niemals. Auch nicht, wenn Andriana nackt vor mir stehen würde.

»Tja, tut mir leid. Ich habe Wichtigeres im Kopf, als mit ihr zu ficken.« Nicht unbedingt eine Lüge, aber auch nicht die Wahrheit. Gott, was würde ich dafür tun, nur einmal in ihr zu sein und sie so zu ficken, wie ich es für richtig halte.

»Du meinst, dass du es nicht mal versuchen willst? Die Kleine ist unsicher as fuck. Du hättest ein leichtes Spiel.« So langsam geht mir sein Zwinkern auf die Nerven. Ich verdrehe die Augen. »Überleg es dir. Diese Chance bekommst du nie wieder. Du kannst natürlich auch weiterhin die Unischlampen nehmen. Die Ladys verzehren sich nach dir.«

Angewidert schaue ich in Valentins Augen. Denkt er wirklich, dass ich eine von ihnen jemals angefasst habe? Bei denen muss man Angst haben, sich irgendwelche Krankheiten einzufangen. Andererseits rattert mein Kopf unentwegt. Als würde er mich dazu zwingen, über meinen Schatten zu springen und das zu tun, was ich wirklich will.

»Niemand wird jemals davon erfahren?«. hake ich

nach und kann selbst nicht fassen, was ich gerade sage. Aber wenn es wirklich nur einmal ist, kann sicher nicht viel passieren. Es muss einfach glattgehen, ansonsten ist alles vorbei.

»Niemand. Du kennst mich. Ich plane gerne sehr gründlich.«

Ja, ich kenne ihn und genau das ist das Problem. Zwar ist Valentin ein wirklich intelligenter Typ, aber wenn es darauf ankommt, kann es mit ihm äußerst brenzlig werden. Allein aus diesem Grund halte ich mich aus jeder Scheiße raus, die er verzapft. Das habe ich eigentlich auch jetzt vor. Doch … ich kann nicht. Ich muss es tun. Ich muss Andriana wenigstens einmal ficken.

KAPITEL 20

ANDRIANA

Die letzten Nächte haben mir den letzten Nerv geraubt. Immer wieder musste ich darüber nachdenken, ob es richtig war, was ich getan habe. Was, wenn Valentin Jack doch irgendwas sagt und ich am Ende die Schuldige bin? Dann leide vielleicht nur ich. Oder noch schlimmer, es war alles nur ein Test und Valentin sollte herausfinden, ob ich so weit gehen würde. Kacke. Und trotzdem erwische ich mich ab und zu dabei, wie ich dämlich vor mich hin grinse und mir wünsche, dass es nicht das letzte Mal gewesen ist. Ich bin so dämlich. So abgrundtief dumm.

Völlig durcheinander, raufe ich mir durch die Haare und werfe meinen Kugelschreiber auf die Schreibtischplatte. Ich erinnere mich an die Worte von Elijah. Wenn ich bei den Hausarbeiten weiterhin so gut abschneide, bräuchte ich mir keine Sorgen zu machen. Aber das klingt leichter, als es ist, besonders jetzt, da mein Kopf voll mit anderen Gedanken sind. Ich gehe den Jungs nun schon seit zwei Tagen aus dem Weg. Heute ist Sonntag und damit mein letzter Tag, bevor ich ihnen wieder begegnen muss. Auch Jack bin ich aus dem Weg gegangen. Ich habe immer gelauscht, ob jemand im Wohnbereich herumläuft, und erst, wenn ich mir sicher war, habe ich mir was aus dem Kühlschrank geholt. Und da Jack anscheinend im Moment viel zu tun hat, bin ich vorerst verschont geblieben. Ich bin wirklich eine schlechte Lügnerin. Deswegen überlege ich mir Themen, mit denen ich ein eventuelles Gespräch in eine andere Bahn lenken kann.

Jetzt bekomme ich allerdings Hunger und lege meine Hand auf den Bauch, der unkontrolliert zu knurren beginnt. »Halt den Mund«, zische ich ihn an in der Hoffnung, er würde Ruhe geben. Als ob er mich verstanden hat, brummt er nur noch stärker. Vielen Dank auch.

Ich komme nicht drumherum, mir etwas zu essen zu holen, da ich sonst nur noch Blödsinn in meine Hausarbeit schreibe. Ich stehe auf öffne leicht meine Tür, um zu lauschen. Das Letzte, was ich brauche, ist, Jack zu begegnen.

Scheinbar habe ich Glück und niemand ist im Wohnbereich, weshalb ich barfuß durch den Flur husche und den Kühlschrank ansteuere. Ich habe Glück, sie haben tatsächlich den Pudding da, den ich am liebsten mag. Es geht doch nichts über leckeren Vanillepudding, wenn man dabei ist, an seiner Hausarbeit zu verzweifeln.

Nachdem ich mir einen Löffel geschnappt habe, höre ich jedoch die Haustür, die mit einem besonderen Mechanismus aufgeht. Man kommt nur mit einer bestimmten Karte herein, die ich natürlich nicht besitze. Und da ich mitbekommen habe, dass Valentin und Shane im hauseigenen Trainingsraum sind, kann es nur Jack sein, da Noah sicherlich noch beim Training ist. Fuck, fuck, fuck.

Leise laufe ich einige Schritte rückwärts und drehe mich darauf schnell um. Immer wieder sehe ich nach, ob Jack mich entdeckt hat, was aber nicht der Fall ist. Stattdessen wartet der nächste kleine Schicksalsschlag auf mich. Kurz vor meinem Zimmer laufe ich unsanft in einen großen Körper hinein, der mich aufschrecken lässt. Doch als wäre das nicht genug, verteile ich auch aus Versehen meinen ganzen Pudding auf der Hose des anderen.

»Scheiße, tut mir …« Als ich sehe, gegen wen ich gelaufen bin, vergeht mir schnell die Motivation, mich zu entschuldigen. » …ach, du.«

Mit aufgerissenen Augen sieht Noah auf seine Hose hinab und sein Blick verdunkelt sich. »Ach, ich? Kannst du nicht aufpassen, wo du hinläufst, du blöde Göre?«, schimpft er und versucht, den größten Teil des Puddings irgendwie von seiner Hose zu wischen. Na ja, was soll ich sagen? Es gelingt ihm nicht, weshalb ich mir ein Schmunzeln nicht verkneifen kann.

»Leider nicht. Ich bin zu blöd, um auf meinen Weg zu achten.« Grinsend zucke ich mit den Schultern und hebe meinen Puddingbecher auf, der jetzt leider leer ist. Da Jack aber nun zuhause ist, werde ich wohl in meinem Zimmer bleiben. Man weiß ja nie.

»Du denkst auch, dass du hier sicher bist, oder?«, knurrt Noah und schubst mich leicht von sich.

»Ich weiß nicht, was dein Problem mit mir ist, aber so langsam kotzt du mich immer mehr an, Noah! Wenn ich dich so nerve, dann geh mir aus dem Weg!«, fauche ich zurück und versuche, einen ähnlich bösen Blick hinzukriegen wie er. Allerdings macht er mir deutlich mehr Angst.

»Was meinst du, was ich die ganze Zeit versuche. Du bist also mit Jack zusammen, hm? Wer hat dir das denn wirklich geglaubt?«

Entsetzt sehe ich ihm geladen in die Augen.

»Das geht dich einen Scheißdreck an. Denkst du, ich kann über den Campus laufen und jedem erzählen, dass ich von deinem Bruder entführt wurde?«

Um ein Haar hätte ich ihm eine gepfeffert. Allmählich habe ich das Gefühl, dass er mir gar nicht glauben will. Dass es ihm völlig gleichgültig ist, was hier gerade abläuft. Aber andererseits glaube ich auch, dass er es nicht anders kennt und bereits Erfahrung mit den Mädchen von Jack hat. Ich bin also nur eine von vielen.

»Ist mir völlig egal, was du rumerzählst, solange ich da nicht mit reingezogen werde. Du bist die erste Fotze, die hier frei rumlaufen darf und Privilegien hat. Die Leute stellen mir Fragen, verstanden? Und ich bin der Letzte, der Bock auf so was hat.«

Natürlich. Wenn ein Mädchen in der Villa der Draytons lebt, muss es was Besonderes sein. Der ganze Campus scheint kein anderes Thema mehr zu kennen und die Spekulationen darüber verbreiten sich, wie ein Lauffeuer. Ich habe mich bisher nie dazu geäußert und werde es auch weiterhin nicht tun, aber er kann mich doch nicht dafür verantwortlich machen, was andere tun.

»Entschuldigung, dass ich mein Studium weitermachen will und vertraglich niemandem sagen kann, dass dein Bruder ein scheiß Mafiosi ist«, gebe ich zurück und werde immer wütender. Ich weiß nicht mehr, wie ich meinen Standpunkt verdeutlichen soll. Ist er wirklich so voller Hass oder steckt mehr dahinter, als er zugeben will? Immerhin ist er ja in einer Beziehung, also kann er gar nicht so lieblos sein, wie er rüberkommt. Allerdings ist er mit Chloe zusammen und die … ist auch nicht die netteste Zeitgenossin.

Noah ergreift meinen Oberarm und drückt ihn so fest, dass ich wimmern muss. »Du hättest sagen können, dass du unsere Cousine bist oder so was. Aber jetzt hast du was ausgelöst, was absolut unnötig ist.«

»Und du denkst, das interessiert mich? Du gibst mir das Gefühl, Abschaum zu sein, und dann soll ich nett sein und zu deinen Gunsten handeln? Das kannst du vergessen.« Ruckartig entziehe ich ihm meinen Arm und bin nun diejenige, die ihn schubst. Das ist nicht zu fassen. Wie kann so ein gutaussehender Kerl nur so einen Charakter haben? Ich verstehe beim besten Willen nicht, was Jasmine an ihm so toll findet. Er hat sie ja nicht mal mit dem Arsch angeschaut, als wir auf der Treppe standen. »Ich gebe einen Fick auf dich und deine Freunde. Ihr seid nichts weiter als arrogante, unfreundliche Wichser und ich werde einen Scheiß tun, es dir recht zu machen. Das kannst du deiner Freundin übrigens auch gerne sagen. Ihre Blicke hab ich durchaus bemerkt.« Meine Stimme ist leise, aber deutlich. Er kann mir nichts vorschreiben, nur weil er der Bruder meines … Besitzers ist.

Währenddessen sieht es so aus, als würde Noah gleich platzen vor Wut. Sein Blick entflammt und langsam nähert er sich mir, sodass ich einige Schritte zurückweiche.

»Darf ich fragen, was hier los ist?« Shanes Stimme hinter mir holt uns aus unserem kleinen Starrbattle heraus und ich gebe zu, ein bisschen erleichtert zu sein. Das Letzte, was ich heute will, ist, ein Veilchen zu bekommen.

»Gar nichts.« Ich sehe zu Noah, der mich weiterhin anschaut, als würde er mich gleich umbringen wollen. Freunde werden wir nicht mehr, das ist wohl ein Fakt.

»Kannst du mal kurz kommen, Andriana?«

Shane ist meine Rettung. Er dreht sich in Richtung des Wohnbereichs, wohin ich ihm folgen will, doch gerade setze ich einen Fuß vor dem anderen, werde ich von Noah zurückgehalten. Seine Lippen spüre ich nah an meinem Ohr, was mir eine Gänsehaut verpasst. »Das nächste Mal kommst du mir nicht so leicht davon, Naschkatze.« Beinahe spuckt er mir seine Worte ins Ohr, bevor er mich schlagartig loslässt und wieder in seinem Zimmer verschwindet.

Ich versuche mich zu beruhigen, während ich Shane in den Küchenbereich folge. Wie selbstverständlich geht er an den Kühlschrank und holt einige Sachen heraus, die ziemlich lecker aussehen.

»Setz dich.« Locker klopft er auf die Kücheninsel, auf die ich allerdings nicht alleine hochkomme. Ich fühle mich wie eine Dreijährige, als ich es immer wieder versuche, aber kläglich versage. »Kannst du auch irgendwas alleine?«, brummt Shane und packt mich an der Hüfte, um mich hinaufzuheben.

»Danke«, ächze ich und kriege im nächsten Moment einen Cake–Pop in die Hand. »Warte. Sag mir nicht, das hast du selbst gemacht.« Perplex schaue ich auf den blauen Kuchen am Stiel, während sich Shane zur Küchenzeile dreht und Essen vorbereitet.

»Denkst du, Valentin hat das gemacht? Ich bin der Einzige, der hier kochen kann«, antwortet er und schneidet einen Salatkopf auf, der schon von Weitem ziemlich gut aussieht. »Was ist da gerade mit Noah gelaufen?« Er kommt schnell auf den Punkt, während ich noch nicht wirklich bereit bin, darüber zu reden. Ich weiß ja selbst nicht mal, was Noah gegen mich haben könnte.

»Ist er immer so? Ich meine ... zu den Mädchen, die Jack hierhergeholt hat?«

Leise lacht Shane auf und schüttelt den Kopf.

»Die anderen, die hier waren, hatten nie die Freiheiten, die du jetzt hast. Sie wurden benutzt und danach kamen die Nächsten. Nenn es, wie du willst, aber anscheinend bist du was Besonderes für Jack. Und ich glaube, das stinkt Noah gewaltig.«

Das habe ich gemerkt. Wenn Shane nicht gekommen wäre, was hätte er dann gemacht? Hätte er mich geschlagen oder mir Schlimmeres angetan? Der Hass in seinen Augen wird mir nicht so schnell aus dem Kopf gehen.

»Hm, das durfte ich mitbekommen. Verstehen sich die beiden nicht?« Das Dressing, das er gerade anrührt, findet den Weg in meine Nase und ... verdammt, es riecht fabelhaft. Was auch immer er da gerade vorbereitet, mir läuft das Wasser im Mund zusammen.

»Nein, haben sie noch nie. Seit Valentin und ich hier sind, haben wir nicht einmal erlebt, dass sie vernünftig miteinander umgegangen sind.«

Irgendwie tut es mir weh, so etwas zu hören. Zwei Brüder, die zwar zusammen leben, aber sich nicht verstehen?

»Wieso ist das so?« Ich weiß nicht, ob meine Fragerei ihm zu viel ist, aber ich habe den Drang, es zu erfahren. Vielleicht hilft es mir, zu verstehen, warum Noah mich so hasst.

»Keine Ahnung. Ich glaube, es liegt an ihrem Vater. Der alte Herr ist etwas schwierig im Umgang mit seinen Söhnen.«

Während Shane weiter den Salat vorbereitet, knabbere ich an meinem Cake–Pop und bin begeistert, was ich da schmecke. Dass ein Mann wie Shane zu so etwas fähig ist, wundert mich immer mehr.

»Kann ich noch einen haben?«, frage ich mit neugierigem Blick und halte ihm den Stiel entgegen, den er annimmt und mit einer eleganten Bewegung wegschmeißt.

»Nein. Erst isst du was Vernünftiges«, verlangt er und gießt das Dressing über den Salat. Ich muss schmunzeln, da meine Mom so was auch immer gesagt hat.

Shane dreht sich anschließend zu mir um und stellt einen Teller auf die Kücheninsel. Ich sehe einen leckeren Salat mit allem Drum und Dran und kann es kaum erwarten, ihn zu probieren.

Lächelnd nehme ich mir den Teller und schnappe mir die Gabel. Ich nehme mir vor, das Thema Noah und Jack vorerst zu beenden.

»Wie kommt es eigentlich, dass jemand, wie du gerne kocht?«. grinse ich und stecke mir die volle Gabel in den Mund. Wenn es jeden Tag so ein gutes Essen gibt, wird meine Zeit hier vielleicht doch nicht so schlimm.

»Jemand, wie ich?« Shane hebt eine Augenbraue und nimmt sich selbst einen Teller, bevor er sich gegen die Küchenzeile lehnt.

»Na ja, eben … so pflichtbewusst, schweigsam und emotionslos.« Ich denke gar nicht weiter über meine Worte nach, denn der Salat übermannt mich komplett. Es sollte verboten sein, so gut zu kochen.

Als ich aber Shanes Teller höre, den er hinter sich abstellt, wird meine Aufmerksamkeit auf den Bodyguard gelenkt. Umgehend ist er bei mir und legt seine Hände auf meine Oberschenkel, um mich mit einem tiefgründigen Blick zu mustern.

»Emotionslos?«, hakt er noch einmal nach.

Zögerlich schlucke ich den Salat herunter und stammle vor mich hin.

»Ja, na ja. Du ... lächelst und redest wenig. Ich meine ... « Dass er mich so nervös machen kann, ist kein Wunder. Shane ist einer von vier außergewöhnlich schönen Männern, die wohl jedes Mädchen reizen könnten. Doch ihn jetzt so nahe bei mir zu haben, verunsichert mich.

»Ich denke, dass neben Valentin alle recht emotionslos wirken, findest du nicht?« Flüchtig nicke ich. »Vielleicht zeige ich dir irgendwann, dass ich kein Eisblock bin.« Schwach lächelt der Braunhaarige und geht zurück zu seinem Salat.

Noch immer spüre ich seine Hände auf meinen Beinen und muss tief durchatmen, um meinen Kreislauf wieder in Wallung zu bringen. Wenn ich auch noch Gefallen an Shane finde, bin ich noch mehr am Arsch als jetzt schon. Aber andererseits ... er ist der Einzige, der mich nicht behandelt wie ein Objekt. Wie ein Spielzeug. Er redet zwar nicht viel, aber hat nie Anspruch auf mich erhoben. Wie könnte ein Mädchen nicht von ihm angetan sein? Und trotzdem weiß ich, dass allein der Gedanke daran für mich nicht gut enden würde.

KAPITEL 21

ANDRIANA

Müde gehe ich aus dem Vorlesungssaal und kann mir ein Gähnen nicht verkneifen. Lange war ich nicht mehr so kaputt wie heute, was wahrscheinlich daran liegt, dass ich Kurse besuchen musste, die absolut einschläfernd sind. Aber wenn ich Anwältin werden will, muss ich mich durch die ekelhaftesten Themen quälen müssen, die es gibt. Erst dann habe ich das Recht, zu meinem Staatsexamen anzutreten. In der Highschool war es nicht anders. Man musste den größten Quatsch lernen, um am Ende den Abschluss in der Tasche zu haben. Nur ist es hier viel, viel schwerer.

Jack gehe ich weiterhin erfolgreich aus dem Weg, was aber nicht sonderlich schwer ist. Er ist so mit irgendwelchen Geschäften beschäftigt, dass es ein Leichtes ist, meine Ruhe zu haben. Genauso ist es mit Noah. Ich bin froh, dass ich ihm nicht begegnen muss und er sich hauptsächlich auf dem Campus oder in seinem Zimmer aufhält. So habe ich genug Zeit für mich und mein Studium. Wie lange das so bleibt, ist allerdings fraglich.

Kraftlos lasse ich mich auf einer Bank vor dem Vorlesungssaal nieder und seufze laut. Wenigstens lassen mir Valentin und Shane ein bisschen Freiheit und warten draußen auf mich.

»Du siehst aus, als würdest du nicht viel Schlaf bekommen. Ist er so gut im Bett?«, kichert Jasmine und setzt sich neben mich. Sie fragt mich beinahe ständig nach Jack aus. Allerdings kommt sie damit bei mir nicht weit. Ich erzähle ihr lediglich, wie der Sex zwischen uns ist. Das ist immerhin nicht gelogen.

»Sagen wir, er ist sehr fordernd.« Und doch liegt es nicht an dem Sex. Wir haben schon lange nicht mehr miteinander geschlafen. Stattdessen bringen mich die einschläfernden Vorlesungen und die Stunden danach, die ich für die Hausarbeiten nutze, bald um die Ecke. Ich kann einfach nicht mehr und bin jeden Tag so müde, dass ich beim Laufen fast einschlafe.

»Vielleicht fragst du ihn mal nach einer Pause. Du siehst aus, als würdest du nicht viel Schlaf bekommen.«

Was wohl daran liegt, dass ich tatsächlich wenig schlafe. Laut Elijah bin ich eine der Besten, wenn es um Hausarbeiten geht. Das muss ich beibehalten. Mein Druck auf mich selbst ist groß. Zu groß. Aber es ist auch keiner da, der mich davon abhalten würde.

»Gute Idee. Ich muss jetzt auch wieder los. Meine Hausarbeit wartet.« Ich stehe auf und will Richtung Ausgang laufen, da hält mich meine beste Freundin am Arm zurück.

»Hey, Ria. Nimm dich etwas zurück, okay? Du siehst wirklich nicht gut aus und ich fange an, mir Sorgen zu machen. Tut er dir wirklich gut?«

Jack? Der Einzige, der mir im Augenblick guttut, ist

der Fernseher in meinem Zimmer. Und mein Bett. Trotzdem lächle ich und nicke munter.

»Du hast ja keine Ahnung, wie gut er mir tut«, zwinkere ich ihr zu und beiße mir verrucht auf die Lippen. Ein bisschen dumm komme ich mir schon dabei vor, aber was soll ich sonst tun? Meine einstudierte Lüge muss aufrechterhalten werden.

Skeptisch mustert mich die Rothaarige und lässt mich schließlich los. »Gut, ich glaube dir. Aber sag mir Bescheid, wenn irgendwas ist, okay?«

»Na klar, das weißt du doch. Hör auf, dir den Kopf zu zerbrechen. Das steht dir nicht.« Neckend pikse ich ihr in die Seite und verabschiede mich von meiner Freundin, bevor ich den Weg nach draußen antrete.

Valentin und Shane warten bereits auf der großen Treppe und rauchen genüsslich. Nachdem Valentin und ich gevögelt hatten, haben wir nie darüber geredet. Und auch sonst ist er genauso unausstehlich wie immer. Da er so tut, als wäre nie etwas gewesen, nehme ich mir dasselbe vor.

Etwas genervt laufe ich die Treppen herunter und gehe, ohne die beiden zu begrüßen, an ihnen vorbei.

»Äh, Sunshine?«, höre ich Valentin, der mir zusammen mit dem guten Cop folgt.

»Was?!«, maule ich angespannt und laufe schnellen Schrittes weiter. Ich habe jetzt keine Lust darauf, geärgert zu werden.

»Du siehst ziemlich angespannt aus. Dir sind deine riesigen Augenringe schon aufgefallen, oder? Ich meine, du hast 'n großen Spiegel in deinem Badezimmer und ...«

Ruckartig drehe ich mich zu den beiden Männern um und unterbreche den Blondschopf in seiner kleinen Rede.

»Ich bin gestresst, okay? Die Abgabe der ersten Hausarbeit steht in einer Woche an und ich habe keine Lust auf irgendwelche Neckereien, kapiert? Wenn ich das vermassel, dann war alles umsonst!« Gereizt atme ich intensiv ein und aus und merke zu spät, was ich gerade für einen Aufstand mache. Aber kann man es mir übel nehmen? Es ist schließlich meine Zukunft. Zwar muss ich nicht mehr im Wish oder in der Disco arbeiten, aber trotzdem komme ich bei dem ganzen Stoff kaum hinterher. Es wird immer mehr und das überfordert mich enorm.

Entrüstet sehen sich Valentin und Shane einen Moment lang an und wenden ihren Blick danach schnell wieder zu mir. »Hör mal. Wäre es nicht besser, wenn du mal 'ne Pause machst?«

Shanes höflicher Vorschlag bringt mich etwas runter und doch bin ich immer noch ziemlich gereizt. Wenn Valentin noch einen dummen Spruch bringt, ist er tot.

»Ich kann keine Pause machen. Versteht ihr das denn nicht? Ich muss das fertig kriegen!« Verzweifelt wirble ich mit meinen Händen in der Luft herum, bleibe aber endlich stehen.

»Ich glaube, das kannst du auch später machen. Tut mit leid, Sunshine, aber das hier ist nur zu deinem Besten.« Valentin wippt mit den Augenbrauen und hebt mich auf seinen Rücken, was ich so schnell nicht habe kommen sehen.

»Bist du bescheuert? Lass mich runter! Valentin!«, kreische ich und strample umher wie ein kleines Kind. Wenn ich jetzt meinen Lernfluss unterbreche, werde ich nicht so leicht wieder in den Stoff reinkommen, das weiß ich. Und am Ende wird Elijah enttäuscht von mir sein und mir sagen, dass er sich geirrt hat, als er mich mit meiner Mom verglichen hat. Und dann verliere ich meinen Studienplatz und lande auf der Straße …

»Schwimmen?« Mit aufgerissenen Augen sehe ich auf den riesigen Pool, der sich im Keller befindet. Und als wäre das nicht genug, gibt es hier außerdem eine Sauna, eine Umkleidekabine, Toiletten und sogar eine verdammte Bar. Von der großen Musikanlage will ich gar nicht erst anfangen. Schon der Weg zur Poolhalle hat mich beeindruckt. Der Flur selbst ist breit und großzügig, was ihm irgendwie eine künstlerische Anmut verleiht. Als wäre ich in einem Museum. An den Wänden hängen großformatige abstrakte Gemälde in kräftigen Farben, die einen extremen Kontrast zu der ansonsten zurückhaltenden Farbpalette des Hauses bilden. An den Seiten des Flurs entdecke ich Nischen mit kunstvoll arrangierten Blumenarrangements und staune nicht schlecht, dass Jack solch einen Sinn für Ästhetik hat.

»Jack ist nie hier und Noah kommt nur her, wenn er 'ne Party schmeißt. Da Jack ihm das aber verboten hat, ist das hier meistens leer«, erklärt Shane und steckt seine Hände in die Hosentaschen.

Ich kann gar nicht glauben, dass es in diesem Haus so ein riesiges Kellergewölbe gibt. Es gehen oben im Flur noch weitere Türen ab, sicherlich gibt es noch mehr zu sehen. Ob es auch so etwas wie einen Trainingsraum gibt, in dem ich Ballett tanzen könnte?

»Aber … ich hab keine Schwimmsachen.«

Ich spüre das süffisante Grinsen von Valentin in meinem Rücken, als er zu mir kommt und seine Hände auf meine Schultern legt. Mit einem festen Griff massiert er mich und löst ein warmes Gefühl in mir aus, das ich nicht zurückhalten kann.

»Wie wärs, wenn du einfach nackt da rein gehst? Und damit du dich nicht alleine fühlst, ziehen wir mit.«

Rasch drehe ich mich zu den beiden Bodyguards um. Nicht mal Shane macht Anstalten, etwas dagegen zu sagen. Also hat er nichts einzuwenden?

»Im Ernst?« Vielleicht würde mir eine Pause wirklich guttun. Und ich war lange nicht mehr schwimmen. Das letzte Mal mit meiner Mom im städtischen Schwimmbad, als ich fünfzehn war. Ob ich es überhaupt noch kann? Aber ich habe auf einmal so große Lust, ins kühle Nass zu springen, dass ich meine Hausarbeit erst mal hintenanstelle. Also zucke ich locker mit den Schultern und ziehe im nächsten Moment mein enges Oberteil aus, bevor ich es auf eine Bank in der Nähe lege. Auch meine Hose werde ich schnell los und werfe sie zu meinem Top. Die Blicke der beiden Männer sind angespannt, doch das soll mich nicht kümmern. Mit einem Grinsen im Gesicht werde ich auch meine Unterwäsche los und drehe mich schnell um, bevor ich ins Wasser springe.

Sofort fühle ich mich entspannter als vorher. Der Pool ist angenehm warm und lässt mich einige Sekunden unter Wasser bleiben, bevor ich auftauche und etwas davon aus dem Mund spucke.

»Kommt doch au …« Ich stocke, da ich die Männer nicht ausmachen kann. Sind sie weggelaufen oder haben sie mich verarscht und holen jetzt Jack? Aber nichts davon ist der Fall. Plötzlich spüre ich Hände um meine Taille, die mich unter Wasser ziehen. Voller Panik versuche ich die fremden Arme von mir zu drücken, was mir auch gelingt, sodass ich wieder auftauchen kann. Nach Luft ringend, schaue ich in das lachende Gesicht von Valentin, der mir gegen die Stirn schnippt.

»Gott, bist du schreckhaft.«

»Hast du sie noch alle? Ich hab mir fast in die Hose gemacht!«, maule ich und gebe ihm einen festen Klaps gegen die Schulter, was ihn aber nicht zu stören scheint.

»Welche Hosen, Sunshine?«, schmunzelt er frech und zieht mich an sich.

Im Augenwinkel kann ich erkennen, dass Shane einige Bahnen schwimmt und sich wohl nicht von uns ablenken lassen will.

»Lass mich los, ich will auch schwimmen.« Allerdings ist meine Kraft nicht zu vergleichen mit Valentins, der mich lachend festhält.

»Das kannst du gleich machen. Wenn du das dann noch kannst.«

Skeptisch schaue ich in seine blauen Augen und merke, wie er mich in Richtung Beckenrand drängt.

»Was willst du damit sagen?« Wieder schaue ich zu Shane, doch er ist immer noch mit seinen Bahnen beschäftigt und kann mir nicht zur Hilfe kommen. Wobei ich mir unsicher bin, ob er mir überhaupt helfen würde.

Als wir am Beckenrand ankommen, geht es für mich nicht weiter. Für Valentin allerdings schon. Mit seiner Hand wandert er in meinen Schritt und beginnt meine Perle zu massieren, was mich sofort dazu bringt den Atem anzuhalten.

»Oh? Du hast also auch nicht vergessen, wie schön es mit uns war«, stellt er fest und kommt mit seinen Lippen näher zu meinen. Ich schaue zur Seite, um dem Kuss zu entgehen.

»Hör auf, das dürfen wir nicht. Shane ist da vorne«, keuche ich und kämpfe gegen das unbändige Gefühl der Erregung in mir an.

»Shane wird mitmachen, glaub mir. Entspann dich.«

Entspannen? Wie soll ich mich entspannen, wenn Jack oder Noah jederzeit hereinspazieren könnte? Allerdings ist es ... Gott, er muss aufhören.

»Nimm deine Finger ... weg.« Ich schaffe es kaum, mich dagegen zu wehren, da Valentin genau weiß, wie er eine Frau berühren muss, um sie verrückt zu machen. Als sein Finger letztendlich in mich eindringt und er ihn leicht krümmt, keuche ich laut auf und kralle mich augenblicklich in seine Schultern.

»Ich wusste es«, haucht er dicht an meinem Kopf und beißt in mein Ohrläppchen, was mir, trotz des warmen Wassers, eine unglaubliche Gänsehaut beschert. Wenn er so weitermacht, werde ich allein durch seinen Finger kommen. Doch möglicherweise ist das gar nicht sein Plan, denn abrupt zieht er seinen Finger aus mir zurück und hebt mich auf den Beckenrand, was mich zum Quieken bringt. Ich kann Shane nicht mehr im Wasser ausmachen, doch die Antwort darauf, wo er ist, bekomme ich schnell, als seine Hände sich von hinten auf meine Brüste legen. Dass er mitmachen will, kann ich kaum glauben, aber die Erregung in mir verhindert, dass ich den beiden Fragen stellen will.

Während Shane meine Brüste knetet, drängt sich

Valentin zwischen meine Beine und leckt an meinem Bauch hinab bis zu meiner Mitte, die er näher an sich heranzieht.

»Ich wusste, dass du eine kleine Schlampe bist.«

Wie gern ich ihm jetzt mit dem Fuß ins Gesicht treten würde. Aber die Massage von Shane macht mich gefügig und handzahm. Vorerst.

Fordernd beginnt Valentin meine Spalte zu lecken und bringt meinen Körper sofort zum Zittern. Ich lege meine Hände auf die von Shane, die immer noch an meinen Brüsten zugange sind. Als er anfängt, meinen Hals mit Küssen zu bedecken, schließe ich jedoch angeregt die Augen und drücke meine Beine noch etwas weiter auseinander, um Valentin mehr Platz zu gewähren. Ich könnte ewig so dasitzen und mich von den beiden heißen Bodyguards berühren lassen. Doch als Shane wieder Abstand von mir nimmt und sich vor mich hinstellt, habe ich erst die Befürchtung, er würde es sich anders überlegt haben. Aber statt zu gehen, hält er mir seinen Schwanz entgegen und sieht auf mich herab.

»Blas ihn. Los, Chérie«, befiehlt er.

Mich überrascht nicht die Forderung an sich, sondern die Tatsache, dass er mich gerade mit einem Spitznamen angesprochen hat. Einem, der so schön ist, dass meine Wangen erröten.

Valentin stellt seine Zungenspiele ein und hilft mir, meine Beine aus dem Wasser zu bekommen und mich hinzuknien. »Bleib genau so«, fordert er und streichelt meinen Hintern entlang.

Ich tue, was er sagt, und schaue zu Shane hoch, der erwartungsvoll dasteht und mich mit glühenden Augen mustert. »Los.« Seine Hand legt er auf meinen Hinterkopf, um mich auf seinen Schwanz zu drücken. Ich öffne den Mund und beginne an ihm zu saugen. Zwar habe ich immer noch keine großen Erfahrung auf diesem Gebiet, aber ich nehme mir vor, es so zu tun wie bei Jack. Lasse mich von meinem Gefühl leiten.

Währenddessen spüre ich, wie Valentins Zunge nicht nur an meiner Pussy entlanggleitet, sondern auch an meinem Anus Halt macht. Erschrocken quieke ich auf und will mich gerade zu ihm drehen, was Shane aber mit dem Griff um meinen Kopf verhindert.

»Entspann dich, Sunshine. Dir wird es gefallen«, stöhnt Valentin an meinen Hintern und leckt weiter meinen Anus, was sich im ersten Moment wirklich merkwürdig anfühlt. Doch je länger er mich da hinten bearbeitet, desto mehr gewöhne ich mich daran.

Shane drückt mich währenddessen fester auf seinen Schoß. Dabei spüre ich, wie mir die Luft immer mehr wegbleibt. Er ist viel zu tief in meinem Rachen und verhindert, dass ich vernünftig atmen kann. Die Tränen steigen mir in die Augen, als ich versuche, mich zurückzuziehen. Allerdings lässt er dies immer noch nicht zu, weshalb ich es mit der Panik zu tun bekomme. Er hält meinen Kopf so fest auf seinen Schoß, dass ich mich mit meinen Händen von seinem Oberschenkel wegdrücken will. Shane ist allerdings stärker. Erst als ich eine Flüssigkeit spüre, die meinen Hals herunterläuft, lässt er von mir ab und lässt mich durchatmen.

Valentin hat währenddessen aufgehört, meinen Anus zu lecken, und streichelt meinen Rücken entlang, während ich einen Hustenanfall habe. Ich brauche einige

Minuten, bis ich mich so weit beruhigt habe, dass ich Shane ansehen kann, der sich zu mir beugt.

»Ich hätte es dir sagen sollen, hm?«, flüstert er und streicht mir eine Träne von der Wange.

Noch immer weiß ich nicht, wie mir geschieht, doch Shanes Daumen auf meiner Haut ist zu schön, um mich dagegen zu wehren. »Das nennt man Deep Throat. Ich hätte dir mitteilen sollen, dass ich darauf stehe.«

Ich wusste, dass ich in einigen Dingen noch so unerfahren bin wie ein Kind. Aber das hier hat mir riesige Angst gemacht.

»Warn mich ... nächstes Mal vor, ja?«, keuche ich außer Atem und sehe das erste Mal ein richtiges Lächeln auf Shanes Lippen.

»Es gibt also ein nächstes Mal?«

Ich fühle mich ertappt und spüre, wie meine Wangen anfangen zu glühen. Natürlich will ich, dass es ein nächstes Mal gibt.

»Gut, dann machen wir einen kleinen Deal, hm? Du tust Valentin noch den Gefallen und ich entschuldige mich auf meine Art.«

Eigentlich bin ich nicht mehr in der Laune, irgendwelche Deals anzunehmen. Aber dieser klingt durchaus machbar, weshalb ich nicke und mir ein Lächeln nicht verkneifen kann.

»Das klingt doch nach einem Plan!«, höre ich auf einmal von Valentin, der mich herumreißt und mir seinen harten Schwanz ins Gesicht hält.

»Aber kein Deep Throat«, fordere ich, was bei dem blonden Schönling nur für ein feixendes Schnalzen sorgt. »Bitte, wofür hältst du mich? Denkst du, ich bin so krank wie der da?«, witzelt er und bekommt darauf nur einen Mittelfinger von Shane.

»Warte. Ich lege mich unter dich«, raunt Shane und legt sich auf den Rücken. »Los, setz dich.«

Nervös tue ich, was er sagt, und widme mich Valentins Schwanz, der härter kaum sein könnte. Noch immer ist mein Hals ein wenig kratzig und ich habe Schwierigkeiten, nicht wieder einen Würgereiz zu bekommen. Als Shane aber anfängt, meine Pussy zu lecken, und sich meiner Perle widmet, die bereits erregt war, habe ich kein Problem mehr damit ‚Valentin einen Gefallen zu tun. Mit meiner Zunge fahre ich seinen Schaft entlang und lutsche ein wenig an seiner Eichel, um im nächsten Augenblick zu merken, dass sein Penis zu zucken beginnt.

»Genau so, Sunshine. Genau so«, stöhnt er und ich tue, was er sagt.

Auch ich werde immer erregter und spüre, wie die Feuchtigkeit in meine Pussy zurückkehrt. Shane weiß, wo mein empfindlichster Punkt liegt, und leckt ihn so intensiv, dass ich zu stöhnen beginne, was aber von Valentins Schwanz erstickt wird. Man hört das Wasser um uns herum schwappen und gleichzeitig wird der Raum von unserem Stöhnen erfüllt, das deutlich lauter ist.

Es dauert nicht lange und mein Unterleib zieht sich zusammen und lässt mich so stark kommen, dass ich einen Augenblick innehalten muss.

»Nein, weiter«, knurrt Valentin angefressen und bewegt meinen Kopf, während ich vor Erregung kaum noch knien kann. Plötzlich zieht er meinen Kopf wieder zurück und ich merke, wie Valentins Sperma auf meinen

Brüsten landet. Ich bin so in Ekstase, dass ich kaum wahrnehme, was hier abgeht. Doch als Shane unter meinen Beinen hervorkommt, muss ich gestützt werden, um nicht zusammenzuklappen.

Die Arme von Shane schmiegen mich an seinen Körper, während Valentin meine Beine über seinen Schoß legt und sie streichelt. Noch immer ringe ich nach Luft und brauche ein paar Minuten, um ruhiger zu werden. Doch die beiden bei mir zu haben, fühlt sich irgendwie … gut an.

»Das hast du gut gemacht, Chérie«, haucht mir Shane ins Ohr und küsst mich sanft auf den Hals.

»Was … ist das zwischen uns?«, will ich wissen und lege meine Hände auf Shanes Arm, um ihn davon abzuhalten, mich loszulassen. Valentin fängt an zu lachen und lehnt sich leicht zurück.

»Was soll das hier schon sein? Wir haben Spaß. Das sollte doch reichen, oder nicht?«

Klar, ich habe nicht damit gerechnet, dass wir direkt in eine Beziehung hüpfen, aber irgendwie ist diese Aussage ein Stich in mein Herz. Ich fühle nichts für sie, aber bisher habe ich noch nie einen Mann getroffen, der mich haben wollte, weil ich *ich* bin. Und das nun nochmal zu hören, tut weh.

»Er meint, dass wir das für uns behalten müssen. Jack darf davon niemals erfahren.« Sanft fährt Shane mit seinen Händen über meine Schultern und bringt mich dazu, mich zu entspannen.

»Verstehe. Von mir wird er nichts erfahren.« Wieso auch? Es geht hier immerhin um eine Menge Geld, das ich brauche, um mein weiteres Leben in den Griff zu kriegen. Wie blöd wäre ich, wenn ich Jack davon berichten würde?

»Besser so. Sonst … esse ich deine Zehen.« Weit öffnet Valentin den Mund und hebt meinen Fuß an, um leicht in meinen kleinen Zeh zu beißen.

Laut kreische ich auf und trete dem Blondschopf instinktiv ins Gesicht. Ups.

»Ich habs dir gesagt. Ärger nie die Füße eines Mädchens«, fügt Shane mit einem Grinsen im Gesicht hinzu, was mich ebenfalls zum Lachen bringt.

»Fick dich, Wilson!«, schimpft Valentin und hält sich die Nase.

Ich weiß nicht wieso, aber mit ihnen hier so zu sitzen tut nach langem Mal wieder gut. Jetzt weiß ich, dass es keinen Grund zur Sorge gibt, denn keiner von uns wird ein Wort sagen. Wenn es weiter so gut läuft, dann, so bin ich mir sicher, werde ich die Hausarbeiten bestreiten können. Denn nun ist eine große Last von meinem Herzen gefallen. Wenn ich jetzt noch gut mit Noah klarkomme, wäre es wohl noch besser.

Aber man kann ja nicht alles haben. Oder jeden.

KAPITEL 22

VALENTIN

Ich schlage auf den Sandsack ein und genieße den leichten Schmerz in meinen Muskeln, die nach einer halben Stunde zu brennen beginnen. Es gibt doch nichts Geileres, als sich zu verausgaben und zu merken, wie der Körper irgendwann nicht mehr kann. Wobei ich lieber auf einen richtigen Menschen einprügeln würde. Die Zeit im Boxclub in Russland fehlt mir. Außerdem habe ich nicht damit gerechnet, dass es so langweilig sein würde, für einen hohen Mafiatypen zu arbeiten. Ich hatte mir Action erhofft und was bekomme ich? Ein Mädchen, auf das ich aufpassen muss, weil Jack paranoid ist. Andriana würde niemals irgendwas sagen. Sie ist nicht dumm. Aber trotzdem müssen wir unsere Zeit damit verbringen, ihr hinterherzudackeln, wie die letzten Hurensöhne. Aber zumindest haben wir jetzt einen Ausgleich und können die kleine Schönheit so oft ficken, wie wir wollen. Das ist ja auch das Mindeste. Was meine Schwester wohl dazu sagen würde? Ich sehe sie vor mir, wie sie mir giftige Blicke zuwirft und einen ihrer niedlichen Schläge auf den Oberarm verpasst. Immer wieder hat sie mir gesagt, dass ich mich gut um Mädchen kümmern soll. Das … habe ich nicht wirklich umgesetzt.

Wie gern ich es jetzt hätte, dass ihre Schuhe um mich herumfliegen. Aber das Thema ist ja nun seit einigen Jahren durch.

»Bist du eingefroren?«, höre ich die Stimme von Shane, der gerade dabei ist, Gewichte zu heben.

Ich merke, dass ich wirklich aufgehört habe, auf den Sandsack einzuschlagen. Die Erinnerungen an meine kleine Schwester halten mich immer wieder auf. Ich vermisse sie und würde manchmal gerne ihren liebevollen Rat einholen, den ich am Ende sowieso nicht umsetze. Wir waren immer grundverschieden und genau das habe ich so an uns geliebt. Sie jetzt unter der kalten Erde zu wissen, fickt auch noch nach fünf Jahren meinen Kopf.

»Ne, war nur am Überlegen, mir einen runterzuholen«, antworte ich sarkastisch und ziehe meine Boxhandschuhe aus, um sie auf eine Bank zu werfen. »Was meinst du, gehen wir unseren Sunshine gleich noch besuchen?« Mit Andriana zu ficken hält mich davon ab, an meine Schwester zu denken. Nächste Woche ist ihr fünfter Todestag und dieser Tag ist für mich der schlimmste im Jahr. Mit meinem Sunshine habe ich zumindest den Hauch einer Chance, nicht wieder wehrlose, besoffene Idioten auf der Straße zu verprügeln.

Shane legt sein Gewicht ab und wischt sich die Stirn mit einem Handtuch. »Sollten wir ihr nicht ein bisschen Ruhe lassen? Vergiss nicht, dass sie immer noch Jack gehört und wir es eigentlich bei einem Mal belassen wollten.«

Und genau das kotzt mich an. Ja, der Wichser hat sie sich geschnappt, damit kann ich leben, aber ich kann nicht damit leben, dass er sie nicht teilen will. Verdammt, hat er die Kleine mal angeschaut? Vielleicht ist sie ziemlich dünn, aber ihre Titten machen süchtig. Ich habe schon überlegt, einfach mit Jack zu reden und ihm einen Deal zu unterbreiten. Allerdings habe ich dieses Vorhaben schnell wieder verworfen. Der Kerl ist eigen, was seine Spielzeuge angeht, und mit Andriana hat er wohl den Jackpot gerissen. Sie macht so viel mehr mit als die anderen zweitklassigen Huren, die nicht mal eine Woche durchgehalten haben. Und da soll ich ruhig bleiben und sie nicht anfassen? Am Arsch.

»Scheiß auf Jack. Ihm muss klar sein, dass wir nicht die Finger von ihr lassen können«, gebe ich angefressen zurück und setze mich auf die Kraftstation, um meine Muskeln ein bisschen aufzupumpen. Wer weiß, ob ich nicht alleine zu meinem Sunshine gehe und mir hole, was ich brauche. Ich bin mir sicher, dass sie darauf wartet, wieder von mir angefasst zu werden und einen Orgasmus nach dem anderen zu spüren. Vielleicht bringe ich ihr auch bei, wie man vernünftig deep throatet.

»Du bist ganz schön verrückt nach ihr. Vergiss nicht, dass wir immer noch für Jack arbeiten. Wenn er davon erfährt, sind wir nicht nur unseren Job los, sondern auch unser Leben«, erklärt Shane und wirft sein Handtuch auf die Beinpresse.

Es ist gut, dass Jack dafür gesorgt hat, dass wir trainieren können. Wenn wir nicht regelmäßig etwas für unsere Adoniskörper tun, sehen wir nicht nur aus wie der letzte Lauch, sondern können ihn und Noah auch nicht beschützen. Außerdem ist es gut, um zu verhindern, dass der Sack platzt. Das ist bei mir nämlich fast der Fall, wenn ich an Andrianas süße Brüste denke, die sich wippend unter mir bewegen, wenn ich sie ficke.

»Also sag mir, was wir machen, wenn Jack davon Wind bekommt.«

»Wieso sollte er davon erfahren? Wenn du die Fresse hältst und ich auch, sind wir safe. Andriana sagt sowieso nichts, die braucht die Kohle. Und wir wissen, wo sich überall Kameras befinden. Problem gelöst.«

Genau das wird unser Vorteil sein. Es ist leicht, Menschen zu manipulieren, und bei Sunshine ist es einfacher als die Abschlussprüfung für Sicherheitspersonal. Und mein Schwanz braucht eben ihre Pussy. Ich bin auch nur ein Mann, der seine Bedürfnisse hat und verdammt wählerisch ist. So eine wie sie findet man nicht überall.

»Wir laufen auf dünnem Eis. Mehr sage ich ja nicht. Ich mag es genauso, sie zu ficken«, gibt Shane zu, was mich zum Grinsen bringt. Dass ich ihn mal dazu bekomme, etwas Verbotenes zu tun, hätte ich nicht für möglich gehalten. Aber scheinbar steckt in ihm doch ein kleiner Lustmolch.

»Tja, hättest du mal von Anfang an auf mich gehört.« Denn ich habe nicht nur einmal versucht, ihn dazu zu überreden. Die anderen Spielzeuge waren viel zu kaputt, um sie anzufassen. Natürlich waren da auch Schönheiten dabei, aber alle waren so zart besaitet, dass man fürchten musste, sie psychisch komplett zu zerstören. Und Vergewaltiger sind wir keineswegs. Nein, wir wollen, dass die Mädchen es auch wollen. Genau deswegen dürfen wir es uns mit Andriana nicht verscherzen, wenn unsere triefenden Schwänze mehr wollen. Zwar ist es unfassbar schwierig, den netten Kerl zu mimen, aber die Belohnung dafür ist riesig.

»Danke, dass du mir das jetzt vorhältst. Ich dachte,

dass sie sich wehren wird, und ich hab keine Lust, ein Arschloch zu sein.«

Der Gutmensch Shane geht mir manchmal ziemlich auf den Sack. Wenn er nicht so verkniffen wäre, würden wir sicher noch mehr Spaß haben als jetzt schon. Wie oft habe ich ihm vorgeschlagen, uns eine heiße Studentin zu gönnen, davon gibt es immerhin genug auf dem Campus. Und da wir in der Uni einen Freifahrtschein haben, wäre es auch nicht schwer. Aber was macht mein guter Cop? Er will sich auf seine Arbeit konzentrieren, die alles andere als Arbeit ist. Was machen wir denn den lieben langen Tag lang? Ab und zu begleiten wir Jack auf wichtige Termine mit zwielichtigen Idioten, aber mehr Action bekommen wir nicht. Eigentlich verdienen wir unser scheiß Geld für nichts. Und das ist 'ne menge Geld.

»Gut, danke, dass du mir noch mal sagst, dass du eine Pussy bist«, schnaube ich und konzentriere mich weiter auf mein Training. »Sag mir einfach Bescheid, wenn dein Sack kurz vorm Platzen ist. Dann können wir sie gerne wieder zum »schwimmen« einladen.«

»Du bist ein sexbesessener Idiot, Boyka.«

Hach, wie ich es liebe, wenn er meinen Nachnamen ausspricht. Manchmal vermisse ich mein Russland, aber ich dachte echt, dass ich hier die große Karriere machen könnte, wenn ich mir den Arsch aufreiße. Von einem Drayton angestellt zu werden, war der Jackpot, den ich gebraucht habe. Bis herauskam, dass ich nichts weiter zu tun habe, als ihm wie ein Hund hinterherzulaufen. Und jetzt müssen wir uns auch noch um seine Kleine kümmern, die gut auf sich allein aufpassen könnte.

Während Shane und ich weiter unserem Training

nachgehen und die motivierende Technomucke im Hintergrund genießen, hören wir wie eine Tür, aggressiv aufgerissen wird. Mit hochgezogener Augenbraue sehe ich, wie Noah in den Raum kommt und zum Boxsack rennt, um auf ihn einzuschlagen. Er sagt nichts, scheint aber ziemlich sauer zu sein. Eigentlich ist er nur dann so komisch drauf, wenn ihm Jack mal wieder 'ne Ansage gemacht hat. Dieses Mal sehen seine Augen aber ziemlich krass aus und ich weiß sofort, dass er wieder zu Drogen gegriffen hat. Dieser Penner. Hat er eine Ahnung, dass das auf uns zurückfallen kann?

»Na, jetzt kann der Tag ja nur noch besser werden. Guten Abend, Grinsekatze.« Noah brummt und schlägt weiter wie ein Bekloppter auf den Sandsack ein. Einen kurzen Augenblick lang sehe ich zu Shane, der ebenfalls nicht zu wissen scheint, was hier gerade abgeht.

Also stehe ich auf und gehe zu Drayton Junior, um mich hinter ihm etwas aufzubauen.

»Der Sack kann nichts dafür. So langsam tut er mir etwas leid«, versuche ich die Stimmung zu lockern, doch Noah bleibt weiterhin in seinem Fokus und tritt ab und zu mit seinen Beinen zu. So langsam hab ich genug von diesem Theater und lege meine Hand auf seine Schulter, um ihn umzudrehen.

Noah wendet sich aggressiv zu mir und sieht mich mit feurigem Blick an. »Was?«, schreit er sauer und schubst mich leicht von sich. »Was willst du, he?«

»Komm mal runter. Ich will nur verhindern, dass du mein Lieblingsgerät kaputt machst. Hier ist schon genug im Arsch«, demonstriere ich und hebe die Hände.

»Hast du was genommen?« Shanes ruhige Stimme

sorgt dafür, dass Noah etwas ruhiger wird, sich mit den Fingern über die Augen fährt und noch einmal wütend auf den Sandsack einprügelt, bevor er sich auf die Hantelbank setzt. »Fuck, verdammt!«, brüllt er und vergräbt das Gesicht in seinen Händen.

Was auch immer mit ihm los ist, es kann nichts mit Jack zu tun haben. So aufgelöst ist er nie wegen ihm. Das hier muss was anderes sein. Vielleicht wirklich die Drogen?

»Hier«, murmelt Shane und hält ihm eine Flasche Wasser entgegen, die er annimmt und sich einen langen Schluck gönnt. Wenn es darauf ankommt, ist Shane der Kerl, der alles aus einem rausbekommt. Er gibt Zuckerbrot, ich gebe Peitsche. Und es kommt auf den Menschen sowie die Situation an, was gerade passt. Tja und bei unserem süßen Noah ist es wohl jetzt das Zuckerbrot. Hätte ich persönlich ja nicht drauf getippt, aber ich werde gerne immer wieder aufs Neue überrascht.

»Na, dann erzählt Onkel Valentin und Tante Shane mal, was mit dir los ist, hm?«

Ich grinse und lehne mich an die Hantelbank. Wir haben bisher schon viele Streitigkeiten zwischen den beiden Brüdern mitbekommen, aber bei keiner ist Noah so ausgerastet wie jetzt. Natürlich gab es immer wieder kleine Beleidigungen und einmal war er sogar kurz davor, Jack anzugreifen, aber mehr war es nie. Dass er sich hierher verzogen hat und den Sandsack als Feind sieht, ist auch neu. Eigentlich sind wir nicht die Seelsorger vom Dienst, aber da Noah ein Freund von uns geworden ist, spüren wir so etwas wie eine Milcheinspritzung, Muttergefühle oder so einen Scheiß. Gott, sind wir am Arsch.

»Es ist gar nichts los«, motzt Noah und sieht die Wasserflasche an.

Klar doch. Denkt er wirklich, dass wir so dumm sind? Welcher Kerl rennt ins Gym und macht so einen Aufstand, wenn nichts ist? Das glaubt er ja wohl selber nicht.

»Und warum bist du dann so angefressen? Ist was mit Jack?«, will Shane sanft wissen und verschränkt die Arme vor der Brust. Eigentlich ist das nicht möglich, denn der Kerl arbeitet, eingesperrt in seinem Büro, so lange dass niemand die Chance hat, ihn zu Gesicht zu bekommen. Auch Noah nicht. Das Haus müsste schon brennen, bevor er jemanden zu sich lässt. Na ja, oder Andriana läuft nackt rum. Das sind wohl die einzigen Ausnahmen.

Noah mahlt mit dem Unterkiefer und scheint wohl vor dem nächsten Wutanfall zu sein.

»Beruhige dich, okay? Ich hab keine Lust, dich zurückhalten zu müssen. Sag es einfach und wir sind zufrieden.«

Wobei es mich eigentlich einen Scheißdreck interessiert, was ihn so wütend macht. Aber Shane und ich haben unterschiedliche Intentionen. Während er sich wirklich für die Menschen interessiert, halte ich überall nach meinem Vorteil Ausschau. Und mit Noah auf einer Wellenlänge zu sein, gibt mir eine Menge Vorteile. Vor allem auf dem Campus.

»Ich war gerade beim Training und durfte durch Dritte erfahren, dass Chloe eine Fotze ist.« Seine Hände ballt er so stark zu Fäusten, dass die Knochen weiß hervortreten.

Gott, bitte kein langweiliges Beziehungsdrama. Es hat schon seine Gründe, warum ich nie in meinem Leben noch mal in eine Beziehung kommen will. Mädchen geben einem nur Drama und darauf habe ich weiß Gott keinen Nerv. Am Ende sitzt man da wie Noah, der gerade eher wirkt wie eine kleine Pussy mit Liebeskummer.

»Das war uns schon vorher klar«, seufze ich theatralisch und laufe zu meiner Wasserflasche. Damit ist das Thema für mich erledigt. Was interessieren mich Beziehungsprobleme?

»Was hat sie getan?«, will Shane jedoch wissen, wofür ich ihm am liebsten eine knallen würde. Denn damit reizt er das Thema nur aus und ich muss mich noch mehr damit auseinandersetzen. Bitte. Nicht.

»Gott … « Verzweifelt und wütend fährt sich Noah durchs Haar und lehnt sein Gesicht auf seine Fäuste. »Sie hatte was mit einem Fußballkollegen. Mehrmals. Dieser Hurensohn hat es mir gesagt.«

Ich hebe eine Augenbraue und drehe mich letztendlich doch zu ihm um.

»Hast du ihm dafür eine gegeben? Oder dürfen wir das übernehmen?« Ich wittere die Chance auf eine Schlägerei, die wir verfickt noch mal gewinnen werden. Das tun wir immer.

»Ja, ich hab ihn verprügelt und darf nun zwei Tage von der Uni fern bleiben.«

Was ein böser Junge. Da wird sich aber jemand freuen, wenn er erfährt, was sein kleiner Bruder angestellt hat. Während Jack sehr pflichtbewusst durch die Weltgeschichte läuft, ist Noah der Rebell, der nichts anderes im Kopf hat als Spaß und Provokationen. Eigentlich genau der Mensch für mich, aber mit seinen vierundzwanzig Jahren ist er einfach zu jung, um mit ihm Dinge zu machen, die ich gerne machen würde. Am Ende stellen sie sich eh alle als Pussys raus.

»Und was hast du jetzt vor? Weiß Jack Bescheid?« Natürlich muss Shane in der Wunde herumstochern.

Noah schnaubt und schüttelt mit dem Kopf. »Ich werde meine zwei Tage absitzen, aber Jack ist mir scheißegal. Er ist nicht mein Vater.«

So, wie es aussieht, hat Robert Drayton seinem ältesten Sohn aber sehr wohl die Verantwortung überlassen. Zumindest in diesem Haus. Und das weiß Noah ganz genau. Allerdings sieht der kleine Pups nicht ein, dass sein Bruder hier das Sagen hat. Manchmal habe ich das Gefühl, wir haben es hier mit einem Teenager zu tun und Andriana ist weitaus erwachsener als er. Aber was weiß ich schon.

»Und was machen wir mit Blondie?« Eigentlich will ich mich nicht einmischen, aber diese Lady von Green Meadows würde ich auch nicht von der Bettkante stoßen. Dass sie Noah fremdgegangen sein soll, wundert selbst mich. Immerhin soll er der beliebteste Kerl dort sein. Oder bin ich einfach zu alt mit meinen neunundzwanzig Jahren, um dassnoch zu kapieren.

»Was schon? Am liebsten würde ich sie … verdammt. Und es reicht schon, dass ich immer diese italienische Fotze hier sehen muss.«

Mein Auge zuckt.

»Was heißt hier Fotze? Was hat sie dir jemals getan?«, fragt Shane ruhig und legt den Kopf etwas schief.

Darauf gibt uns Noah keine Antwort und brummt nur irgendetwas Unverständliches vor sich hin. Aus dem Jungen werde ich nicht schlau, aber ich hab auch keine

Lust, Psychiater zu spielen. Deshalb klopfe ich ihm auf die Schulter und schmunzle leicht.

»Sieh es mal so: Du kannst jetzt ficken, wen du willst.«

Shanes Blick sagt alles. Okay, ich bin vielleicht nicht der Feinfühligste unter uns, aber die Wahrheit ist es trotzdem. Warum soll ich ihm den Kopf tätscheln, wenn ich ihn auch aufmuntern kann? Immerhin sind schlecht gelaunte Menschen absolut nervig.

»Fick dich, Valentin« Noah schlägt meine Hand von seiner Schulter und steht von seinem Platz auf, um mit dem Nacken zu knacken. »Habt ihr was dagegen, wenn ich mich ein bisschen auspowere?«

»Solange du meinen Sandsack am Leben lässt, bitte«, zwinkere ich und auch Shane nickt.

Wenn es nach mir gegangen wäre, hätte ich weiter über unseren kleinen Sonnenschein geredet und geplant, wo und wie wir sie nächstes Mal ficken. Aber da Noah in der Nähe ist, müssen wir die Klappe halten, als wäre das eine verfickte Affäre. Ich kann nur hoffen, dass schnell wieder die Möglichkeit kommt, mit ihr allein zu sein. Mein Schwanz verzehrt sich nämlich jetzt schon nach diesem perfekten Mädchen.

KAPITEL 23

ANDRIANA

Ich kann nicht aufhören zu lachen, als ich mir diese ulkige Serie im Fernsehen ansehe. Mittlerweile habe ich mir angewöhnt spätestens um 9 Uhr im Bett zu sein und dort für die Uni weiterzuarbeiten, während ich Fernsehen schaue und etwas Popcorn nasche. Ich gebe mir besonders bei Elijahs Kurs Mühe, mithalten zu können. Die Angst, am Ende aussortiert zu werden, ist groß und deshalb hänge ich gerne mal eine Extrastunde an. Mein Kopf raucht bei der Ideensuche für einen Vortrag, den ich halten muss. Ich habe ja nicht mal den Hauch einer Ahnung, was ich am Ende vorstellen soll. Vielleicht ... bin ich doch zu schlecht.

Jack ist im Moment viel zu beschäftigt, um mich auszunutzen, und Valentin und Shane sind auf irgendeiner Tagesreise. Natürlich wollte mir keiner sagen, wohin sie gefahren sind, aber im Endeffekt ist es mir auch egal. Ich genieße die Ruhe und mag es, Zeit für mich zu haben, weil ich dann die Illusion habe, wirklich sicher zu sein und ein normales Leben zu führen. Zwar muss ich immer noch verarbeiten, was diese Kunden von Jack mir angetan haben, aber bisher funktioniert die Ablenkung ziemlich gut. Es könnte also nicht besser laufen, wenn da nicht die

Angst wäre, dass Valentin oder Shane irgendwann mit der Sprache rausrücken und Jack alles erzählen. Denn dann bin ich nicht nur richtig am Arsch, sondern verliere sicher auch das Geld, das er mir versprochen hat. Schließlich habe ich den Vertrag gebrochen. Aber damit muss ich wohl erst mal leben. Darüber sprechen kann ich sowieso mit niemandem und eigentlich habe ich das auch gar nicht vor. Lieber schlucke ich alles runter und lenke mich ab. Dass Angst aber so lähmend sein kann, war mir vorher nicht ganz bewusst.

Während ich also mein Bett vollkrümel, sehe ich Licht im Flur, das mich ein wenig blendet. Ich mag es lieber, mit offener Tür zu schlafen, allerdings ist der Flur auch meistens dunkel. Genervt krabble ich aus dem Bett und will die Tür schließen, als ich eine Stimme höre, die sich weiblich anhört. Ich stocke in meinem Vorhaben und schiele hinaus. Noahs Zimmer ist schräg gegenüber und leicht geöffnet. Soll ich lauschen oder halte ich mich besser raus? Eigentlich interessiere ich mich einen Scheißdreck für Noah, aber andererseits bin ich ein verdammt neugieriger Mensch. Im Grunde sollte es nichts Spannendes in seinem Leben geben. Er hat die perfekte Freundin, lebt in einem perfekten Haus und kann an einer perfekten Uni studieren, ohne sich totzuarbeiten. Ich entscheide mich also für Zweites und will zurück in mein Bett. Als ich aber einen verzweifelten Schrei höre, entschließe ich mich, umzukehren. Mit tippelnden Schritten laufe ich zu Noahs Zimmer und bleibe davor stehen. Die Stimmen sind nun besser zu verstehen und sofort weiß ich, wer gerade zu Besuch ist.

»Das war ein einziges Mal, Noah. Du musst mir

verzeihen, bitte«, fleht Chloe und läuft scheinbar mit ihren hohen Schuhen durch den Raum, denn ihre klackernden Schritte hört man sicher durch das ganze Haus. Allerdings ist das auch das Einzige, was ich vernehme.

»Fick dich, Chloe. Ich muss gar nichts. Ich weiß sowieso nicht, was du hier willst. Es gibt nichts mehr zu klären.«

Jacks kleiner Bruder klingt nicht gerade erfreut. Und da ich eins und eins zusammenzählen kann, ahne ich schon, worum es geht. Chloe muss fremdgegangen sein. Autsch. So was muss verdammt weh tun. Zwar habe ich damit keine Erfahrungen, aber ich habe schon oft mitbekommen, wie die betrogene Person darunter leidet. Dass gerade jemand wie Noah betrogen wird, wundert mich allerdings. Laut den anderen Studenten ist er der begehrteste Mann in ganz Green Meadows. Andererseits sind wohl auch solche Leute nicht sicher vor Herzschmerz. Selbst Selena Gomez wurde betrogen. Hallo?

»Was ich hier will? Ich will das mit dir klären. Wir beide zusammen … wir können uns nicht trennen, okay? Ich brauche dich und du brauchst mich. Zusammen sind wir das Paar schlechthin, das ist dir doch hoffentlich bewusst!« Ihre Stimme wird lauter, doch die Verzweiflung darin ist klar zu hören. Gott, wie kann man nur so ein schlechter Mensch sein. Ist es ihr völlig egal, wie sich Noah gerade fühlt?

»Weißt du, was mir bewusst geworden ist, Chloe?« Ich höre, wie Noah aufsteht und sich ihr nähert. Die Schritte sind hart und wirken bedrohlich. »Dass ich mich von Anfang an in dir getäuscht habe. Du bist nichts weiter, als eine dumme Schlampe. *Das* ist mir bewusst geworden.«

Mir wird schlagartig kalt. Dass er so mit Chloe redet, wundert mich zwar nicht, aber ich höre heraus, dass sein Herz weh tut. Eigentlich sollte ich mich nicht weiter darum kümmern, aber ich hasse es, wenn Menschen verletzt werden. Doch bei Chloe wundert mich gar nichts mehr. Sie dachte schon immer, dass sie etwas Besseres ist. Noah mit so einer schmerzlichen Stimme zu hören, ist komisch. Wie soll ich damit umgehen, wenn ich ihn doch ganz anders kenne? Wenn ich weiß, dass er eigentlich ein Arschloch ist und mich behandelt hat wie den letzten Dreck?

»Das kannst du mir nicht antun. Ich liebe dich doch.«
Na, wer's glaubt. Ich verdrehe die Augen und kann mir ein Schmunzeln nicht verkneifen. Sie sieht ihren Fehler nicht mal ein. Allerdings hätte ich ihr das so oder so nicht zugetraut. Sie ist eine von den Ladys und hat von ihnen das meiste Sagen. Dass sie das gerne ausnutzt und denkt, sie sei die Größte, wissen die meisten. Jedenfalls die, die hinter ihr schönes Äußeres schauen können. Ihrer Meinung nach kann sie machen, was sie will, ohne dafür belangt zu werden. Sicherlich ist sie nun umso verwirrter, dass Noah so darauf reagiert. Mich persönlich hat es nie interessiert, was sie in ihrem Leben macht. Auch über Noah wollte ich mich nie weiter erkundigen. Aber jetzt so eine Situation mitzuerleben, zeigt mir, dass er auch nur ein Mensch mit Gefühlen ist.

»Verpiss dich einfach. Es ist aus, kapierst du das?«
Noahs Stimme ist leise und bedrohlich. Ich höre ein Schniefen von Chloe, bevor sie auf dem Fuß kehrt macht und aus dem Zimmer verschwindet. Allerdings bin ich zu langsam, um vorher wieder in mein eigenes Zimmer zu

gehen, und schaue ihr geschockt in die Augen. Ihr Blick ist tödlich, als sie mich sieht.

»Na toll!«, meckert sie laut und verschwindet in den Wohnbereich, um zur Haustür zu gelangen.

Mit großen Augen schaue ich ihr nach. Das hast du nun davon, du blöde Kuh. Und vielleicht hat Noah so einen kleinen Dämpfer auch mal verdient. Ich will zurück in mein Zimmer, da ich für heute genug Show genossen habe. Als ich aber ein Schluchzen aus dem Zimmer höre, bleibe ich abrupt stehen. Weint er? Das kann doch nicht sein. Er ist Noah. Der fiese Noah, der nichts anderes zu bieten hat, als mich zu hassen. Aber mein Herz macht einen traurigen Sprung, als würde es mich überreden wollen, zu ihm zu gehen. Ob das eine gute Idee ist, weiß ich nicht, aber meine Beine tragen mich förmlich in sein Zimmer. Egal, ob er mich rausschmeißt. Er sollte nicht alleine sein.

Leise klopfe ich an die Tür und räuspere mich. »Noah?«, hauche ich leise in seine Richtung.

Er sitzt auf dem Bett und hat seine Hände vor seinem Gesicht. Als er mich hört, schnellt sein Blick nach oben, bevor er mich böse anblitzt. »Was willst du hier? Hast du gelauscht oder was?«

»Ja ... kann man so sagen. Ihr wart aber auch nicht so einfach zu überhören«, gebe ich zu und komme ihm ein bisschen näher. Ich weiß nicht, wieso ich das mache, aber mein gutes Herz will ihm beistehen, auch wenn ich ihn eigentlich nicht leiden kann. Aber es bringt nichts, wenn er hier alleine sitzt und am Ende noch Dummheiten macht. Im Moment traue ich ihm alles zu.

»Bist du bescheuert? Sieh zu, dass du dich verpisst!«,

knurrt er aggressiv, doch er macht keine Anstalten aufzustehen und mich rauszuschieben. Deswegen bleibe ich da, wo ich bin, und gebe mir selbst einen Ruck. Immerhin ist es wichtig, auch mal an sein eigenes Karma zu denken. Und, Gott, nach diesem Vorfall hier wird mein Punktekonto voll sein.

Ich entscheide mich, seine dummen Sprüche vorerst zu ignorieren.

»Ich dachte, dass du vielleicht jemanden zum Reden brauchst.«

Noah schnaubt verzweifelt und schüttelt den Kopf. »Warum sollte ich gerade mit dir darüber reden? Hältst du mich für so hilfsbedürftig?«

Nein, ich halte dich für ein Arschloch. Aber darauf will ich heute nicht hinaus.

Also zucke ich mit den Schultern und setze mich neben ihn, was er zu meiner Überraschung, sogar zulässt. »Nein, aber ich denke, dass eine fremde Person der beste Zuhörer ist. Wir können Dinge etwas anders beurteilen, weißt du? Ich ... habe zwar keine Ahnung, wie es ist, betrogen zu werden, aber ich habe auch schon eine Person verloren, die mir wichtig war. Und ... ich wäre froh gewesen, mit jemandem zu reden.«

Als meine Mom gestorben ist, konnte mir keiner wirklich helfen. Ich musste die Beerdigung so gut wie alleine planen und ansonsten gab es nur die üblichen Beileidsbekundungen. Niemand war da, dem ich mich anvertrauen konnte. Niemand wollte da sein. Alle hatten etwas Besseres zu tun. Ich hatte eine kurze Zeit lang die Hoffnung, dass mein Vater endlich aus seinem Versteck kommt, doch auch das geschah nicht. Ab diesem Zeitpunkt habe ich sowieso die Hoffnung komplett aufgegeben, jemals wieder eine Familie zu haben.

Noah legt seine Ellenbogen auf den Knien ab, während er stur nach vorne schaut. »Chloe hat mit einem meiner besten Freunde gefickt«, gibt er leise zu und löst in mir einen unangenehmen Schmerz in meinem Magen aus. Wie kann man nur so etwas Grausames tun? Der Kloß in meinem Hals wird dicker. »Das ging mindestens zwei Monate so«, fügt er hinzu und macht es mir damit schwer, die richtigen Worte zu finden. Was sagt man zu einer Person, die gerade so verletzt wurde? Was hätte ich gerne gehört, als meine Mom von uns gegangen ist?

»Ich kenne Chloe nicht sehr gut«, eebe ich zurück und schaue auf meinen Schoß. »Aber das hätte ich ihr nicht zugetraut.« Lüge. Natürlich hätte ich das. Verdammt, sie ist einer der unangenehmsten Menschen, die ich kenne.

»Tja, das ist wohl der Unterschied zwischen uns beiden. Ich hab es ihr sehr wohl zugetraut.«

Mein Blick wendet sich fragend zu Noah. Er hatte damit gerechnet?

»Aber ... wieso hast du nicht mit ihr Schluss gemacht?« Wenn eine Person schon weiß, dass sie der anderen nicht vertrauen kann, wieso bleibt sie dann? Noah antwortet nicht, sondern scheint selber darüber nachzudenken. Ich schlucke und überlege, wieder zu gehen. Vielleicht will er ja doch allein sein. Eine Frage brennt mir jedoch unter den Nägeln. »Liebst du sie?«

Wieder schnaubt er belutigt und zuckt mit den Schultern, bevor er sich zurücklehnt und an die Decke starrt. »Um ehrlich zu sein, weiß ich das nicht mal. Sie war die

Hübscheste am Campus und der Sex war immer gut. Aber Liebe? Keine Ahnung.«

Wie sich jemand freiwillig in Chloe verlieben kann, frage ich mich sowieso. Ihr Charakter ist so schlecht, dass ich glaube, dass nur ihre Eltern sie wirklich lieben. Obwohl? Selbst bei denen bin ich mir unsicher.

»Das Einzige, was mich ankotzt, ist, dass sie es mit meinem Freund gemacht hat. Es geht mir nicht mal um mein scheiß gebrochenes Herz.« So langsam wird er offener, was mich wundert. Ich hätte damit gerechnet, dass er mich gleich aus seinem Zimmer wirft. Er fängt an, sich zu öffnen und mit mir darüber zu reden. Was heißt das nun für mich? Was soll ich tun, damit es ihm besser geht?

Ich traue mich, eine Hand auf sein Bein zu legen, und räuspere mich ein weiteres Mal. »Erfahrungen sind wichtig im Leben. Ich weiß, wir verstehen uns nicht wirklich gut und du kannst mich auch nicht leiden, aber … niemand hat einfach so Schlechtes verdient. Keine Ahnung, ob es dir hilft, aber … wenn die Sonne untergeht, geht sie auch wieder auf.« Ich meine es gut und will ihm Mut zusprechen, doch das scheint ihn auf einmal so wütend zu machen, dass er sich meine Handgelenke schnappt und mich in der nächsten Sekunde aufs Bett drückt. Ich ziehe erschrocken die Luft ein und rieche seinen angenehmen Duft, als er mit seinem Gesicht unfassbar nah an meinem ist.

»Was soll das hier, he? Willst du irgendwas damit erreichen, dass du meinen Kopf tätschelst? Was hast du vor? Sag es mir!« Beinahe schreit er mich an und bringt meinen Körper damit sofort in den Verteidigungsmodus.

»Nein! Ich versuche gerade mein Karmakonto

aufzufüllen, du Idiot«, fauche ich zurück und will mich aus seinen Händen befreien, die viel zu fest meine Handgelenke halten. »Jetzt lass mich los, verdammt! Du tust mir weh!« Ich zapple unter seinem Körper, der schwer auf meinem liegt.

»Du kotzt mich an!«, flüstert Noah böse, doch löst er in mir den nächsten Herzhüpfer aus, als er seine Lippen fest auf meine legt. Ich reiße die Augen auf und überlege, ihn von mir zu stoßen. Aber … ich kann es nicht. Mein Körper wehrt sich dagegen, sich zu wehren. Egal was ich mir für Erinnerungen hochhole – die Beleidigungen, die aggressive Art – nichts bringt mich dazu, den Kuss nicht zu erwidern. Also öffne ich den Mund und lasse seine Zunge hinein, die mit meiner tanzen will. Es kommt mir vor, als hätten wir nie etwas anderes gemacht und mein Herz springt wie verrückt in meiner Brust herum. Ich mache mir keine Gedanken, was das hier ist, denn der Kuss macht viel zu süchtig, um darüber genauer nachzudenken. Seine Hände lassen meine Handgelenke los und legen sich auf meine Wange und meine Hüfte. Ich merke, wie sie unter mein riesiges Schlaf-T-Shirt fahren und mich zu streicheln beginnen. Die Gänsehaut ist unvergleichlich. Ich will mehr. Scheiß drauf, was er für ein Kerl ist.

»Na, wen haben wir denn da?« Als wir Valentins Stimme hören, schnellen wir beide gleichzeitig hoch und stehen vom Bett auf. Fuck. Das fehlt jetzt noch. Wieso habe ich nicht die Tür hinter uns geschlossen? Wie dumm kann ein Mensch bitte sein?

»Da kommt man von einem Termin und muss so was sehen. Dabei wollte ich dir gerade einen Begrüßungsbesuch abstatten, Sunshine.«

Meine Wangen werden rot. Ich fühle mich wie ein Schulmädchen, die beim Spicken erwischt wurde. Mit anderen Männern etwas zu haben, ist tabu. Und dann auch noch mit dem Bruder des Besitzers zu knutschen, das lässt das Eis unter mir brechen.

Noah und ich sagen kein Wort. Es gibt auch nichts zu sagen, denn das, was Valentin gesehen hat, war offensichtlich. Es bleibt nur zu hoffen, dass er die Klappe hält.

»Habt ihr etwas zu eurer Verteidigung vorzubringen?«, schmunzelt der blonde Bodyguard und verschränkt süffisant die Arme vor der Brust.

»Was willst du hören?«, will Noah locker wissen, während er die Hände in die Hosentaschen steckt, als wäre nichts gewesen. So ganz weiß ich allerdings auch nicht, was das gerade war. Es verwirrt mich nur noch mehr.

»Ich rate euch, das für euch zu behalten. Ich habe jedenfalls nichts gesehen.« Lässig zuckt Valentin mit den Schultern.

»Du wirst Jack nichts sagen?«, hake ich skeptisch nach und verenge etwas die Augen. Eigentlich kommt mir Valentin eher so vor, als würde er alles zu seinem Vorteil nutzen, wenn er könnte. Aber dass er wirklich nichts sagen will, ist komisch.

»Denkt ihr, ich habe Lust auf eine Diskussion mit ihm? Sorry, aber ich hänge an meinem Leben. Viel Spaß noch, ihr Süßen.« Mit den Augen zwinkernd verschwindet er so schnell, wie er gekommen ist, und lässt uns mit offenem Mund zurück.

Der Kuss mit Noah war wunderschön, aber jetzt die Frage zu stellen, was das war, verkneife ich mir. Ich bin kein Mädchen, die es ihm schwermachen würde. Und Gefühle sind von meiner Seite ja auch nicht vorhanden. Immerhin dachte ich bis vor ein paar Minuten, dass er das größte Arschloch auf der Welt ist. Wie ich allerdings nun selbst damit umgehen soll, weiß ich nicht. Denn ich habe nicht einfach nur mit irgendjemandem rumgemacht. Jasmine steht schon seit Ewigkeiten auf ihn. Sollte sie davon Wind bekommen, bin ich tot und gleichzeitig meine beste Freundin los. Ob ich das ertragen würde? Ob es mir das wert wäre? Nein. Gegen meine Freundin kommt niemand an, aber ... was ist, wenn er nochmal auf mich zukommt. Wäre ich stark genug, ihm aus dem Weg zu gehen, wie vorher? Gott, warum muss mir das alles immer passieren?

KAPITEL 24

ANDRIANA

R ia!« Jasmines Stimme holt mich aus meinen Gedanken heraus. Ich weiß nicht, wie ich in die
Mensa gekommen bin, aber ich bin so damit beschäftigt, über Noah nachzudenken, dass ich den ganzen
Tag schon wie ein Zombie rumlaufe. Ich habe nicht mal
bemerkt, dass sich Chase zu uns gesetzt hat, der mich
ebenfalls besorgt mustert.

»Gehts dir gut? Du siehst ein bisschen müde aus.«
Voller Sorge legt er eine Hand auf meine Schulter und
streichelt sanft mit seinem Daumen darüber, was mich
ein bisschen beruhigt. Aber Jasmine kann ich einfach
nicht in die Augen schauen. Ich habe mit dem Jungen
rumgeknutscht, der sie nicht mal mit dem Arsch anschaut. Und trotzdem versucht sie bis heute alles, um
wenigstens ein Lächeln von ihm zu bekommen. Es ist
traurig, dabei zuzusehen, wie sie von ihm schwärmt,
obwohl er nicht mal weiß, dass sie existiert. Das ist
ihr bewusst und trotzdem hat sie sich vorgenommen,
niemals aufzugeben. Wie viele Nächte ich wegen ihr
durchmachen musste, weil sie nicht aufhören konnte,
über seinen heißen Body zu reden. Super, und nun habe
ich das Schlimmste gemacht, was man seiner besten

Freundin antun kann. Ich fühle mich schrecklich. Ich muss unbedingt wieder Abstand von ihm nehmen, sonst endet das Ganze in einem Chaos.

»Ja, Jack ist … letzte Nacht unersättlich gewesen«, lüge ich und lächele nervös vor mich hin.

Chase' Blick wird fester, als er seine Hand von meiner Schulter nimmt. »Du solltest ihm mal sagen, dass er sich besser um dich kümmern soll«, murmelt er und trinkt einen Schluck von seinem Milchkaffee.

»Ich gebe es zwar ungern zu, aber Schokoküsschen hat recht. Pass etwas besser auf dich auf, okay? Wir machen uns nur Sorgen.«

Dass Jasmine ihn nun schon lange Schokokuss nennt, sehen viele als Beleidigung an. Auch ich musste schlucken, als ich es das erste Mal gehört habe. Aber Chase liebt diesen Spitznamen. Als Retourkutsche nennt er sie deswegen liebevoll Ginger. Und genau das ist der Grund, warum ich die beiden nicht verlieren will. Sie sind mein Ein und Alles. Meine besten Freunde. Meine Familie. Wie kann ich nur daran denken, etwas mit Noah anzufangen?

»Macht euch keine Sorgen. Ich hab ihn vielleicht etwas provoziert«, grinse ich und nippe an meinem Latte macchiato. Wenn es nach mir geht, würde ich gar nicht über Jack oder die Bodyguards reden. Ich hab keine Lust mehr, zu lügen.

»Wir machen uns ständig Sorgen, seit deine Mom … seit sie nicht mehr da ist. Du willst immer alles alleine machen und lässt keinen an dich ran. Wir haben überlegt, diesem Jack mal eine Ansage zu machen.«

Und genau das wäre der Punkt, der Jack zum Ausrasten

bringen würde. Und am Ende bin ich die Leidtragende. Auf keinen Fall.

Locker lache ich auf und schüttle den Kopf. »Kommt runter. Ich habe im Moment einfach gerne Sex, mehr nicht.« Das ist allerdings nicht gelogen. Der Sex mit Valentin und Shane im Schwimmbad war unvergleichlich. Zwar war ich überrascht über den Deep Throat, aber am Ende habe ich noch mehr Erfahrungen sammeln können, mit verdammt heißen Typen, die mich sogar beschützen müssen. Warum ärgere ich mich eigentlich, dass sie ständig an meinem Rockzipfel hängen? Gerade heute vermisse ich die beiden. Sie begleiten Jack zu einem Termin, weshalb ich einen Ausnahmetag genießen darf. Da ich mich aber so daran gewöhnt habe, sie um mich zu haben, kommt es mir komisch vor, allein über den Campus zu gehen.

»Meinetwegen. Aber heute ist unser Tag. Chase will ausgeben.« Jasmine wippt mit den Augenbrauen in Richtung des hübschen Afrikaners, der breit grinst. »Wir drei, im Wish. Ist viel zu lange her, dass wir da waren.«

Die Bar, in der ich bis vor kurzem noch gearbeitet habe, war immer ein besonderer Teil meines Lebens. Ich mochte die Kollegen und der Chef war auch sehr lustig und locker. Jack sagte, dass er meine Kündigung sofort eingereicht habe, nachdem er mich entführt hatte. Wie sie mich dort jetzt sehen, weiß ich nicht. Vielleicht sind sie sauer, dass ich nicht mal selbst gekommen bin. Und ich kann ihnen ja schlecht erzählen, dass ich gefesselt in einem fremden Bett lag und mich … ach egal.

»Hört sich gut an. Ich glaube, das brauche ich mal wieder.« Zeit mit meinen Freunden zu verbringen ist sowieso überfällig. Mit fehlen die sorglosen Nächte, in denen wir gelacht haben. Selbst diese kitschigen Filme, die Jasmine so gerne mag, vermisse ich. Und wenn das Wish gerade die beste Option ist, bin ich die Letzte, die dazu nein sagt. Es hat also doch Vorteile, dass ich nicht von Valentin und Shane verfolgt werde.

»Na dann los, ich brauche unbedingt einen Bacardi.« Laut klatscht Jasmine auf den Tisch, bevor sie aufsteht und nach meiner Hand greift, um mich ebenfalls dazu zu bringen, mich vom Stuhl zu erheben.

»Hoffentlich aber dieses Mal mit Sprite und nicht mit Cola. Ich verstehe diese Mischung sowieso nicht«, witzle ich, während wir uns auf den Weg aus der Mensa machen. Jasmines Geschmack ist komisch. Das war er schon immer. Während andere Fisch essen, der zubereitet wurde, isst Jasmine die Dinger einfach so. Den Schock werde ich nie vergessen, als ich zusehen musste, wie sie einen toten Fisch ausgenommen und die Innereien gegessen hat. Einfach so. Noch heute wird mir übel, wenn ich daran denke. Aber Geschmäcker sind verschieden, nicht wahr?

Gemeinsam laufen wir die Straße entlang. Das Wish ist nicht weit entfernt und doch braucht man etwa zehn Minuten, um gemütlich dorthinzukommen.

»Das nächste Mal würde ich dich übrigens gerne bei einem meiner Spiele sehen, Ria.« Grinsend sieht mich Chase von der Seite an und legt einen Arm um mich.

Ich genieße die Nähe meines besten Freundes und drücke mich fester an seinen Körper. »Aber nur, wenn du gewinnst«, feixe ich und stoße auf ein lautes Gelächter von Jasmine.

»Klar doch. Der gewinnt im Moment nur noch.«

Davon habe ich gehört. Allerdings ging es dabei um Noahs Erfolg, von dem Valentin und Shane gesprochen haben. Doch da die beiden in einem Team sind, wusste ich, dass Chase ebenfalls gut gespielt haben muss.

»Dann werde ich auf jeden Fa– …« Ein lautes Hupen unterbricht mich. Eine riesige Limousine fährt neben uns her und das Fenster wird heruntergelassen.

Mir rutscht das Herz in die Hose, als ich Noah darin sehe, der seine Sonnenbrille abnimmt und Chase zunickt.

»Dachte, du willst mehr trainieren«, ruft er ihm zu.

Schnell nimmt Chase seinen Arm von meiner Schulter und steckt seine Hände in die Hose. »Dafür brauche ich Kraft. Wollte erstmal einen Drink genießen.«

Im Augenwinkel sehe ich, wie Jasmine errötet und Noah zuwinkt. Allerdings schaut er sie nicht an und wendet seinen Blick stattdessen zu mir.

»Einsteigen, Naschkatze.«

Meine Augen weiten sich. Naschkatze. Als ich den Pudding auf ihm verteilt habe, hat er mich schon mal so genannt. Dass er dies jetzt wieder tut, versetzt mich in Schockstarre. Vor allem wegen Jasmine, die mich fragend ansieht. Gott, ich hab keine Ahnung, was ich tun soll.

»Ich … kann jetzt nicht. Wir wollen ins Wish.« Ich will weiterlaufen, doch ich höre ein aufforderndes Pfeifen von Noah, das mich zum Anhalten bringt. Das kann doch nicht sein Ernst sein.

»Das war keine Frage. Steig ein.«

Ich bin völlig überfordert mit dem, was hier gerade los ist. Hilfesuchend sehe ich zu Chase und Jasmine. Doch meine Freundin bewegt sich nicht und schaut schockiert auf die Limousine vor uns. Fuck.

»Geh ruhig. Scheint wichtig zu sein. Wir sehen uns morgen wieder, okay?« Lächelnd nimmt mich Chase in den Arm und sorgt dafür, dass wenigstens ein kleiner Stein von meinem Herzen fällt. Wenn ich mir aber Jasmine genauer ansehe, wird mir schwummrig.

Der Chauffeur öffnet die Wagentür und wartet darauf, dass ich einsteige. Noch immer hadere ich mit mir, aber bevor Noah noch irgendetwas sagen könnte, was mich in Schwierigkeiten bringt, steige ich mit einem leisen Seufzer ein.

Trotzig setze ich mich und verschränke die Arme vor der Brust. »Also, was willst du?«

Der Wagen fährt los und lässt meine Freunde zurück. Als ich in den Rückspiegel schaue, sehe ich Chase, der anscheinend auf Jasmine einredet. Sie sieht allerdings nicht so begeistert aus. Toll. Nun darf ich mich bald noch mal rechtfertigen. Und ich hab keinen Plan, was ich sagen soll, wenn es so weit ist.

»Vermisst du die beiden schon? Ich hätte sie auch mitnehmen können, aber dann wäre das Gespräch sicher unangenehm gewesen.«

Mein Blick wird düster. »Was soll das? Ich hatte einen Tag nur für mich und du musst ihn mir kaputt machen?« Ich hätte mich gefreut, wenn ich mit Chase und Jasmine etwas hätte reden können. Klar, die Sache zwischen Noah und mir sollte wirklich geklärt werden, aber nicht jetzt. Nicht, wenn ich Ausgang habe.

»Glaub mir, ich hab auch nicht unbedingt Lust darauf.« Noah lehnt sich auf dem riesigen Sitz zurück und schnappt sich ein Glas mit Whiskey, das er mit einer kleinen Pille versetzt. Nimmt er Drogen oder sind das Medikamente? Was auch immer es ist, so etwas mit Alkohol zu mischen, ist bestimmt nicht die beste Idee.

»Aber?«

»Aber leider nervt es, die ganze Zeit an den beschissenen Kuss in meinem Zimmer zu denken.«

Noahs Worte versetzen mir einen Stich. Es tut weh, dass er den Kuss so sieht. Aber was habe ich mir gedacht? Das ist Noah Drayton vor mir. Der Kerl, der mich von Anfang an gehasst hat. Und es wahrscheinlich immer noch tut. Ich versuche, mir einzureden, dass es mir egal ist, aber nach dem Kuss ist es das ganz und gar nicht mehr.

»Ach so. Also wenn das so ist, können wir das Thema abkürzen und uns darauf einigen, dass das niemals passiert ist. Ist mir sowieso lieber, dann kann Jasmine dich weiter anhimmeln.« Der letzte Satz ist mir so rausgerutscht, was ich sofort bereue.

»Wer ist Jasmine?!«

War ja klar, dass er keine Ahnung hat, wer sie ist.

»Meine Freundin! Die Rothaarige, die gerade die ganze Zeit neben mir stand. Gott, sie will nur einmal von dir angeschaut werden und du bist ... ein absoluter Vollidiot.« Ich handle impulsiv, doch ich kann nicht anders, als meiner Wut die Kontrolle zu überlassen. Ich hasse es, dass er meine Freundin nicht wahrnimmt. Ich hasse es, dass er so ein Arschloch ist. Und noch mehr hasse ich, dass ich den Kuss verdammt gut fand. Was sagt das über mich aus?

»Die kleine Ginger? Warum soll ich sie anschauen, wenn sie mich null interessiert?«

Er ist unverbesserlich und ein absoluter Wichser. Mein Kopf kriegt es einfach nicht hin, ihn zu hassen oder zu mögen. Es ist ein ständiges Hin und Her, das mich verrückt macht.

»Ach vergiss es«, murre ich und sehe wieder aus dem Fenster. Ich habe keine Lust, weiter mit ihm zu reden, da ich glaube, dass es sowieso zu nichts führen wird. Er hat seine Meinung und ich meine. Also was will er noch von mir?

Leise höre ich ihn seufzen. »Ich interessiere mich nicht für sie, weil ich mich für dich interessiere, du dumme Nuss.«

Mir fallen die Augen fast aus dem Gesicht. Habe ich mich gerade verhört oder hat er das gerade wirklich gesagt?

»Das … ist ein Witz.« Das muss ein Witz sein, denn eigentlich verbindet uns überhaupt nichts. Nicht einmal sein Bruder. Aber in seinen Augen erkenne ich, dass er es ernst meint. Das helle Grau wird beinahe durchsichtig. »Sag … dass das ein Witz ist.«

»Tja, wünschte ich auch. Versteh mich nicht falsch, du gehst mir immer noch ziemlich auf die Nerven mit deiner Anwesenheit, aber seit gestern ist mein Kopf gefickt. Hab versucht, das hinzukriegen, aber selbst meine Drogen helfen mir nicht.«

Also nimmt er doch Drogen. Aber diese Information ist nebensächlich für mich. Viel wichtiger ist, dass ich gerade mit dem Schwarm von Jasmine in einer Limousine sitze, die was weiß ich wohin fährt, und mit ihm über einen Kuss rede, der nie hätte passieren dürfen.

»Das dürfen wir nicht.« Mein Kopf dreht sich zum

Fenster. »Ich hab einen Vertrag mit deinem Bruder. Wenn ich ihn breche, kann ich meine Schulden nicht bezahlen. Und Jasmine ... das kann ich ihr nicht antun.« Meine Hände ballen sich zu Fäusten. Ich kann das nicht tun. Ich will das nicht tun.

Plötzlich greift sich Noah mein Gesicht und drückt es zu sich. »Du solltest aufhören, zu viel an meinen Bruder zu denken. Und deine Freundin ist nicht mit mir zusammen. Bist du wirklich so schwach, wie ich dachte?«

Die Wut durchbricht meine Scham. »Ich bin nicht schwach!«, halte ich dagegen und versuche mein Gesicht aus seinem Griff zu befreien.

»Du bist viel weniger. Du bist ein Verkaufsobjekt«, raunt er gegen meine Lippen, was mich zum Zittern bringt.

»Und du bist ein Arschloch. Ein riesiges Arschloch.« Gott, wie ich diesen Typen hasse.

»Ja, das bin ich«, flüstert er und legt seine Lippen auf meine und verwickelt mich in einen leidenschaftlichen Kuss, den ich erwidern muss. Mir nichts, dir nichts geht auf einmal alles unglaublich schnell. Noah beginnt mein kleines Jäckchen auszuziehen und zieht mein Bein an sich, um mich auf die große Sitzfläche zu legen. Der Kuss ist heiß und bringt mein Blut zum Kochen. Immer mehr erkundet er meinen Körper und zieht mein Oberteil hoch, um an meinem Bauch entlangzulecken. Ich stöhne auf und genieße seine Zunge, die meine Haut verwöhnt. Er wandert höher und kommt bei meinen Brüsten zum Stehen, um leicht in meine Nippel zu beißen. Ich keuche und merke, wie mir dieser leichte Schmerz ziemlich gut gefällt. Dass ich eines Tages wirklich sagen würde, dass ich

Schmerz reizend finde, hätte ich nicht gedacht. Doch von Noah würde ich gerade alles nehmen, was er mir bietet.

Er leckt sich höher zu meinem Hals und ist dabei einen Knutschfleck zu hinterlassen, was ich jedoch verhindern will.

»Nicht!«, stöhne ich und will ihn wegdrücken, was er aber mit seinen Händen verhindert. Er schüttelt kaum merklich den Kopf und gibt einen abwertenden Ton von sich. Es fängt an wehzutun, doch nach kurzer Zeit lässt er von mir ab und begutachtet mit einem leichten Grinsen sein Werk, bevor er mit seiner Hand in meine Hose fährt und meine Perle zu massieren beginnt. Ich entspanne mich sofort und lege meinen Kopf nach hinten. Allein durch seine Küsse bin ich feucht geworden. Mein Körper will mehr. Das wollte er schon gestern. Und auch Noah wirkt so, als könne er es kaum erwarten, weiterzugehen. Dass es hier ein romantischer Fick wird, der mich mit einem süßen Vorspiel vorbereitet, dachte ich sowieso nicht. Und das muss auch nicht sein. Schnell zieht er mir die Hose von den Beinen und wirft sie auf die Sitzbank neben uns.

Urplötzlich werde ich hochgehoben und finde mich auf seinem Schoß wieder. Er hat seine Hose geöffnet und präsentiert seinen Schwanz, der bereits hart ist.

»Los, fass ihn an, Naschkatze«, haucht er in mein Ohr und beißt in mein empfindliches Ohrläppchen. Ich beiße die Zähne zusammen und nehme seinen Schwanz instinktiv in die Hand, um ihn leicht zu massieren. Seine Reaktion macht mich heißer, als ich dachte. Genüsslich legt er seinen Kopf zurück und greift mir fest an die Hüfte, um sie ebenfalls leicht zu massieren. Da ich aber unwahrscheinlich kitzelig bin, versuche ihn ich mit einigen Bewegungen dazu zu bringen, es zu lassen.

»Was?«, knurrt er angestrengt, während ich meine Hand trotz allem weiterbewege.

»Das kitzelt«, gebe ich zu und bringe ihn damit zum Grinsen.

»Echt? Irgendwie süß wie du dich windest.«

Dieser Blödmann. Während er weitermacht, mich ein bisschen zu quälen, höre ich auf mit meiner Verwöhnung und beiße mir auf die Lippen. »Quälst du mich, quäle ich dich.« Das nennt man dann wohl fair, oder?

Seine Augen beginnen zu glühen und seine Hände bleiben auf mir liegen. »Bitte, dann eben auf die altmodische Art.« Mit einem Ruck hebt er mich hoch und hilft seinem Schwanz ein bisschen nach, in mich zu gleiten. Es klappt erstaunlich gut und ehe ich mich versehe, steckt er fast komplett in mir. Damit hat mein Körper allerdings nicht gerechnet, weshalb ich laut aufstöhnen muss. Mit meinen Händen kralle ich mich in seine Schultern und beginne von allein meine Hüfte zu bewegen. Er dringt immer tiefer in mich ein und füllt mich schon nach kurzer Zeit komplett aus. Das Gefühl ist unbeschreiblich und eine Welle von Erregung schlägt über mir zusammen. Noah hilft etwas nach und schon nach kurzer Zeit finden wir einen Rhythmus, der mich in volle Ekstase versetzt. Mir ist es egal, ob der Fahrer uns sehen oder hören kann. Mir ist auch egal, ob Jack davon erfährt. Selbst über Jasmine denke ich nicht weiter nach und lasse mich alleine von meinen Trieben leiten. Schon mit Valentin und Shane habe ich meinen Vertrag gebrochen. Nun mit Jacks Bruder in seiner Limousine zu ficken, bringt mich in umso größere Gefahr.

Wir werden immer schneller und unbändiger. Noahs Lippen suchen mein Dekolleté und meinen Hals ab, während sich meine Krallen immer mehr in seine Haut drücken. Unser Stöhnen wird lauter. Hemmungsloser. Ich bin schnell an dem Punkt, an dem ich spüre, wie meine Mitte sich zusammenzieht und ein hervorragender Orgasmus über mich hereinbricht. Mein Kopf fällt genüsslich zurück, während ich den Höhepunkt genieße und schon bald ein Pulsieren in mir spüre.

Unser heißer Atem verbindet sich, als Noah meinen Kopf stützt und seine Stirn an meine lehnt.

»Du bist nicht gekommen«, hechel ich und schließe die Augen.

»Ich darf hier keine Spuren hinterlassen.«

Seine kratzige Stimme verpasst mir eine weitere Gänsehaut. Wie kann ein Mann nur so attraktiv sprechen? Geht das?

»Aber ...«

»Scheiß auf meinen Orgasmus«, ist alles was er sagt und verwickelt mich schon wieder in einen leidenschaftlichen Kuss, der mich in seinen Händen schmelzen lässt. Nie habe ich daran geglaubt, dass Noah wirklich so toll ist, wie Jasmine sagt. Aber jetzt weiß ich es. Man muss nur irgendwie mit ihm umgehen können. Und die Betonung liegt klar auf – irgendwie.

»Ich will, dass wir das öfter machen. Ich weiß, dass du einen Vertrag hast. Aber wenn du die Klappe hältst, wird dir nichts passieren.«

»Ich weiß nicht, ob ich das kann. Jasmine ist in dich

verliebt und …« Ich stocke. Ich habe gerade mit Noah geschlafen. Ich habe den Mann rangelassen, den Jasmine seit Ewigkeiten vergöttert. Ich habe ja nicht mal versucht, ihn von mir zu stoßen. »Ich will keine schlechte Freundin sein.«

»Gute Mädchen machen manchmal schlechte Dinge. Lass es nicht bei diesem einen Mal bleiben. Ich schwöre dir, dass ich dich nicht mehr traurig mache«, flüstert er und gibt mir einen sanften Kuss auf die Nase, die ich ihm aber schnell entziehe.

»Warte. Du hast mich nicht traurig gemacht.« Natürlich hat es mich genervt, dass er immer so ein Arschloch war, aber ich bin die Letzte, die im Bett liegt und darüber nachdenkt, was ein Wichser zu mir gesagt hat. Aber vorher war er auch ein anderer Mensch für mich.

»Nicht mal ein bisschen?« Noah hebt eine Augenbraue, was mich dazu veranlasst ihm einen Klaps auf den Oberarm zu geben.

»Das ist nicht witzig.«

»Ich finde das schon ziemlich witzig«. grinst er frech und zieht mich wieder zu sich. Seine Küsse sind unglaublich. Ich bekomme einfach nicht genug davon. Als wären sie eine Droge, die ich brauche, um feucht zu werden. Shit.

Wie ich es drehe und wende, ich habe Scheiße gebaut. Ich habe meine Freundin verraten und meinen Vertrag mit Jack gebrochen. Außerdem habe ich meine Prinzipien in den Wind geschossen und mich auf einen Kerl eingelassen, der mich vorher behandelt hat wie den letzten Dreck. Ob ich am Ende eine zweite Wahl für ihn oder gar eine Rache für Chloe bin, weiß ich nicht. Aber wieder macht mein Körper, was er will, und kontrolliert meinen Kopf. Ich habe mich selbst in diese Lage gebracht und werde mit den Konsequenzen leben müssen. Wie ich das alles regeln werde, weiß ich nicht. Aber ich muss es versuchen.

KAPITEL 25

ANDRIANA

Ich kann immer noch nicht fassen, was ich getan habe. Die ganze Nacht war ich wach und habe überlegt, was ich tun soll. Ich habe eine Entscheidung getroffen. Mir ist klar, dass ich dadurch vielleicht meine beste Freundin verlieren werde. Aber ich kann mit dieser Lüge nicht leben. Ja, die beiden waren nie zusammen, aber die eigene Freundin so zu hintergehen ist mindestens genauso schlimm. Ich wollte vorher mit Chase darüber reden, habe ihn aber an diesem Morgen nicht gesehen. Meine Vorlesung lasse ich ausfallen, um vor dem Saal auf Jasmine zu warten.

Ich habe mich an die Wand gelehnt und bete, dass sie mich nicht so hassen wird, wie ich es mir die ganze Zeit ausmale.

Ich überlege, wieder zu gehen und mich einfach in meinem Zimmer zu verkriechen, aber das würde die ganze Sache nur noch schlimmer machen, als sie jetzt schon ist. Ich bin eine schlechte Freundin und das muss Jasmine erfahren. Egal, wie weh es tut. Ob sie mir verzeiht oder nicht.

Als die Türen aufgehen, macht mein Herz einen Sprung. Die Studenten kommen einer nach dem anderen heraus und wirken müde. Das fängt ja schon mal gut an. Der Saal ist kleiner als die, in denen ich oft bin, deswegen kommt Jasmine schon kurz darauf und bleibt stehen, als sie mich sieht.

»Was machst du denn hier?«, will sie wissen und schiebt ihre Tasche auf ihre Schulter.

Ich bin nervös und bekomme kein Lächeln zustande, sondern senke den Kopf. Ich habe es mir einfacher vorgestellt, aber sie jetzt vor mir zu sehen, lässt mich still werden.

»Was wollte Noah gestern von dir?«

Durch meinen Körper fährt ein elektrischer Schlag. Ihr Ausdruck zeigt, dass es ihr nicht gut geht. Sie wirkt fad und kaputt.Diese Augenringe habe ich noch nie bei ihr gesehen. Das schlechte Gewissen bringt mich um und ich habe Schwierigkeiten, ihr in die Augen zu sehen.

»Er ... «, stammel ich und lehne mich etwas fester gegen die Wand. »Er wollte mit mir reden«, gebe ich zu und zucke mit den Schultern.

»Und worüber?«

»Über einiges. Wir ...«

»Ria. Sag mir, was da in der Limousine passiert ist. Er sah nicht so aus, als würde er dich abgrundtief hassen.«

Nein, das tut er nicht. Und genau das ist das Problem. Das Schlimmste daran ist aber, dass ich ihn auch nicht hasse. Was es genau ist, weiß ich nicht und dennoch kann ich nicht aufhören, an die Sache in der Limousine zu denken.

»Lief da was mit ihm?«

Jasmine liest mich nun schon lange wie ein Buch, dass

ich damit gerechnet habe, dass sie diese Frage stellen wird. Ich stehe hier und kann sie nicht mal ansehen.

Leise räuspere ich mich.

»Ich muss dir was sagen, Jas. Ich … es ist kompliziert.« Wohl kaum. Eigentlich ist es ziemlich einfach. Ich habe mit ihrem Schwarm geschlafen, obwohl ich wusste, was sie für ihn fühlt. Obwohl ich bei vollem Bewusstsein war. Welche Freundin macht so etwas?

»Du hast mit ihm gefickt«, stellt sie fest. Ihre Stimme ist ruhig und ihr Blick wirkt ebenfalls nicht wütend. Aber die Enttäuschung ist klar zu sehen. Sie hasst mich.

Leise seufze ich und nicke. »Es ist passiert, weil … ich hab das nicht gewollt.«, stottere ich und mache es damit nur noch schlimmer.

Als Jasmine langsam klar wird, dass sie mit ihrer Vermutung recht hat, weiten sich ihre Augen.

»Du hast mit ihm gefickt?«

Ich zucke zurück, da sie mich an die Wand drängt und dabei wild den Kopf schüttelt. Dass sie so reagiert, habe ich nicht erwartet. Sie wirkt beinahe verrückt. »Du hast mit ihm gefickt?!« Laut schreit sich mich an und boxt mit ihrer nackten Hand hinter mir auf die Steinwand.

Erschrocken atme ich ein und lege meine Hand auf mein Herz. Fuck. Was ist auf einmal mit ihr los? Ich wusste, dass sie verliebt in ihn ist, aber dass sie so ausrastet, hätte ich nicht gedacht.

»Jasmine, hör mir zu, bitte. Es ist … alles nicht so einfach. Ich würde es rückgängig machen, wenn ich könnte. Ich fühle mich beschissen u …«

Laut schreit die Rothaarige durch den ganzen Flur und zieht damit jegliche Aufmerksamkeit auf uns.

»Wie kannst du dich nur trauen, mir unter die Augen zu treten, Andriana? Du hast ihn gefickt, obwohl du wusstest, dass ich ihn liebe! Wie kannst du mir so was antun? Ist der scheiß Knutschfleck von ihm?«

Ihre Augen füllen sich mit Tränen und auch meine bleiben nicht lange trocken. Ich habs versaut. So richtig verkackt. Und warum? Weil ich so dumm sein musste und einer Einladung gefolgt bin, die eine Menge Geld versprochen hat. Ich bin selbst schuld. Das alles musste passieren. Meine Mom hat immer gesagt, dass alles im Leben einen Sinn hat. Was ist hier der Sinn? Was soll mir die ganze Scheiße hier sagen?

»Es tut mir leid.« Ich schniefe und sehe ihr aufrichtig in die Augen. Ich will ihre Hand nehmen, doch sie zieht sich sofort zurück und hebt abwehrend die Arme.

»Fick dich, Ria. Fick dich.« Wütend schubst sie mich gegen die Wand und läuft davon, ohne sich noch einmal zu mir umzuschauen.

Ich überlege, ihr hinterherzulaufen, doch mir wird bewusst, dass ich gerade meine beste Freundin verloren habe. Für einen Kerl, bei dem ich nicht mal sicher bin, was ich für ihn fühle. Oder fühlen kann.

Lange sehe ich ihr hinterher und wische mir die Tränen aus meinem Gesicht. Die Studenten um mich herum starren mich an, doch das ist mir völlig egal. Wie soll ich damit umgehen, ohne zu zerbrechen? Jasmine war der Anker, den ich gebraucht habe, und nun hasst sie mich. Und ich bin dafür selbst verantwortlich.

»Haben Sie nichts zu tun?« Nur am Rande bekomme ich eine autoritäre Stimme mit, die dafür sorgt, dass die Studenten weiterlaufen und mich in Ruhe lassen. Die

Schritte, die sich mir nähern, holen mich aber aus meinem Zustand heraus.

»Andriana? Ist alles in Ordnung?« Elijah sieht mich mit einem skeptischen Blick an, während ich meine letzten Tränen wegwische.

»Ja, nein. Es ist alles in Ordnung«, lüge ich und räuspere mich. Das hat mir gerade noch gefehlt. Was soll ich auch sonst sagen? Elijah ist mein Professor und nicht mein Seelsorger.

»Ich hab mitbekommen, was da gerade passiert ist. Ein unangenehmer Streit, hm?« Sein sanftes Lächeln tut gut. Es kommt mir vor, als würde er mir wirklich zuhören wollen, auch wenn ich das eigentlich nicht verdient habe.

»Ich bin selbst schuld. Ich habe ... Jasmine sehr verletzt«, murmel ich und schaue auf meine Schuhe. Dieser Tag kann nicht mehr gut werden, egal was ich tue.

Elijah legt sanft seine Hand auf meine Schulter.

»Fehler sind da, um sie zu machen. Erfahrungen sind wichtig, vergiss das nicht. Auch, wenn du jetzt das Gefühl hast, ein schlechter Mensch zu sein. Ich bin mir ziemlich sicher, dass Miss Barrow sich wieder fangen wird.« Hat er mich gerade geduzt? »Hast du Lust auf einen Kaffee? Ich denke, dass es wichtig wäre, darüber mit einer Person zu sprechen, die ein bisschen mehr Erfahrung hat.«

Ich weiß nicht, was ich in seinen Augen erkenne, aber es macht mich nervös. Sie wirken auf einmal so viel wärmer als sonst schon. Und auch seine Körpersprache hat sich verändert.

»Oh, äh klar. J–jetzt?« Elijah gibt mir ein gutes Gefühl. Vielleicht sollte ich wirklich mit ihm über meine

Probleme reden, wenn auch besser über die verhältnismäßig kleinen. Jasmine ist leider nicht die größte Herausforderung. Wenn Jack erfährt, was ich mir bisher geleistet habe, wird es nicht bei einem Streit bleiben. Ich habe nicht viel Ahnung von Mafia–Gesellschaften, aber ich weiß, dass sie ihre Sachen anders regeln als der normale Bürger. Und dabei ist es egal, ob eine Frau oder ein Mann vor ihnen steht.

»Magst du Milch in deinem Kaffee?«, lächelt er und legt sanft seine Hand auf meinen Rücken, um mich in Richtung Ausgang zu drehen. Doch weit kommen wir nicht. Schon bald dreht Elijah sich um und sieht in Noahs Augen, die ihn wütend fixieren.

»Sie ist mit mir verabredet«, knurrt er dem Professor entgegen und lässt mich mit offenem Mund dastehen. Das kann er nicht ernst meinen.

»So? Ich wusste gar nicht, dass du mit Mister Drayton ausgehst.« Elijah bleibt freundlich, als er mich ansieht und die Hand von meinem Rücken nimmt.

Doch ich habe es gerade nicht so mit der Freundlichkeit und schüttle den Kopf. »Wir sind nicht verabredet und wir gehen auch nicht miteinander aus!«, stelle ich klar. Nicht, dass sich dieses Gerücht noch über den ganzen Campus verbreitet und mich am Ende dastehen lässt wie eine Schlampe. Aber im Grunde bin ich das sowieso, oder?

»Du wirst jetzt mit mir kommen.« Noah wirkt ungehalten und ergreift mein Handgelenk. »Jetzt.«

»Ich will mit meinem Professor einen Kaffee trinken!«, protestiere ich und versuche mein Handgelenk aus seinem Griff zu befreien.

»Du hast nur leider keine Wahl, Naschkatze. Du wirst gesucht, also sieh zu!«

Abrupt zieht er mich mit, doch nicht ohne Elijah einen Blick zukommen zu lassen, der es in sich hat.

Draußen ist nicht viel los, da die nächsten Vorlesungen bereits begonnen haben. Überfordert stolpere ich Noah hinterher und versuche immer wieder, meinen Arm zu befreien. Aber keine Chance. Mit aller Kraft zieht er mich in eine kleine Nische zwischen zwei Gebäuden und drückt mich so fest gegen die Wand, dass ich wimmern muss.

»Bist du bescheuert?«, sage ich aufgebracht und spüre kurz darauf seine Lippen auf meinen. Sein sehnsüchtiger Kuss lässt mich innehalten. Ich kann mir nicht helfen. Seine Küsse sind die besten, die ich jemals in meinem Leben gespürt habe. Nicht mal Valentin und Shane waren so leidenschaftlich dabei wie er. Fest drückt er seinen Körper gegen meinen und legt seine Hand auf meine Wange, um mich noch enger an sich zu drücken. Es kommt mir vor, als würden wir miteinander verschmelzen. Als wären wir eine Person, die so viel Leidenschaft in sich hat, dass sie ganz Amerika damit versorgen könnte.

Nach einigen Minuten lässt er von mir ab und legt seine Stirn auf meine.

»Sehe ich nochmal, dass Elijah dir so nahe ist, bringe ich den Wichser um!«, haucht er mir entgegen und verdunkelt seinen Blick. Eines haben die Drayton-Brüder dann doch gemeinsam – sie wollen alles nur für sich alleine haben. Und genau das wird ihnen eines Tages das Genick brechen.

»Er darf doch wohl mit mir reden, oder nicht?«, zische ich zurück und stemme meine Hände gegen seinen Oberkörper, um etwas Abstand zwischen uns zu bringen.

»Wenn es nach mit geht, wird dich niemand mehr so anglotzen, wie er es gerade getan hat. Halt dich fern von ihm.«

Ich wechsle zwischen seinen Augen hin und her. Er meint es ernst.

»Denkst du wirklich, nur, weil wir miteinander geschlafen haben, gehöre ich dir? Er ist mein Professor.«

Noahs Hand greift um meinen Hals, um mich ein weiteres Mal leidenschaftlich zu küssen. Meine Schwäche für seine Küsse, wird mich irgendwann noch ins Grab bringen. Aber er muss nur seine Lippen auf meine legen und ich tue alles, was dieses verdammte Arschloch von mir will. Ich bin absolut verloren.

»Nein, offiziell gehörst du meinem Bruder. Und du hast ja keine Ahnung, was ich ihm am liebsten dafür antun würde.«

Ein Schauer fährt über meinen Rücken, als er diese Worte ausspricht. Was ich davon halten soll, weiß ich nicht. Ich schiebe es auf den Hass, den beide gegeneinander empfinden. Ist das etwa so was wie Futterneid bei Tieren?

»Ich gehöre niemandem! Jack und ich haben einen Deal, mehr nicht. Nach einem Jahr werde ich bei euch ausziehen und in mein Wohnheim zurückkehren.«

Noah lacht auf und streichelt meine Wangen, während er mich beinahe mitleidig anschaut. »Glaubst du wirklich, dass er dich jemals wieder gehen lässt? Dass ich dich jemals wieder gehen lasse?«

Mein Herz rutscht mir in die Hose. »Was soll das heißen?«, frage ich unsicher und spüre, wie meine Beine zu zittern beginnen. Habe ich einen Teil im Vertrag übersehen? Hat Jack mich angelogen und wird mich niemals wieder frei lassen?

»Du hast keine Ahnung, wie du auf uns alle wirkst, oder?« Sein Griff um meinen Hals wird strenger. »Ist dir klar, dass du uns alles geben wirst, was wir wollen? Und denkst du echt, dass wir dich einfach so laufen lassen?«

Fuck. Sexuell habe ich bisher alles mitgemacht. Valentin hat angedeutet, dass er es gut findet, wenn eine Frau alles mitmacht und auch Jack war zufrieden mit mir. Ich soll also bleiben, damit sie nicht mehr auf die Suche nach anderen gehen müssen? Zwar habe ich nicht gedacht, dass einer von ihnen Gefühle entwickelt. Das denke ich ja nicht mal von mir selbst. Aber was ist mit der Moral der guten Menschen?

»Das werdet ihr nicht tun«, flüstere ich und genieße seinen Daumen, der über meine Unterlippe fährt. Wieso er so eine Wirkung auf mich hat, kann ich mir einfach nicht erklären. Er sieht mich an und ich bin schwach. Viel zu schwach.

»Und wie wir das tun werden. Ich werde nie wieder auf solche Lippen verzichten. Und verdammt noch mal auch nicht auf so einen Körper«, fordernd fährt er mit seiner Hand über meine Haut und bringt mich zum Zittern. Als er den nächsten Kuss ansetzt und gar nicht mehr damit aufhört, kann ich nicht anders, als mich ihm hinzugeben. Nicht nur Jasmine hasst mich jetzt. Auch ich hasse mich. Für das, was ich getan habe und noch tun werde. Denn gegen Noah Drayton bin ich machtlos.

KAPITEL 26

ANDRIANA

S cheiße, verdammt«, klage ich, als ich meine Panda–
Panty suche. Nicht mal in der Wäschekammer, in
die ich eigentlich nicht darf, finde ich sie. Nichts.
Auch die anderen Pantys sind weg. Nur diese furcht-
bare Reizwäsche ist noch da, die immer so unangenehm
kratzt. Das kann doch nicht wahr sein.

»Scheiße!«, schreie ich und schmeiße einen schwarzen Tanga durch mein Zimmer.

Seit einigen Tagen besuche ich keine Vorlesungen
mehr. Ich traue mich nicht, Jasmine unter die Augen
zu treten, die jeden Tag meinen Weg kreuzen könnte.
Und auch Chase' Nachrichten ignoriere ich. Ich kann
im Augenblick mit niemandem darüber reden. Ich fühle
mich schuldig und schlecht und brauche Zeit, um mir zu
überlegen, was ich tun soll. Dass ich Noah nicht wider-
stehen kann, ist mir nun klar. Eigentlich hätte ich es
gar nicht erst versuchen müssen. Das Einzige, was mich
vor ihm geschützt hat, war sein abwertender Charakter,
aber jetzt sitze ich da und bin ich der beschissensten
Lage überhaupt. Wie ich das Jasmine erklären soll, weiß
ich nicht. Wenn sie überhaupt jemals wieder mit mir
reden will. Und zu allem Überfluss ist meine gemütliche

Unterwäsche verschwunden. Eine Pechsträhne jagt die nächste. Ich bin verflucht, ganz sicher.

Verzweifelt werfe ich mich aufs Bett und schreie in mein Kissen. Wie gerne ich jetzt Chase einfach antworten würde, um ihm zu sagen, wie leid es mir tut. Wie schwer es ist, hier zu sein, und dass ich es nicht ertrage, so ein Mensch zu werden.

Nach ein paar Minuten entscheide ich mich, ihm zu schreiben, und schnappe mir mein Handy, das Jack mir wiedergegeben hat. Die Diskussion ging gar nicht so lange, wie ich am Anfang gedacht habe. Durch den Vertrag ist er in gewissen Situationen ziemlich umgänglich geworden. Immerhin ein kleiner Lichtblick in meinem komplizierten Leben.

Ich tippe gerade meine Nachricht für Chase ein, da klingelt mein Handy und zeigt mir eine Nachricht, die mir einen halben Herzinfarkt beschert: »In mein Büro. Jetzt.« Jack hat in mein Handy nicht nur seine Nummer, sondern auch die seiner Bodyguards eingespeichert. So bin ich nicht nur für alle erreichbar, sondern kann auch von ihnen geortet werden, wenn ihnen danach ist. Zumindest wenn ich mein Handy dabei habe. Dass Jack mich aber anschreibt, ist bisher noch nicht vorgekommen.

Mit einem Schlucken setze ich mich auf und kratze mir angespannt den Kopf. Was kann er wollen? Hat er vielleicht erfahren, dass ich mit seinen Bodyguards *und* Noah etwas hatte? In meinem Kopf klingt das alles andere als gut. Bin ich wirklich eine Schlampe? Eine Hure?

Die beiden Brüder hassen sich bis aufs Blut. Ich befürchte, dass Jack sogar lockerer reagieren würde, wenn nur die Sache mit Valentin und Shane ans Licht kommt. Aber bei Noah?

So schnell ich kann, hüpfe ich von meinem Bett und ziehe meine Socken an. Im Moment halte ich mich nur noch in meinem Zimmer auf, weshalb ich kaum aus meinen Schlafklamotten rauskomme. Da ich aber keinen gemütlichen Pyjama bekommen habe, muss ich mit meinem blauen Babydoll durch den Wohnraum tippeln in der Hoffnung, dass keiner der Bodyguards mich sieht. Nicht, dass ich mich für meinen Körper schäme, aber dieser Aufzug muss wirklich nicht sein. Wie offensichtlich soll meine Stellung hier denn noch sein?

Tatsächlich habe ich Glück. Niemand, der mich in eine Ecke ziehen könnte, ist anwesend. Sicher trainieren Shane und Valentin gerade im Keller. Dieser Untergrund ist so riesig, dass ich mich nicht wundern würde, wenn es auch noch ein Baseballfeld gäbe. Vielleicht habe ich ja irgendwann die Möglichkeit, mich dort umzusehen. Das Schwimmbad kenne ich mittlerweile und allein der Flur ist ein Anblick, den ich so schnell nicht vergessen werde.

Tief atme ich durch, als ich vor dem Büro von Jack ankomme. Das zaghafte Klopfen könnte er überhört haben, doch nach einigen Sekunden höre ich ein lautes »Herein!«

Ich schließe schon mit meinem Leben ab, als ich eintrete und einen ernsten Jack an seinem Schreibtisch sehe. »Du wolltest mich sehen?« Ich will mich setzen, doch Jack steht auf und schüttelt den Kopf.

»Du brauchst dich nicht setzen. Wir gehen jetzt ein Kleid aussuchen.«

Meine Augenbrauen heben sich, als ich das Wort

»Kleid« höre. Warum zum Teufel, sollte ich ein Kleid bekommen?

»Äh … wozu brauche ich ein Kleid?«, will ich wissen, doch Jack läuft wortlos an mir vorbei und lässt mich mit Fragezeichen in meinem Kopf zurück. Ich werde aus ihm nicht schlau. Wenn Noah schon maximal verwirrend ist, ist Jack noch ein Niveau höher. Ich verstehe nicht, wie er denkt und was in ihm vorgeht. Vorher hat es mich auch nicht interessiert, aber wenn ich wirklich ein Jahr hier verbringen soll, dann will ich zumindest wissen, mit wem ich es zu tun habe. Und einfach nur davon auszugehen, dass er ein verdammter Verbrecher ist, reicht mir nicht. Hinter jeder Fassade steckt doch ein Mensch, oder nicht? Eine Seele.

Ich habe keine Wahl als Jack zu folgen, und sage derweil kein Wort. Ich werde sowieso erfahren, was er vorhat, und will ihn nicht noch mehr reizen. Seine Augen haben mir im ersten Moment Angst gemacht, aber scheinbar weiß er nicht, was ich getan habe. Doch irgendwann kommt immer die Wahrheit raus. So hat es meine Mom immer gesagt, wenn ich ihr Noten verheimlicht habe. Und sie hatte recht. Jede einzelne Note kam heraus und am Ende gab es einen riesigen Krach. Das war es nicht wert.

Das erste Mal bin ich im oberen Bereich des Hauses und staune nicht schlecht, als ich die dunkelgrauen Wände sehe, die sogar ein bisschen verziert sind. Die Möbel wirken hier ebenfalls viel wohnlicher als unten und sogar die Türen haben einen gewissen Charme. Ich fühle mich, als würde ich endlich in einem Haushalt angekommen sein.

»Hier rein.« Jack öffnet eine dunkle Tür und läuft vor. Als ich einen riesigen, begehbaren Kleiderschrank sehe, stockt mir der Atem. Überall hängen sauteure Anzüge und Krawatten. Auch die Schuhe sehen alle fabelhaft aus. Aber was meine größte Aufmerksamkeit auf sich zieht, sind die Kleider, die in einem Extrabereich ausgestellt werden. Ich sehe die verschiedensten Farben und Muster. Kurze Kleider, lange Kleider, enge Kleide, ausfallende Kleider. Es ist wie ein wahrgewordener Mädchentraum. Mein Mund steht offen, als ich zu den Kleidern gehe und sie mit meinen Fingerkuppen berühre.

»Die sind alle für mich?« Meine Augen müssen funkeln, so angetan bin ich.

Endlich wird Jacks Miene sanfter, als er zu mir kommt und sich direkt hinter mich stellt.

»Du erzählst herum, dass ich dein fester Freund bin. Dann spiele auch für mich meine feste Freundin. Dann gehören sie dir.«

Mein Herz hüpft. Mit dem Blick auf die Kleider kann ich nicht aufhören, seine Worte immer wieder aufs Neue in meinem Kopf zu wiederholen.

»Ich soll deine Freundin spielen?« Ich spüre, wie seine Finger über meine Arme gleiten und seine Lippen meinen Hals mit hauchzarten Küssen bedecken. Ich schließe die Augen, kann mich nicht gegen diese süßen Berührungen wehren. Jack und Noah unterscheiden sich immer weniger für mich. Auch er macht mich mit seinen Berührungen verrückt.

»Hm, das sollst du. Und du bist mit mir hier, um dir ein Kleid auszusuchen, das du übermorgen anziehen wirst.« Leicht beißt er in mein Ohrläppchen und küsst diese kribbelnde Stelle unter meinem Ohr. Wenn er so weitermacht, bin ich nicht mehr lange in der Lage, ruhig hier zu stehen. »Also.« Abrupt nimmt er wieder Abstand von mir und holt ein Kleid hervor, das in königsblauen Farben glitzert. »Versuch das zuerst.«

Ich nehme das Kleid und sehe mich um. »Wo ... soll ich mich denn umziehen?«

»Hier.«

»Hier?«

»Wo sonst?« Ein leichtes Schmunzeln gleitet über Jacks Gesicht, bevor er sich auf einer großen Sitzbank niederlässt und sich einen Champagner eingießt. »Mach bitte schnell, ich hab heute noch ein bisschen zu tun.«

Ich überlege, ob ich mich wirklich vor ihm umziehen soll, doch eine Wahl hab ich sowieso nicht. Also seufze ich, lege das Kleid zur Seite und beginne mein Baby-doll–Kleidchen von meinem Körper zu streifen. »Hast du mir die Pantys weggenommen?«, frage ich nebenbei und stoße auf einen ernsten Blick.

»Diese Dinger sind alles andere als reizend.«

Das war ja mal wieder klar. Nicht mal meine eigene Unterwäsche darf ich anziehen. Dabei war die Panda–Panty mein liebstes Stück. Wer weiß, in welchem Mülleimer sie jetzt liegt. Da ich keine Lust auf eine Diskussion habe, lasse ich es gut sein und ziehe das Kleid über, das Jack vorgeschlagen hat. Es liegt am Oberkörper eng an und hat einen ziemlich weiten Ausschnitt. Außerdem geht es bis zum Boden und fühlt sich auf der Haut teuer an. Beinahe fühle ich mich wie ein Superstar. Auf der Stange gibt es zwar noch andere Modelle, die ich ganz nett finde, aber das hier schmeichelt mir so sehr, dass ich eigentlich gar nichts anderes anprobieren muss. In dem riesigen Ankleideraum befindet sich ein großer Spiegel, vor den ich trete und mir sofort die Spucke wegbleibt. Verdammt, ich sehe wunderschön aus.

Überrascht darüber, was für einen schönen Körper ich eigentlich habe, mustere ich mich von oben bis unten. So lange, bis Jack zu mir kommt und es mir nachmacht.

»Gefällt es dir?«

Ich nicke überfordert und schaue in seine Augen.

»Wo gehen wir überhaupt hin?«, will ich wissen und gleite mit meinen Händen das Kleid hinab. Es passt mir so gut, dass ich fast glaube, es wurde für mich gemacht. Nicht eine Kleinigkeit muss geändert werden. Wie oft kommt so was überhaupt vor?

Jacks Miene verhärtet sich, als er zu der Sitzecke zurückgeht und es sich gemütlich macht.

»Die Draytons sind nicht nur in Georgia bekannt. Wir versorgen so ziemlich die ganzen USA. Mein Vater hält es für nötig, jedes Jahr einen besonderen Ball zu veranstalten, bei dem alle wichtigen Kunden und korrupten Politiker anwesend sind. Es werden Beziehungen gestärkt und aufgebaut und nebenbei machen wir allein mit großen Drogenvorräten ein Vermögen bei diesem Event.«

Ich weiß nicht, was ich sagen soll. Nicht nur, dass ich zu einer Party soll und vielleicht bekannte Politiker seheen werde, so ist der Fakt, dass sie von Jacks Vater abgehalten wird, noch extremer für mich. Er ist der Boss von dem Ganzen und dafür verantwortlich, dass Menschen getötet, benutzt und gefoltert werden. Mein Blick wird traurig.

»Was ist los?«

»Diese Folterpartys … der Drogenmarkt … machst du das alles auch?« Ich weiß nicht, wieso mir das so wichtig ist, aber ich muss wissen, was Jack von der Scheiße hält, die seine Familie da anrichtet.

Seufzend erhebt er sich ein weiteres Mal und legt seine Hände an meine Hüften.

»Okay, pass auf. Ich bin vorerst allein für den Drogenhandel verantwortlich. Die sind sauber. Du wirst nichts Besseres finden, okay? Aber wenn mein Vater nicht mehr da ist, gehen die Drogengeschäfte über zu Noah und danach werde ich den Rest übernehmen müssen. Also nein, noch habe ich es nicht gemacht, aber ich werde es tun müssen.«

Ich kann mir nicht helfen. Am liebsten würde ich sofort abhauen. Andererseits weiß ich, dass er mir so etwas nicht antun wird. Außer er erfährt von der Scheiße mit seinem Bruder und den Bodyguards.

Mein Blick senkt sich.

»Okay. Also muss ich mir keine Sorgen machen, dass ich bei dieser Feier eingesackt und gefoltert werde?«

Leise lacht Jack auf, wobei mir gerade absolut nicht zum Lachen zumute ist.

»Du wirst meinem Vater als meine Freundin vorgestellt. Denkst du, dir wird nur ein Haar gekrümmt?«

»Warum soll ich deine Freundin spielen?« Auch wenn das alles irgendwie romantisch klingt, weiß ich, dass keine Nächstenliebe dahintersteckt. So ist Jack nicht.

»Mein Vater liegt mir nun schon seit Jahren in den Ohren. Sagen wir, ich muss irgendwann für Nachwuchs sorgen und will erstmal meine Ruhe haben. Solange du also brav an meiner Seite stehst und nicht viel redest, wirst du da mit einem Krönchen rauskommen.« Seine Lippen berühren meine und warten darauf, dass ich den Kuss erwidere. Und so wie bei Noah habe ich keine Chance, es nicht zu tun. Bei Jack bin ich genauso machtlos und schwach wie bei seinem kleinen Bruder.

»Also, bist du beruhigt?«, schmunzelt Jack und streichelt meinen Hals entlang.

Automatisch nicke ich, denn insgeheim will ich an seiner Seite stehen und die Party besuchen, auch wenn ich weiß, dass dort Kriminelle sein werden. Was in meinem Kopf nicht ganz richtig ist, weiß ich nicht, aber ich will auch nicht darüber nachdenken. In so einem Kleid herumzulaufen ist der Traum jedes kleinen Mädchens. Ich habe mir schon immer gewünscht, auf einen schönen Ball zu gehen und ein Kleid zu tragen, das mir so gut steht wie dieses. Und neben mir mein Märchenprinz, der meine Stirn küsst und allen sagt, wie stolz er ist, mich an seiner Seite zu wissen. Zwar bekomme ich eher den dunklen Lord, aber wenigstens kann ich die Sache mit dem Kleid abhaken. Außerdem tut mir etwas Ablenkung ganz gut. Ich kann nicht jeden Tag in meinem Zimmer hocken und darüber nachdenken, was für ein komischer und schlechter Mensch ich eigentlich bin. Ich will stark bleiben. Und das erreiche ich, indem ich mir Dinge traue. So, wie jetzt.

KAPITEL 27

ANDRIANA

Heute Abend soll die Party von Drayton Senior stattfinden und mir geht jetzt schon die Pumpe. Ich habe Angst davor, Personen zu sehen, von denen ich gedacht habe, dass sie gute Menschen sind, und eine Enttäuschung zu erleben. Gott, wenn ich dort auch Laura Pausini sehen sollte, würde ich wirklich an der Menschheit zweifeln. Mir ist nämlich durchaus klar, wie das laufen wird. Die Leute schließen Geschäfte ab, lachen über die Opfer, die sie zu Tode gefoltert haben, und zählen die Kohle, die sie damit verdienen, mit Entführungsopfern. Dass ich nicht vor Ekel kotzen werde, kann ich nicht versprechen.

Am Mittag überkommt mich der Hunger. Bevor es auf die Party geht, brauche ich unbedingt noch etwas zu beißen, sonst halte ich es keine Stunde dort aus. Also springe ich aus meinem Bett und laufe in Richtung Wohnbereich. Ich bin allerdings so konzentriert dabei Lieder vor mich hinzusummen, dass ich Valentin und Shane nicht bemerke, die vor dem riesigen Fernseher sitzen und Popcorn essen.

»Guten Tag, Sunshine!«

Vor Schreck schreie ich und lasse die Schale fallen, die ich mir gerade aus dem Kühlschrank geholt habe.

»Alles okay?«

Shane steht auf, doch ich halte die Hände hoch, um ihn aufzuhalten.

»Ja, alles gut. Ich hab mich nur erschrocken. Was macht ihr denn da?«

»Wonach sieht es denn aus? Wir hatten Lust auf ein paar Folgen *Vikings*. Und da wir selbst so stark und heiß, wie Wikinger sind, dachten wir, wir kuscheln uns mal hier ein.«

Sie sitzen so weit auseinander, dass sie nicht mal ansatzweise als schwul gelten würden. Ich verdrehe nur die Augen und nicke.

»Gut, dann viel Spaß noch. Ich wollte mir nur was zu Essen holen«, murmel ich und hebe die Schüssel auf, dessen Inhalt jetzt auf dem Boden verteilt ist. Herrlich, jetzt darf ich auch noch saubermachen.

»Komm dazu und iss etwas Popcorn. Dein Bauch darf nicht so aufgebläht sein, für das Kleid«, legt mir Shane ans Herz und kommt zu mir, um mich mit sich zu ziehen.

»Warte. Was? Woher wisst ihr, welches Kleid ich anziehen soll?«

Ich wehre mich nicht dagegen, mit ihm zu der riesigen Couch zu gehen, aber ich weiß auch, dass ich so schnell nicht mehr wegkommen werde, wenn ich mich hingesetzt habe.

»Klar. Was meinst du, welche Idioten die ganzen Kleider kaufen mussten? Wir standen über 'ne Stunde in dem scheiß Laden und haben uns beraten lassen.«

Sanft drückt mich Shane auf die Couch zwischen die beiden, während ich überrascht zu Valentin schaue.

»Ihr habt sie rausgesucht? Ich bin beeindruckt.«

Männer haben normalerweise Probleme damit, Kleider für Frauen auszusuchen, aber die, die ich im Ankleidezimmer sehen durfte, waren besonders schön. Also entweder haben die beiden einen hervorragenden Geschmack oder die Beratung war gut.

»Wir sind eben nicht nur sexbesessene Wichser«, zwinkert Valentin mir zu und wirft mir eine große Decke über den Schoß. »Also entspann dich noch ein bisschen, bevor es in die Höhle der Löwen geht.«

So würde ich es übrigens auch bezeichnen. Ich bin wohl die Einzige, die hier nicht irgendwie Dreck am Stecken hat.

»Gut, aber nur ein bisschen.«

Ich kuschel mich in die weiche Decke und lehne mich gegen das Kissen hinter mir, um zuzusehen, wie Ragnar Lodbrok eine Schlacht gewinnt. Ich gebe zu, ich mag die Serie. Manchmal frage ich mich zwar, wie man sich so etwas lange geben kann, aber die Geschichte ist spannend und actionreich.

Nach einiger Zeit merke ich, wie Valentin und Shane näher an mich rücken und ihre Arme auf die Lehne hinter mir legen. Erwartungsvoll schaue ich zwischen den beiden hin und her. »Alles ... gut?«

»Ja, ja, alles gut, danke Sunshine«, grinst Valentin und legt die Decke über seinen Schoß, was Shane ebenfalls tut. Schnell spüre ich die Hände der beiden auf meinem Körper, während sie, als würden sie mich gerade nicht befummeln, auf den Fernseher starren. Ich verkrampfe, als einer der beiden in mein Höschen greift und meine Perle zu streicheln beginnt.

»Hört auf damit«, fauche ich leise, dränge sie aber nicht von mir. Eigentlich weiß ich selber nicht so ganz, was ich will und was nicht. Aber ihre Hände sind so angenehm auf meiner Haut, dass ich sie vielleicht doch nicht loswerden will.

»Pst, jetzt kommt der Auftritt von Lathgertha« ermahnt uns Valentin und macht keine Anstalten, mich anzusehen. Arschloch. Dabei zwirbelt seine Hand gerade meinen Nippel, nachdem er unter meinen BH gegriffen hat. Ich schließe genüsslich die Augen und beiße mir auf die Unterlippe. Shanes Streicheleinheiten entwickelt sich zu einer Massage, die mich meine Beine auseinanderdrücken lässt. Ich atme zitternd ein und hoffe, dass sie nicht noch weitergehen. Aber Fehlanzeige. Shanes Finger gleitet in meine feuchte Pussy und lässt mich fest die Augen schließen. Gott, was ist, wenn Jack jetzt reinkommt?

»Ich mag es, wenn du dich dagegen wehrst, Sunshine«, raunt Valentin in meine Richtung und kassiert sofort einen bösen Blick von mir.

»Was, wenn Jack hier aufkreuzt. Dann bin nicht nur ich tot«, zische ich. Sie können mich doch nicht befummeln, wo sie wollen. Vor allem nicht an einem Ort, an dem Jack jederzeit um die Ecke kommen könnte.

»Komm schon, du magst das doch.« Valentins Finger gleitet langsam an meiner Brust entlang und er beginnt meinen Nippel zwischen seinen Fingern zu reiben.

Ich halte die Luft an und zeige ihm den Mittelfinger. »Du bist ein Arschloch.« Wieder schließe ich die Augen und versuche, mich auf etwas anderes zu konzentrieren.

»Vielleicht sollten wir sie locker machen und etwas durchkitzeln. Hab ich den Vorschlag nicht schon mal gemacht?« Frech lächelt er Shane an. Eigentlich gehe ich immer davon aus, dass sein Kollege ihn von solchen Ideen abhält, doch dieses Mal zuckt er nur mit den Schultern und mustert mich.

»Warum nicht?«

Mein Herz setzt aus und schnell krabble ich etwas nach hinten. »Das wagt ihr nicht!«

»Du ihren Fuß, ich ihr Bäuchlein?«, fragt Valentin, als wäre ich nicht anwesend.

Sprechen die beiden sich gerade wirklich ab?

»Hallo? Das könnt ihr vergessen!« Ich schnippe mit den Fingern, um die beiden von ihrer kleinen Diskussion abzubringen, was auch kurz zu klappen scheint.

»Also versuchst du dich ein bisschen auf uns einzulassen, oder nicht?«

Dass diese Frage gerade von Shane kommt, wundert mich. Aber gut, alles ist besser, als lachend hier zu liegen und sich von zwei Typen wie denen durchkitzeln zu lassen. Also seufze ich, verschränke die Arme und spüre schnell wieder ihre Hände an den Stellen, an denen sie vorher schon waren, dieses Mal aber durchaus fordernder und intensiver. Fest schließe ich die Augen und lehne meinen Kopf in den Nacken. Fuck. Das ist so unfair.

Als ich laute Schritte höre, öffne ich abrupt die Augen und sehe Noah, der wohl gerade aus seinem Zimmer kommt. Er läuft gezielt auf die Küche zu und beachtet uns nicht mal mit dem Arsch.

»Ey, Drayton junior. Willst du zu uns stoßen?«, ruft Valentin zu ihm rüber, während er weiter meine empfindlichen Nippel liebkost. Auch Shane sieht nicht ein, mit seiner süßen Tortur aufzuhören, und gleitet immer wieder in meine Pussy.

»Kein Interesse, danke.« Er wirkt schlecht gelaunt und ignoriert auch mein kleines Missgeschick auf dem Boden, als er sich ein Getränk aus dem Kühlschrank holt.

»Fährst du mit uns nachher oder kommst du nach? Jack hat dich nicht erreichen können«, erkundigt sich Shane, als würde sein Finger gerade nicht in meiner feuchten Pussy stecken und mich verrückt machen. Ich kralle mich in die Decke und beiße mir innen in die Wangen.

»Ich fahre alleine. Muss noch was erledigen.« Noah dreht sich um und nippt an seinem Bier, als er sieht, was wir schauen. »*Vikings*? Das ist doch nichts für 'ne Schlampe wie sie.«

Es ist, als würde er mir ein Messer direkt ins Herz rammen. Sofort vergeht mir die Erregung. Schlampe? Meint er das ernst? Das sagt derjenige, der mich von meinem Professor weggezogen und zwischen zwei Gebäuden geküsst hat? Er hat mir versprochen, dass sie mich niemals wieder gehen lassen, und nun redet er so?

»Die kleine Schlampe scheint es gar nicht so schlimm zu finden.« Lässig zuckt Valentin mit den Schultern.

Eigentlich würde ich ihm sofort einen bösen Blick zuwerfen, aber der Schmerz über das gerade Gesagte lässt mich weiterhin zu Noah schauen.

»Trotzdem keinen Bock. Viel Spaß weiterhin. Wir sehen uns heute Abend.«

Nicht einmal sieht er mich an. Nicht einmal redet er

mit mir, sondern geht zurück in sein Zimmer, als würde nie etwas zwischen uns gelaufen sein. Verdammt, ich habe für ihn meine beste Freundin verraten und er kommt mir so? Wie kann er das nur machen?

Entrüstet sehe ich ihm nach und muss schlucken. Erst jetzt merke ich, dass Shane und Valentin noch immer an mir herumwerkeln, doch Shanes Gesichtsausdruck nach merkt er sehr wohl, dass ich trocken wie eine Wüste geworden bin. Also zieht er seinen Finger zurück und verzichtet darauf, mich anzusprechen. Valentin allerdings zwirbelt weiter meine Brustwarzen und scheint sich nicht dafür zu interessieren, dass ich nicht mehr erregt bin.

Meine Gedanken sind bei Noah und dem komischen Theater, das er gerade aufgeführt hat. Ich überlege, ob ich irgendetwas falsch gemacht habe. Ob ich ihn verärgert habe. Doch mir fällt beim besten Willen nichts ein, was ich getan haben könnte. Aber mit ihm reden kann ich vorerst nicht. Nicht solange Valentin und Shane hier sind. Und schon gar nicht, wenn Jack im Haus ist. Also muss ich bis zum morgen warten und die Zeit bis dahin totschlagen. Ich hoffe, dass die Party mich wenigstens ein bisschen ablenken kann. Wobei die Chance gar nicht so schlecht ist. Immerhin bin ich ein Mädchen zwischen Hunderten von Kriminellen.

KAPITEL 28

ANDRIANA

Unter Spannung sitze ich mit Jack, Valentin und Shane in der Limousine, die uns zur Party fährt. Ich fühle mich wie ein Filmstar, denn Jack hat dafür gesorgt, dass die besten Stylisten mich hergerichtet haben. Nun sitze ich hier in diesem blauen Kleid, trage den schönsten Schmuck und wurde so schön geschminkt, dass ich mich selbst nicht mehr erkenne. Selbst meine Haare haben sie glatter gemacht, als sie ohnehin schon sind. Laut den Männern fahren wir zu einem geheimen Ort und als die Limo die Stadt verlässt, bin ich noch neugieriger als vorher schon. Wobei die Angst im Moment deutlich überwiegt.

Als Jack seine Hand auf meinen Oberschenkel legt, werde ich aus meinen besorgten Gedanken gerissen. »Du brauchst dir keine Sorgen machen. Wenn ich in deiner Nähe bin, wird sich keiner trauen, dich anzufassen.«

Ich wünschte, das würde mich beruhigen, aber die Tatsache, dass die meisten Menschen dort Spaß daran haben, bei Folterungen zuzusehen, ist meine größere Sorge. Doch diesem Thema will ich vorerst aus dem Weg gehen und nicke nur. »Klar. Ich wüsste nicht, wohin ich sonst gehen soll.«

Ich sehe ein Schmunzeln auf Valentins Lippen, doch seit wir in die Limo gestiegen sind, sind die beiden auffällig still. Das soll mich aber nicht stören. Ich könnte sowieso gerade kein großes Gespräch führen, so aufgeregt, wie ich bin. Immerhin ist das alles hier unglaublich neu für mich.

Die Limo wird langsamer und mein Herz fängt an, noch unbändiger zu klopfen. Wir biegen in eine Straße ein, die nur spärlich beleuchtet ist. Nach ein paar Minuten sehe ich ein Haus, das so gar nicht in eine Waldgegend wie diese passt. Es sieht aus, als wäre es der viktorianischen Zeit entsprungen. Die große Einfahrt ist voll mit luxuriösen Autos aus allerlei Ländern und außen ist alles wunderschön beleuchtet. Ich kann meine Augen nicht von diesem Anblick lassen.

»Na? Beeindruckt?«

Ich hab schon darauf gewartet, dass Valentin den Mund aufmachen wird. Genervt schaue ich ihn an, bevor ich meinen Blick zurück zu dem gigantischen, weißen Haus wende, das sich immer größer vor uns aufbaut. Die Limousine hält und Butler öffnen sofort die Wagentür. Jetzt scheint es ernst zu werden.

Weiterhin spüre ich mein Herz klopfen, als Jack mir aus der Limo hilft und ich mich bei ihm unterhake. Wir sind heute schließlich offiziell ein Paar, auch wenn ich mir schönere Dinge hätte vorstellen können, denn ich werde nie vergessen, was Jack mir antun ließ. Nur für Geld. Nur um seinem eigenen Reichtum nachzuhelfen. Aber für meine eigene Heilung spiele ich mit und versuche zu genießen, was heute passiert. Wenn das überhaupt möglich ist.

Gemeinsam mit Valentin und Shane, die uns wie brave Bodyguards hinterherlaufen, gehen wir in das Haus und schon wieder muss ich aufpassen, nicht mit offenem Mund stehen zu bleiben. Das Gebäude scheint wirklich aus der viktorianischen Epoche zu sein. All die Malereien an der Wand und der Decke sind echt. Auch die Bilder und Schnitzereien wirken nicht so, als wären sie fake. Das muss ein Vermögen gekostet haben. Wohnt Jacks Vater hier?

»Komm«, flüstert Jack. Er geht mit mir den Flur entlang und lotst mich in einen Saal, der mich noch mehr umhaut als das Haus von außen. Überall sehe ich Menschen in den schönsten Kleidern und Anzügen. Menschen, denen man ansieht, wie reich und wichtig sie sind. Im Hintergrund läuft klassische Musik, die von einem Kammerorchester gespielt wird, und am Rand des Saals befindet sich ein Buffet. Eigentlich wirkt es nicht wie eine illegale Feier von Mafiamitgliedern. Eher wie ein normaler Ball, zu dem die schönsten Leute eingeladen wurden. Ich bekomme nicht genug von dem Anblick und stolpere leicht, als Jack weitergehen will.

»Wo gehen wir hin?«, wispere ich und schaue mir die Gäste genauer an. Noch habe ich niemanden entdeckt, der mir das Herz brechen könnte. Würde ich erfahren, dass ein Lieblingssänger ein korrupter oder verbrecherischer Mensch ist, bräuchte ich Zeit, um damit klarzukommen. Aber bisher scheine ich Glück zu haben. Es gibt keine Leute, die mir vom Gesicht her etwas sagen.

»Wir gehen zur Bar«, antwortet Jack trocken und läuft mit mir zur linken Seite des Saals, wo eine wunderschöne

Bar aufgebaut ist, die an den viktorianischen Stil angepasst wurde.

»Drei Whiskey und …« Jack schaut fragend zu mir. Da ich nicht viel Alkohol abkann und schneller kotze als so manch anderer, räuspere ich mich. »Ich nehme einen Bacardi Razz. M-mit Sprite.«

Ich spüre in meinem Rücken, wie Valentin und Shane zu grinsen beginnen, während Jack mit hochgezogener Augenbraue zu mir schaut und letztendlich das bestellt, was ich will. So, wie es aussieht, ist das wohl nicht das Getränk der reichen Leute. Aber was soll ich machen? Ich hasse Whiskey und noch mehr hasse ich Champagner oder Sekt. Bacardi Razz mit Sprite ist das Einzige, was ich wirklich gut finde. Der Barkeeper bereitet die Getränke zu und schiebt sie uns entgegen. Dass ein einfaches Getränk so schön aussehen kann, ist mir ebenfalls neu.

»Wen haben wir denn da? Ich dachte, du würdest heute früher kommen.«

Eine tiefe, männliche Stimme lässt meinen Kopf nach hinten schnellen. Ein großgewachsener Mann, vielleicht Anfang sechzig, gesellt sich zu uns, behält seinen Blick aber bei Jack. Ich weiß sofort, mit wem wir es zu tun haben. Allein seine Augen verraten, dass er Jacks Vater sein muss. Richard. Ich habe mich ausgiebig mit ihm auseinandergesetzt, was so viel heißt, dass ich Valentin und Shane nach ihm ausgefragt habe. Er ist der Kopf von dem Ganzen hier und seit seinen Zwanzigern ein harter Geschäftsmann. Die Draytons regieren nun schon seit Generationen den Untergrund der USA und irgendwann wird Jack an die Spitze rücken. Dass Richard Drayton aber gerade wirklich vor mir steht, lässt mich nervös werden. Er ist krank und lässt Menschen dafür bezahlen, bei Folterungen zuschauen zu können. Was kann er nur für ein Mensch sein?

»Ich dachte, ich komme lieber mit dem Fußvolk«, gibt Jack zurück und nippt an seinem Whiskey.

»Es ist mir immer wieder eine Freude, wie du dich gegen meine Wünsche auflehnst. Wo ist dein Bruder?« Richards Worte klingen hart, genau so wie sein ganzer Gesichtsausdruck auf mich wirkt. Dieser Mann ist böse.

»Er wird alleine kommen«, antwortet Jack nur und legt seine Hand um meine Hüfte. Erst jetzt scheint Richard mich zu bemerken und mustert mich auffällig langsam. Von ihm so angesehen zu werden, macht mir Angst. Ich weiß, was er getan hat und immer noch tut. Was macht er wohl mit Menschen, die er nicht leiden kann?

»Wen hast du mir da mitgebracht?« Seine Stimme wird auf einmal viel wärmer   zuvor. Und genau das verunsichert mich noch mehr. Scheinbar kann ich die ganze Drayton-Familie nicht einschätzen, aber bei ihm ist es am schwersten.

»Darf ich dir Andriana vorstellen? Sie ist seit ein paar Wochen meine feste Freundin.« Jack drückt mich noch näher an seinen Körper und sorgt dafür, dass ich rote Wangen bekomme. Es ist mir klar, dass das alles eine große Fakeveranstaltung ist, trotzdem sorgt es für ein Kribbeln in meinem Bauch, ihn so etwas sagen zu hören. Vielleicht sollte ich mich nach meiner Gefangenschaft nach einem Therapieplatz umsehen.

»Deine Freundin? Ich hätte nicht gedacht, dass der

Tag irgendwann mal eintritt. Mein Name ist Richard Drayton. Freut mich außerordentlich, Sie kennenzulernen.« Ohne zu fragen, nimmt er meine Hand und legt sanft seine Lippen auf meine Fingerknöchel. Der Schauer, den er in mir auslöst, kann ich geradeso zurückhalten.

»Freut mich ebenfalls, Mister Drayton. Es ... ist mir eine Ehre, hier sein zu dürfen.« Ich komme mir absolut dämlich vor, so ein Spiel zu spielen. Ich bin weder die Freundin von Jack, noch gehöre ich in so ein Kleid, das ich gerade trage. Es ist, als würde ich auf einer Bühne stehen und ein Theaterstück aufführen, das keiner sehen will.

»Erzählen Sie mir etwas von sich. Wo kommen Sie her? Wer ist Ihre Familie?«

Kurz schaue ich zu Jack, der mich nicht ansieht, sondern sich leise mit Shane und Valentin unterhält. Er lässt mich also wirklich in dieser Situation allein? Fuck.

»Ich ... studiere auf der Green Meadows Jura. Allerdings bin ich noch im ersten Semester. Ich habe amerikanische und italienische Wurzeln, aber ich habe leider keine Familie, der ich hiervon erzählen kann.« Es soll ein Witz sein, doch mir wird zu spät klar, dass es schnell falsch verstanden werden könnte. »Also ... nicht dass ich irgendjemandem etwas sagen würde. Es geht mir eher um Jack und mich.« Gerade noch so gerettet.

Richard lächelt und steckt die Hände in seine teure Anzughose.

»Italienische Wurzeln. Das erklärt Ihre Schönheit. Mein Sohn hat Sie wirklich gut ausgesucht. Und Anwälte können wir bei uns immer gebrauchen.«

Niemals würde ich korrupt werden. Niemals würde ich mich an eine Gesellschaft wie diese wenden. Am liebsten würde ich ihm genau diese Gedanken gegen den Kopf knallen und ins Gesicht spucken, aber da mir noch etwas an meinem Leben liegt, lächle ich nur und lege eine Strähne hinter mein Ohr.

»Vielen Dank. Es war schon immer mein Traum, eine gute Anwältin zu werden.«

»Das ist durchaus erfreulich. Fühlen Sie sich hier wohl. Sollte es irgendetwas geben, was wir für Ihr Studium tun können, sagen Sie es einfach.«

Welche Möglichkeiten haben diese Leute? Inwieweit sind sie in Green Meadows verstrickt? Erst jetzt kommt mir der Gedanke, dass ja auch Professoren oder sogar der Dekan mit solchen Leuten zu tun haben könnten.

Ich nicke nur und versuche, mein charmantestes Lächeln aufzulegen.

»Treffen wir uns nachher? Ich hab noch etwas zu erledigen, Vater.« Jack hat sich wieder zu uns gesellt und gibt mir einen sanften Kuss, der meine Wangen unter dem Make–up nur noch wärmer werden lässt. Ja, Therapie ist eine gute Idee.

Richard nickt und zwinkert mir zu, bevor er in der Menge verschwindet. Ich erkenne eine Waffe in seiner Hose, was mich schlucken lässt. Sind alle hier bewaffnet?

»Hoffentlich hat er dich nicht angebaggert«, grummelt Jack und dreht sich zur Bar, um seine Arme darauf abzustützen.

»Er hat mir vorgeschlagen, bei meinem Studium zu betrügen«, entgegne ich entrüstet und bringe Valentin damit zum Lachen.

»Denkst du, er hat nicht das meiste, was in den USA abgeht, unter Kontrolle? Freu dich, du gefällst ihm, also darfst du weiterleben.«

Mir rutscht das Herz in die Hose, als ich eins und eins zusammenzähle.

»Warte. Wenn er mich nicht gemocht hätte, wäre ich jetzt ... tot? Das wusstest ihr die ganze Zeit und habt mir nichts davon gesagt?« Ich werde bleich. Ich kann also von Glück reden, dass mich der Ober–Don einer Mafiaorganisation nett findet, sonst würde mein Kopf mit einer Kugel durchbohrt werden. Der Schwindel setzt ein, weshalb ich mich an der Bar abstützen muss.

»Du wärst nicht du selbst gewesen, wenn wir es dir gesagt hätten. Richard merkt, wenn sich jemand verstellt«, erklärt Jack beiläufig und trinkt einen Schluck von seinem Whiskey.

Doch damit bringt er mich nicht runter. Ich bin dem Tod geradeso von der Schippe gesprungen.

»Beruhige dich und genieß den Rest. Du hast das Schlimmste hinter dir«, lächelt Shane, doch ich antworte nur mit einem gespielten Lachen.

»Wenn du jetzt aber so guckst, wirst du auch nicht besser dabei wegkommen.« Jacks Mundwinkel zucken, doch mir ist absolut nicht danach, in ihre Witze einzusteigen. Das war grausam und gemein, was sie getan haben. Unter anderem.

»Ich weiß, wie wir sie dazu zwingen können, gute Laune zu bekommen.« Feixend zeigt Valentin seine Hände und wackelt mit den Fingern. Schnell schüttle ich den Kopf.

»Okay, okay. Ist ja schon gut.«

Ich exe mein Getränk. Das brauche ich jetzt mehr als alles andere.

»Braves Mädchen«, schmunzelt Jack und wird kurz darauf von Shane in ein Gespräch verwickelt, was mir die Gelegenheit gibt, mich umzusehen. Wieder sehe ich keine Menschen, die mir vom Gesicht her etwas sagen. Aber als ich zum Fenster schaue, bemerke ich etwas, das mir den nächsten Stich versetzt. Noah ist angekommen, doch er ist nicht alleine. Zusammen mit einer Blondine sitzt er in einer Sitzecke und streicht ihr gerade sanft eine Haarsträhne aus dem Gesicht, was sie zum Kichern bringt. Ich vermute, dass sie spanische Wurzeln hat, da ihre Haut schön gebräunt ist und auch ihr Gesicht so wirkt. Generell sieht sie fabelhaft aus. Ihr Haar ist gepflegt und lang, ihre Figur ist perfekt und ihre dunklen Augen leuchten wie Bernstein. Er beginnt ihren Hals mit leichten Küssen zu bedecken, während sie weiter-lächelt und seine Hand streichelt. Und jede einzelne Berührung bedeutet für mich einen kleinen Tod. Also hat er mich die ganze Zeit nur verarscht. Er hat etwas gegen mich, wusste, dass Jasmine auf ihn steht, und hat das ausgenutzt, um meine Freundschaft zu ihr kaputt zu machen. Er hasst mich immer noch und hat mir vor-gegaukelt, dass er mich mehr mag, als er zugibt. Ich bin so dumm. Wie kann ein Mensch nur so dumm sein? Ich habe wirklich gedacht, dass mehr in ihm steckt als das Arschloch, als das er sich jeden Tag gibt.

»Flirtest du oder willst du jemanden umbringen? Zwei-tes wäre durchaus machbar«, grinst Valentin über meine Schulter hinweg und erschreckt mich dabei so sehr, dass ich ihm beim Umdrehen aus Versehen eine Ohrfeige gebe.

»Autsch.«

»Tut mir leid. Du hast mich erschreckt!«, entschuldige ich mich und sehe im Hintergrund, wie Jack und Shane belustigt in unsere Richtung schauen.

»Das ist noch lange kein Grund, mein schönes Gesicht zu zerstören, du Wildgewordene!«

»Das nimmst du zurück!«

»Zwing mich doch.«

»Ich habe High Heels an.«

»Okay, du hast gewonnen.« Brummend wendet sich Valentin zur Bar und bestellt sich noch einen Whiskey, den der Barkeeper sofort zubereitet.

»Was? Heute kein verbaler Kampf?«, schmunzelt Shane und verschränkt die Arme vor der Brust. Mittlerweile muss ich aufpassen, nicht zu lachen, aber so locker war eine Situation schon lange nicht mehr. Beinahe vergesse ich, dass Noah gerade hinter mir sitzt und einer anderen schöne Augen macht.

»Bist du bescheuert? Wenn die mir mit den High Heels in die Eier haut, bin ich still wie du bei einer Diskussion.«

Nun muss ich wirklich lachen und kann kaum an mich halten. Ich gebe zu, ich liebe es, wenn Valentin so ist, wie er ist. Manchmal könnte ich ihm zwar eine Ohrfeige nach der anderen geben, aber im Grunde ist er derjenige, der mich am meisten zum Lachen bringt.

»Wie wärs, wenn wir ein bisschen tanzen?«

Dass Jack zu mir gekommen ist, habe ich gar nicht mitbekommen. Leicht zucke ich zusammen, als ich seinen Atem in meinem Ohr spüre. Ein kleiner Tanz klingt gar nicht so schlecht, weshalb ich angeregt nicke.

»Ihr entschuldigt uns einen Moment.«

Jack führt mich wie ein Gentlemen zur Tanzfläche und legt seine Hand auf meinen Rücken. »Ich hoffe, du hast keine zwei linken Füße.«

Der Walzer beginnt und wir beginnen uns rhythmisch zur Musik zu bewegen. Jacks überraschten Blick präge ich mir gut ein, als er sieht, wie gut ich Walzer tanzen kann.

»Wie kommst du darauf, dass ich zwei linke Füße habe?«, witzel ich und lasse mich über die Tanzfläche führen. Es kommt mir vor, als würden wir nie etwas anderes zusammen gemacht haben, und es entsteht die Illusion, dass Jack mich nicht an irgendwelche Kunden verkauft hat. Dass ich wirklich seine Freundin bin.

»Wo hast du das gelernt?«, will er skeptisch wissen und dreht mich einmal um die eigene Achse, bevor er mich wieder an sich zieht.

»Ich liebe Ballett und meine Mom hat mich parallel zu einem Kurs für klassischen Tanz geschickt«, kichere ich und zucke mit den Schultern.

Leicht winkelt er seine Finger in meinem Rücken an und löst in meinem Körper damit ein Kribbeln aus. Er hält mich fest im Arm und schmunzelt so charmant, wie ich es vorher noch nie bei ihm gesehen habe. Auch sonst habe ich das Gefühl, einen ganz anderen Jack vor mir zu haben. Einen, der freundlich und zuvorkommend ist. Einen, der mich mag,

»Das ist wirklich sehr interessant. Eigentlich wollte ich nur mit dir tanzen, weil mein Vater uns die ganze Zeit anschaut, aber ich gebe zu, dass es gar nicht so übel ist.«

Meine Nackenhaare stellen sich auf. Nicht nur, weil Richard uns scheinbar die ganze Zeit beobachtet, sondern weil Jack Dinge sagt, die mein Kopf nicht ganz verarbeiten kann. Es kommt mir vor wie ein Fiebertraum. Als wäre das alles hier nicht real, sondern eine reine Wunschvorstellung.

»Warum will dein Vater unbedingt, dass du eine Freundin mitbringst?«, traue ich mich, zu fragen und lasse mich ein weiteres Mal herumdrehen.

»In unserer Familie ist es normal, dass wir mindestens einen männlichen Nachfahren gebären.«

Er sagt das mit einer Coolness, die ich nicht nachvollziehen kann. Er muss einen Nachfahren zeugen. Okay, das verstehe ich. Aber was ist, wenn er das nicht will oder nie eine Frau findet, die er wirklich lieben kann? Was ist, wenn ich so tief in die Sache verstrickt werde, dass ich diejenige sein muss?

Als könnte er meine Gedanken lesen, sagt er: »Keine Sorge. Du wirst nicht diejenige sein.«

Ein Stein fällt mir vom Herzen. Wobei ich zugeben muss, dass mich ein komisches Gefühl erfasst, wenn ich daran denke, dass Jack eine Andere an seiner Seite wissen könnte. Ich schlage mir diesen Gedanken aus dem Kopf und konzentriere mich lieber auf den Tanz mit ihm, ohne an Eifersucht oder seinen Vater zu denken. Dieser Abend könnte schön werden. Er könnte mir helfen, mich von den Lasten, die mich im Alltag begleiten, zu befreien. Zumindest für ein paar Stunden. Scheiß auf meine Probleme. Scheiß auf Noah.

KAPITEL 29

ANDRIANA

Ich hätte nicht damit gerechnet, dass der Abend mit Jack und den anderen so angenehm wird. Ich habe nichts davon mitbekommen, dass irgendwelche Drogengeschäfte gemacht wurden und auch Noah war irgendwann von der Bildfläche verschwunden. Nur brach es mir das Herz, Noah zusammen mit dem bildschönen Mädchen zu sehen. Meine Reaktion zu verstecken war schwer, aber am Ende hatte ich ... Spaß. Selbst mit Jack kam ich gut klar. Er hat ab und zu sogar gelacht, was so was wie ein Kulturschock für mich war.

Im Augenblick könnte es für mich nicht angenehmer laufen. Wenn da nicht die Sorge um Jasmine wäre. Ich habe ein schlechtes Gewissen und will ihr sagen, dass ich einen riesigen Fehler gemacht habe. Noch dazu hat mich Noah schneller ausgewechselt als eine Unterhose. Warum er das getan hat, weiß ich nicht, aber ich habe auch keine große Lust, es herauszufinden.

Heute traue ich mich wieder auf den Campus. Meine Vorlesung war interessant und ich konnte Valentin und Shane überreden, draußen zu warten. Mein Ziel ist dasselbe wie beim letzten Mal – mit meiner Freundin zu reden. Zwar rechne ich damit, dass sie mich wieder anschreien wird, aber das habe ich auch verdient, denn ich war absolut blauäugig und dumm.

Als ich aus dem Vorlesungssaal komme, sehe ich Chase, der auf direktem Weg zu mir ist. Anscheinend will er zum Training, da seine Sportkleidung noch ziemlich frisch aussieht.

»Ria, warte mal.« Er joggt zu mir und nimmt mich fest in den Arm.

Ein riesiger Stein fällt von meinem Herzen. Offenbar hasst er mich nicht, was eine große Angst von mir war.

»Musst du nicht zum Training?«, frage ich und schaue auf seine Trainingstasche, in der immer der Lieblingsfußball seines Bruders verstaut ist.

»Vorher musste ich dir noch was sagen.«

Ich weiß, was er sagen will. Er weiß von der Sache zwischen Noah und mir. Und genauso weiß er, dass Jasmine mich gerade mehr hasst als die Ladys von Green Meadows. Fragend sehe ich ihn an, doch ich kann meine Scham nicht verstecken.

»Ich hab mit Jasmine geredet. Sie ist im Moment ziemlich wütend.«

»Ja, ich weiß. Ich hab versucht, mit ihr zu reden«, seufze ich. Dass sie mit Chase sprechen würde, war mir klar. Sie sind genauso beste Freunde wie wir. Aber dass ich jetzt endlich mit jemandem reden kann, tut gut. Chase ist wirklich mein bester Freund.

»Ja ... darum gehts mir nicht. Ich will, dass du auf dich aufpasst.«

Chase war schon immer die Art Mensch, die sich mehr um andere sorgt als um sich selbst. Er hat eine harte Kindheit hinter sich und doch lebt er, als wäre nie etwas passiert. Als wäre er nie in einem Krieg gewesen und als hätte er seinen Vater nicht verloren. Stattdessen kümmert er sich um alle, die er mag und gibt einen Fick auf sich selbst. Wie er das schafft, kann ich nicht sagen. Aber ich habe ihn auch noch nie darauf angesprochen.

»Mir geht es gut, wirklich. Ich hab nur einen großen Fehler gemacht und bereue ihn. Ich will darum kämpfen, dass sie mir verzeiht.«

Chase schüttelt den Kopf und nimmt mein Gesicht in seine Hände.

»Ria, du verstehst nicht. Ich will, dass du auf dich aufpasst, okay? Ich ertrage es nicht, dich in der Drayton–Villa zu sehen. Und ich ertrage es nicht, dass du dich gerade mit den beiden Brüdern so verstehst, wie du es tust. Ich …« Einen Moment scheint er mit sich zu ringen.

»Chase! Komm jetzt!«, ruft ein Trainingskollege von Weiten und seufzt, als dieser ihn nicht beachtet.

»Du solltest vielleicht besser los«, hauche ich und kann ein leichtes Zittern meiner Hände nicht verhindern.

»Scheiß auf sie«, knurrt er und legt im nächsten Moment seine Lippen auf meine. Ich reiße die Augen auf und kann nicht so darauf reagieren, wie ich sollte. Er ist mein Freund. Mein bester Freund. Wieso macht er auf einmal solche Sachen? Wie kommt er darauf, mich zu küssen und mich so anzusehen? Ich kann mich nicht entspannen und stehe da, als würde ich bei einem Attentat zuschauen. Erst als er von mir ablässt, entspannen sich meine Muskeln. »Du bedeutest mir was, okay? Pass. Auf. Dich. Auf«, flüstert er und nimmt wieder Abstand, um seine Tasche höher auf seine Schulter zu ziehen und einen Abgang zu machen.

Schockiert bleibe ich stehen und versuche zu begreifen, was da gerade passiert ist. Wie kommen auf einmal alle darauf, mich zu küssen? Ich habe doch gar nichts gemacht. Ich verstehe die Welt nicht mehr und bleibe im Flur stehen, während ich aussehen muss wie bestellt und nicht abgeholt. Ich gebe mein Bestes, mir einen Reim darauf zu machen, doch es funktioniert nicht. Nichts macht Sinn. Ist Chase in mich verliebt? Ich habe noch nie Anzeichen gesehen, die darauf hätten schließen lassen. Aber der Kuss, den er mir gerade aufgedrückt hat, war so voller Liebe, dass ich mir etwas anderes nicht vorstellen kann.

»Was willst du hier?«

Jasmines Stimme reißt mich aus meiner Starre. Überrascht schaue ich in ihre Augen, die ziemlich milchig aussehen.

»Ich wollte gerade zu dir kommen«, antworte ich wahrheitsgemäß und komme meiner besten Freundin etwas näher, was sie mit ein paar Schritten nach hinten quittiert. Ich muss wohl damit leben, dass sie immer noch nicht mit mir reden will, aber ich muss ihr sagen, dass es ein riesiger Fehler war. Sie muss wissen, was ich fühle und wie sehr es mir leidtut. »Jasmine, es tut mir leid, okay? Das mit Noah ist schon wieder vorbei. Ich ...«

»Ich weiß. Ich hab ihn bereits mit Ebony gesehen.« Locker zuckt sie mit den Schultern, macht aber auch nicht den Eindruck, als würde sie mit mir reden oder sich anhören wollen, was ich zu sagen habe.

»Das alles war ein riesiger Fehler. Ich hab mich verführen lassen und nicht darüber nachgedacht, was ich dir damit antue. Glaub mir, ich kann nicht mehr richtig schlafen, weil ich weiß, dass ich dein Herz gebrochen habe. Bitte verzeih mir.« Meine Augen füllen sich mit Tränen. Ich will doch nur meine beste Freundin wiederhaben. Die Freundin, die wie meine Schwester ist. Die mit mir durch dick und dünn gegangen ist, als wären wir eine Familie.

»Du kannst mich mal, Ria. Es ist mir scheißegal, ob da noch was läuft oder nicht. Du hast es verkackt und ich will nichts mehr mit dir zu tun haben.«

Es ist, als würde mir der Boden unter den Füßen weggezogen werden. Ihre hasserfüllte Stimme hallt in meinem Kopf wider und mir wird auf einmal unglaublich kalt. Die Worte, die ich mir zurechtgelegt habe, schlucke ich runter. Was ich auch sagen will, es bleibt in meiner Kehle stecken.

»Wir sehen uns«, murrt sie, doch ich kann und will sie nicht einfach gehen lassen.

Instinktiv laufe ich ihr nach und stelle mich vor sie.

»Jasmine, lass das. Ich will mich mir dir aussprechen. Hör auf damit, irgendeinem Kerl hinterherzurennen, der sich nicht mal für dich interessiert.« Ich weiß nicht, ob das, was ich sage, das Richtige ist, aber im Moment weiß ich mir nicht anders zu helfen. »Noah ist es nicht wert, dass wir unsere Freundschaft wegschmeißen. Er ist ein Arschloch und interessiert sich nur für sich selbst. Er hat mir gesagt, dass er bis vor kurzem nicht mal wusste, dass du existierst. Verstehst du das? Noah will dich nicht.« So hart es klingt, doch Jasmine muss sich klar machen, dass er niemals etwas für sie empfinden wird. Und ich bin mir sicher, dass er jetzt schon ihren Namen vergessen hat.

Meine Freundin sieht mich stumm an und scheint mit den Tränen zu kämpfen.

»Fick dich, Ria«, schnieft sie mit weinerlicher Stimme und verschwindet aus dem nächsten Ausgang.

Dieses Mal gehe ich ihr nicht hinterher. Alles, was ich sagen wollte, habe ich gesagt. Die Wahrheit mag weh tun, aber am Ende muss sie einem bewusst werden, damit man Frieden findet. Jasmine muss endlich Frieden finden. Und, fuck, ich auch.

»Ich will nicht darüber sprechen«, schimpfe ich Valentin und Shane entgegen, die schon auf dem ganzen Nachhauseweg versuchen, mich zum Reden zu bringen. Doch ich will nicht darüber reden, dass ich wirklich meine beste Freundin verloren habe und mein anderer bester Freund scheinbar Gefühle für mich hat, die ich nicht erwidern kann. In der Villa läuft alles gut, aber auf dem Campus verliere ich so langsam den Verstand.

»Wenn du die ganze Zeit mit so einer Miene rumläufst, werde ich depressiv, Sunshine«, höre ich von Valentin, der die Eingangstür mit seiner Karte öffnet und uns rein bittet.

Ohne Umschweife schmeiße meine Tasche auf die Kücheninsel, um mich dem Kühlschrank zu widmen. Ich nehme mir eine große Milchpackung und trinke so schnell, dass ich nach kurzer Zeit Kopfschmerzen bekomme.

»Wir machen uns Sorgen, verstehst du? Rede mit uns und dann geht es dir vielleicht besser.« Shane mimt wieder den guten Cop, was aber heute bei mir nicht wirken wird. Wenn ich sage, dass ich keinen Bock darauf habe, dann habe ich keinen Bock.

»Aber mach schnell, heute stehen ein paar Termine an«, zwinkert Valentin mir zu und lehnt sich zu mir an die Rücheninsel.

Ich seufze laut und stelle die Milchpackung mit einem lauten Geräusch ab. Die Gefühle in mir sind verworren. Einerseits bin ich verdammt traurig, dass Jasmine nicht mit mir reden will, doch andererseits bekomme ich es mit meiner Wut zutun. Wieso kann sie mir nicht einfach mal zuhören und einsehen, was für ein Arschloch Noah Drayton ist? Er nimmt sich das, was er will, macht einem schöne Augen und dann schmeißt er einen weg wie benutztes Klopapier. So etwas braucht keine Verehrer. Nur Feinde.

»Ich hab einfach Streit mit meiner besten Freundin, okay?« Den Fakt, dass Chase mich vorhin geküsst hat, lasse ich absichtlich aus. Es muss nicht sein, dass noch mehr Stress entsteht. Außerdem weiß ich nicht, wie die beiden darauf reagieren würden und ob Jack danach Bescheid wüsste.

»Uh, ein Teeniedrama? Das ist ja herzzerreißend.« Theatralisch legt sich Valentin die Hand auf sein Herz und schiebt die Unterlippe vor. Allein dafür würde ich ihm am liebsten eine Ohrfeige verpassen. Aber stattdessen stöhne ich nur genervt auf und zeige ihm den Mittelfinger.

»Hast du versucht, mit deiner Freundin zu reden?«, mischt sich Shane ein und legt neugierig den Kopf schief.

Ich zucke mit den Schultern. »Ja, zwei Mal. Sie will mich nicht sehen.«

»Worum ging es in eurem Streit?«

Fuck. Darüber habe ich gar nicht nachgedacht. Was

soll ich sagen? Ich kann ja schlecht raushauen, dass es um Noah geht, denn noch weiß niemand davon Bescheid. Und das soll auch so bleiben. Offiziell ist nie etwas zwischen uns gelaufen.

»Ach sie … ist sauer, weil ich die meiste Zeit hier verbringe.« Das ist alles, was mir einfällt. Zwar macht es Sinn und ich bin mir sicher, dass sie es wirklich nicht gut findet, aber am Ende ist es nicht die Wahrheit. Es geht um etwas viel Beschisseneres. Einen Kerl.

»Arme Sunshine. Möchtest du, dass wir dich aufmuntern? Willst du ein Drückerchen?« Valentin hält die Arme auf und winkt mich mit seinen Fingern zu sich.

Wieder zeige ich ihm den Mittelfinger und schüttle den Kopf. »Damit du mich erdrücken kannst? Auf keinen Fall.«

Plötzlich merke ich, wie das Handy in meiner Hosentasche vibriert. Die Hoffnung ist groß, dass es Jasmine ist, die es sich vielleicht anders überlegt hat. Aber als ich Jacks Namen auf dem Display sehe, überwiegt die Enttäuschung. Mal wieder will er mich in seinem Büro sehen und ich stelle mich schon auf die nächste Sexeinheit ein. Danach ist mir heute überhaupt nicht. Aber leider habe ich keine Wahl.

»Ich muss zu Jack«, murmel ich und stecke mein Handy zurück in die Tasche.

»Ich will Popcorn und *Vikings*, wenn ich wieder da bin.« Ich hebe den Finger und bringe die beiden Bodyguards zu einem Lächeln. Ablenkung, das ist das, worauf ich mich nun schon lange verlasse und was auch diesmal funktionieren wird.

In stolzer Haltung laufe ich zum Flur, in dem sich Jacks Büro befindet, und klopfte an der Tür.

Als er nicht antwortet, öffne ich sie und schiele durch den Schlitz.

»Jack? Ich bin da«, begrüße ich ihn und sehe den Drayton–Sohn vor seinem Schreibtisch stehen, als würde er auf mich warten.

»Komm rein«, fordert er leise und irgendwie bedrohlich.

Ich schließe die Tür und laufe in seine Richtung, als er die Hand hebt und mir signalisiert, dass ich stehen bleiben soll. Soll das so was wie ein Rollenspiel werden? Eigentlich gehe ich nicht davon aus, dass er auf so was steht, aber vielleicht will er mal was Neues ausprobieren. Doch Jack bleibt still und sieht mich einfach nur an.

»Ähm … ja, ich bin hier. Was gibt es denn?« Da ich ein bisschen nervös werde und nichts in den Händen habe, spiele ich mit meinen Fingern, um irgendwas zu tun zu haben. Die ganze Situation ist irgendwie komisch und unangenehm.

»Wie war es, als du meinen Bruder gefickt hast?«

Mein Atem stockt, als ich den trockenen Ausdruck in seinen Augen sehe, und ich spüre, wie die Welt um uns herum ins Wanken gerät, während mein Geheimnis ans Licht gezerrt wird. Ich kann mich nicht bewegen und merke, wie mein Herz gegen meine Rippen klopft.

»Warum sagst du nichts? Soll ich Valentin und Shane fragen? Die haben ja auch was von dir bekommen, nicht wahr?«

Die Situation scheint einzufrieren. Ich merke, wie

mein Atem ins stocken gerät und meine Hände anfangen zu kribbeln.

»W-woher ... weißt du das?«, frage ich kleinlaut und zerstöre fast meine Nägel, so sehr reiße ich an ihnen herum.

»Zum Glück hat deine Freundin laut genug im Flur rumgeschrien, um diese Information zu mir durchsickern zu lassen. Es war nicht schwer, auch von meinen Bodyguards zu erfahren.«

Jedes Wort, das er spricht, trifft mich wie ein Schlag ins Gesicht, und ich kämpfe darum, die Panik zu unterdrücken, die in mir aufsteigt. Die trockene, monotone Stimme von Jack verstärkt nur das Gefühl der Beklemmung in meiner Brust, während ich versuche, Worte zu finden.

»Ich ... ich ...«, stottere ich und kann meine zitternde Stimme nicht unterdrücken. »Ich ... weiß nicht ... was ich sagen soll. Ich ...« Ich senke für einen Moment den Blick, doch als ich ihn wieder erhebe, trifft mich der nächste Schlag.

Jack hält eine Waffe in meine Richtung und mustert lange meine Augen, in denen sich langsam Tränen bilden. Will er mich umbringen? Mich erschießen, weil ich den Vertrag gebrochen habe? Ich wusste, dass dieser Mann mein Untergang sein wird. Ich hätte niemals zu diesem Treffpunkt gehen dürfen. Niemals hätte ich den Brief lesen dürfen, der eigentlich für meine Mutter bestimmt war. Das war es nun. Das war mein Leben? Ich bin einundzwanzig Jahre alt und sterbe, weil ich von anderen Männern verführt wurde? Auf einmal prasselt alles auf mich herein. Der Streit mit Jasmine, der Kuss von Chase, die lustige Zeit mit den Bodyguards und mein Hass gegenüber Noah. Selbst der Tanz mit Jack kommt in meinen Kopf und lässt mein Herz mittanzen.

»Tut mir leid, schwarzer Engel. Aber das hättest du nicht tun sollen.«

Jacks dunkle Stimme lässt mich die Augen schließen. Ich will ihn dabei nicht ansehen und schon gar nicht will ich dabei heulen. Ich bin stark. Ich bin nicht schwach. Trotzdem zittere ich am ganzen Leib, weil ich weiß, dass er mein Leben jetzt beenden wird. Dass es vorbei ist. Für immer. All die Fehler, die ich gemacht habe. All die gute Zeit, die ich hinter mir habe. Ich werde nichts davon bereuen. »Schlaf gut«, flüstert Jack leise und drückt ab.

EIN LETZTES WORT VON ANDRIANA

Ich bin so dämlich. Wie kann man nur so dämlich sein? Nicht nur, dass ich immer noch in dem Luxushaus feststecke, ich musste auch noch die wichtigste Regel brechen, die Jack mir auferlegt hatte: Nur ihm zu gehören. Ich hätte mich niemals auf diesen Vertrag einlassen sollen. Jeder Idiot hätte mir das sagen können und ich habe nichts Besseres zu tun, als blauäugig meine Unterschrift zu setzen. Aber ... ich konnte mich einfach nicht zurückhalten. Valentin und Shane haben etwas was mit mir gemacht, verstehst du? Es ist nicht meine Schuld!

Nun schau nicht so. Du würdest dich ihnen doch auch hingeben, gib es zu! Und trotzdem stecke ich nun in einer Situation fest, die mich vielleicht umbringt. Hat er mich getroffen? Wenn ich Glück habe, dann hat er mich nur am Arm oder Bein verletzt. Aber Jack hatte es mir gesagt. Er hat mich gewarnt und ich blöde Kuh gab einen Fick darauf. Herzlichen Glückwunsch. Wir sind an einem Punkt angelangt, wo es positiv wäre, nur einen dummen Streifschuss abzubekommen. Wie konnte ich nur an so einen Punkt geraten und wann habe ich angefangen, nicht eine Minute weiterzudenken?

Hast du einen Tipp für mich, außer zu beten?

Wobei … am Ende würde es doch ohnehin nichts bringen. Ich bin am Arsch. Ob ich nun lebe oder sterbe.

Es war doch sowieso vorbestimmt, dass ich am Ende vor Jack stehe und nicht mehr weiß, was ich sagen soll. Seine Waffe auf mich gerichtet. Seine Augen dunkel wie die Nacht. Und ich stehe da und versuche, mich zu erklären. Wie dumm.

War es das? Hat er mich getroffen? Bin ich tot? Ich weiß es nicht.

Alles, was ich weiß, ist, dass meine Welt sich in diesem Moment verändert hat, und nichts wird jemals wieder so sein wie zuvor. War es also wirklich meine Schuld oder fange ich an, an Schicksal zu glauben? Hätte ich mich anders verhalten können? Diese Fragen werden mich verfolgen, ganz egal, was am Ende mit mir passiert. Sollte ich aber irgendwie heil aus dieser Scheiße rauskommen, werde ich nicht so einfach aufgeben. Verdammt nochmal, ich habe doch ein Ziel und das werde ich mir nicht durch so blöde, heiße Kerle vermiesen lassen.

Stellt euch darauf ein, dass ich alles geben werde, um das hier zu überleben. Versprochen.

Andriana

DIE WICHTIGSTEN PERSONEN UND ORTE

Andriana Fleming

Um ihr Studium und das Zimmer auf dem Campus zu finanzieren und gleichzeitig die Schulden ihrer Mutter zurückzuzahlen, arbeitet Andriana in einem Unirestaurant und in einer Disco und macht viele Überstunden. Für eine halbe Million Dollar geht sie einen Vertrag mit Jack Drayton ein und lebt fortan in seiner Villa.

Jack Drayton

Jack ist der älteste der Drayton–Brüder und wird dementsprechend behandelt. Er wuchs in einer Mafia–Familie auf und kennt das Leben im Untergrund sehr gut.

Allerdings verlangt sein Vater viel von ihm und will ihn eines Tages an der Spitze seines Imperiums sehen.

Valentin Boyka
Valentin ist Bodyguard bei den Draytona. Er hat eine große Klappe und weiß immer einen Spruch zu drücken, auch wenn die Situation ernst ist. Trotzdem ist der blonde Schönling einer der Besten auf seinem Gebiet und war im russischen Boxclub besonders hoch geachtet.

Shane Wilson
Ebenfalls als Bodyguard bei den Draytons tätig, findet Shane mit seiner ruhigen und strukturierten Art immer die richtigen Worte. Über seiner Vergangenheit liegt ein Geheimnis, das nicht einmal Jack lüften konnte.

Noah Drayton
Noah steht schon immer im Schatten seines großen Bruders. Als Jack das Alter erreichte, um ins Geschäft einzusteigen, bekam Noah kaum noch Aufmerksamkeit von seinem Vater. Er begann seinen Bruder dafür zu hassen und nahm immer mehr Abstand zu ihm, etablierte sich aber in Green Meadows als beliebtester Student.

Jasmine Barrow
Jasmine ist Andrianas Mitbewohnerin. Sie ist schon lange in Noah verliebt und hasst seine Freundin Chloe über alles. Im Gegensatz zu ihrer Freundin Andriana liebt sie Partys und macht sich immer besonders schön, wenn Noah in der Nähe ist.

Chase Cunnigham

Chase ist ein normaler Student und mit Jasmine schon von klein auf befreundet. Er und Jasmine sind bereits im zweiten Semester. Nebenbei spielt er zusammen mit Noah Fußball und will eines Tages ein großer Sportler werden.

Green Meadows

Green Meadows ist eine relativ neue Elite–Universität in den USA.

Gegründet wurde sie im Jahre 1880 und war zunächst in Staatsbesit, wurde aber im Laufe der Jahre immer interessanter für private Käufer. Nachdem im Jahre 1973 die Universität von George Utah erworben wurde, modernisierte er das Innenleben und baute die Wohnunterkünfte der Jungen und Mädchen um. Die Abschlüsse der Universität gehören in den USA zu den anerkanntesten des Kontinents. Besonders die Jurastudenten werden zu siebzig Prozent bedeutende Rechtsanwälte oder hohe Richter. Eine lange Zeit war dieser Ort nur für Menschen mit viel Geld vorgesehen, doch seit den 1990er Jahren dürfen sich auch normale Bürger für den Einstellungstest bewerben.

Die Ladys

Sie sind reich, sie sind schön und sie gehören den wichtigsten Familien Amerikas an. Ein interner Club, in dem man nur Einlass erhält, wenn man genug Geld vorweisen kann.

DANKSAGUNG

Herrgott, ich kann es immer noch nicht glauben, dass ich tatsächlich meinen Debütroman geschrieben habe. Und nun habe ich ihn in der Hand und du, lieber Leser ebenfalls. Ich kann mich noch genau erinnern, als ich die ersten Kapitel geschrieben habe und mir dachte, dass ich sowieso zu schlecht dafür bin. Es ist mein Traum und trotzdem sind da so viele grandiose Autoren, gegen die ich niemals ankommen kann.

Aber sagen wir mal so – ich hab es trotzdem gemacht. Und ich werde weitermachen.

In diesem Buch habe ich diverse triggernde Themen angesprochen und ausgeschrieben. Allerdings ist es mir wichtig, dass euch klar ist, dass das hier reine Fiktion ist. Ich befürworte keinen Rassismus, Sexismus oder all die anderen schrecklichen Dinge, die ich hier eingebracht habe. Besonders weil ich selbst Opfer eines sexuellen Übergriffs war. Dabei ist mir wichtig in der Vergangenheit zu sprechen, denn trotz dieses Schicksals werde ich niemals aufgeben. Es hat lange gedauert, bis ich überhaupt darüber gesprochen habe, aber ich war mir von Anfang an sicher, dass ich euch das nicht vorenthalten möchte. Ich möchte stark sein und bleiben. Anderen damit ein bisschen Kraft geben, die Ähnliches durchmachen mussten oder noch durchmachen. Ihr seid nicht alleine und könnt alles schaffen, wenn ihr es wollt. Deswegen bin ich auch so dankbar, bei meinem ersten Buchprojekt so viel Hilfe gehabt zu haben.

Besonders möchte ich mich bei meinen engsten und liebsten Menschen bedanken. Bei meiner Mama, ohne die das Ganze hier gar nicht erst möglich gewesen wäre. Zusammen haben wir schlimme Zeiten hinter uns, aber aufgegeben haben wir nie. Ohne dich würde ich jetzt nicht hier sein. Bei meinen besten Freund und Mitbewohner, der mich aus jedem Tief und jedem Selbstzweifel geholt hat, und das mit einer Menge Humor und Rationalität. Bei Riccy, der immer ein offenes Ohr für mich hat und bei jeder Entscheidung hinter mir steht, ohne sie in Frage zu stellen. An Denis, der mich mit einer Menge Ideen aus traurigen Zeiten geholt und mich auf andere Gedanken gebracht hat.

Aber besonders möchte ich mich bei euch bedanken. Mein Traum beginnt in Erfüllung zu gehen und ohne euch wäre das niemals möglich gewesen. Bei jeder Zeile habe ich nur daran gedacht, wie es euch gefallen könnte. Euch in eine Welt zu entführen und euch ein Lächeln auf die Lippen zu zaubern, ist mein Ziel und ich hoffe, dass ich das mit meinem ersten Buch erreicht habe. Die Welt ist schnelllebig und manchmal echt ein Arschloch. Deswegen will ich, dass ihr euch mit meinem Buch hinsetzen und entspannen könnt. Und natürlich hoffe ich auch, dass euch die Jungs gefallen, denn die werden für euch immer genug Zeit haben, um euch etwas abzulenken.

Wir sehen uns bald wieder, denn der nächste Teil ist bereits in vollem Gange. Schnallt euch an und macht euch bereit für Jack, Valentin und Shane. Aber ich warne euch – verfallt ihnen nicht zu sehr, sonst geht es euch vielleicht wie Andriana. So schnell werden sie euch nämlich nicht gehen lassen.

Eure S. C. Knightley

DIE AUTORIN

S.C. Knightley, geboren 1994 in Niedersachsen, lebt heute in einer gemütlichen WG in Ostfriesland. Bereits mit 14 Jahren hat sie ihre Leidenschaft fürs Schreiben entdeckt und möchte nun ihre kreativen Ideen in die Welt der Literatur bringen. Mit einem starken Hintergrund im Social Media Management und einem klaren Fokus auf ihre bevorstehende Karriere als Autorin, hat sie das Ziel, ihre Leserinnen und Leser mit fesselnden Geschichten zu begeistern. Ihre Social Media Erfahrungen helfen ihr dabei, ihre zukünftigen Werke erfolgreich zu vermarkten und mit einem breiten Publikum zu teilen.

Milton Keynes UK
Ingram Content Group UK Ltd.
UKHW030157051224
452010UK00010B/380

9 783759 702302